진중권이 사랑한

호모 무지쿠스

진중권이 사랑한

호모 HOMO
무지쿠스
MUSICUS

진중권 지음

창비

호모 무지쿠스

흔히 예술이 인간에게 주는 효과를 크게 네가지로 분류하곤 한다. 지각적perceptual 효과, 정서적emotional 효과, 지성적intellectual 효과, 영적spiritual 효과가 그것이다. 모든 예술의 장르는 고유한 방식으로 우리에게 영향을 끼친다. 예를 들어 회화의 효과가 주로 지각적이라면, 음악의 효과는 주로 정서적이다. 하지만 그 효과는 시대에 따라 달라지기도 한다. 예를 들어 현대에 들어오면 회화와 음악 모두 지각적·정서적 효과를 떠나 지성적 충격을 지향하기 시작한다. 현대예술이 우리에게 낯설고 어렵게 느껴지는 것은 그 때문이다. 한편, 서양의 중세예술은 본질적으로 종교예술이었기에 당연히 지각적·정서적·지성적 효과보다 영적 효과를 더 중요하게 생각했다.

위에서 말한 네가지 효과 중에서 적어도 정서적 울림이라는 면에서 그 어떤 장르의 예술도 음악을 따라가지 못할 것이다. 음악만큼 직접적으로 우리의 마음을 건드리는 것이 있을까? 가령 건축의 웅장함에 압도당하고, 회화의 아름다움에 매혹당하며, 소설 속의 드라마에 몰입당하는 경우는 종종 있다. 하지만 하나의 건물, 한장의 그림 앞에서 눈물이 흐르는 체험을 하기란 쉽지 않다. 음악은 다르다. 그것은 원초적인 장르라서 곧바로 우리의 심장을 건드린다. 강렬한 정서적 감흥을 느낄 때 우리는 종종 '심금心琴을 울린다'고 말하곤 한다. 마음의 거문고를 울린다는 뜻이다. 서양 사람들도 다르지 않아 이 경우에 '마음의 현heartstring을 튕긴다'고 말하는 모양이다.

다른 한편, 음악은 모든 예술 중에서 가장 추상적인 장르이기도 하다. 아무것도 모사하지 않는 순수한 음향기호들 사이의 수학적 비례관계를 통해 만들어지기 때문이다. 그래선지 피타고라스 시대부터 음악은 종종 수학과 동일시되어왔다. 20세기에 들어와 고전적 비례, 즉 화성이 파괴되어도 음악의 수학적 특성은 사라지지 않았다. 20세기의 총렬음악total serial music은 외려 수학적 음악의 극단적 예라 할 수 있다. 음악의 추상성은 특히 20세기에 모든 예술의 전범으로 여겨지기에 이른다. 깐딘스끼Wassily Kandinsky는 음표를 가지고 작업하는 작곡가들이 부러워 회화에서도 음악의 대위법에 대응하는 것을 만들어내려고 했다. 음악은 두 얼굴을 가진 야누스처럼 가장 원초적이면서도 가장 추상적인 장르다.

악기의 모양에서 그 기원을 유추하자면, 현악기는 식물의 줄기에서 뽑아낸 실에서, 관악기는 사냥한 동물의 뿔에서, 타악기는 사냥한 짐승의 가죽을 펴서 말리는 건조틀에서 유래한 것으로 추정된다. 한마디로 저 아득한 시절부터 인간은 주변에서 흔히 보는 것들을 악기로 바꾸어왔던 것이다. 하지만 이 모든 악기들보다 더 근원적인 것은 아마도 인간의 신체에서 나오는 목소리일 것이다. 악기들은 자동차가 다리의 연장이고 크레인이 팔의 연장인 것처럼, 목소리의 연장인지도 모른다. 클래식 음악에서는 이미 오래전에 기악이 성악을 압도하게 되었지만, 대중음악에서는 여전히 성악이 주류를 이룬다. 인간의 목소리만큼 정서적 호소력이 큰 악기도 없기 때문이다.

오늘날 우리가 가진 음악문화는 기나긴 인류의 역사에 비추어보면 비교적 최근의 현상이다. 우리의 조상들이 가령 모내기를 할 때 노동의 수고를 덜기 위해 노래를 불렀던 것처럼 과거에 노동과 음악은 분리되지 않은 채 서로 결합되어 있었다. 노동의 분화가 일어나면서 거기서 직업적 예능인이 분리되어나오고, 이들을 통해 서서히 음악의 전문화가 이루어졌을 것이다. 우리의 예를 들면, 사물놀이도 전문 예능인 집단이 과거에 마을 사람들 모두가 함께 즐기던 풍물놀이에서 음악적 부분만 추상하여 하나의 장르로 정련한 것이다. 서구의 음악 역시 르네상스 시대만 하더라도 민속악 수준에 머물러 있었다고 한다. 그것이 17세기에 고도로 전문화한 '클래식 음악'으로 발전한 것이다.

민중들은 귀족층의 전유물이 된 클래식 음악에서 소외되어 있었지만, 여전히 그들에게는 자신만의 소박한 음악이 있었다. 하지만 산업화로 인해 민중음악의 모태가 되어주었던 전통적 공동체가 파괴되고, 그로써 민중은 모든 음악에서 소외될 처지에 놓이게 된다. 하지만 산업화는 커다란 위기이자 동시에 위대한 기회이기도 했다. 산업화의 과정에서 복제기술에 기초한 대중매체가 등장하면서, 과거의 민중음악이 사라진 자리에 새로이 '대중음악'이 등장하기 시작한다. 벤야민Walter Benjamin이 지적한 것처럼 복제매체에는 민주주의적 가능성이 내재되어 있다. 기술적 복제가능성에 힘입어 귀족의 전유물이었던 클래식 음악을 대중들도 큰 부담 없이 들을 수 있게 되었기 때문이다.

민주주의사회에서 신분적 계층은 사라졌지만 문화적 계층은 여전히 남아 있다. 오늘날에도 고급음악을 듣는 계층과 대중음악을 즐기는 계층은 비교적 분명히 구별된다. 대개 대중음악은 발전을 위해 과거 고급음악에서 발전시킨 요소를 수용한다. 하지만 이 관계가 일방적이기만 한 것은 아니어서, 거꾸로 고급음악이 민속음악이나 대중음악에서 영감을 받는 일도 드물지 않다. 특히 1960년대 팝아트가 등장하여 고급예술과 대중예술의 경계를 무너뜨린 이후, 통속적인 트로트에서 난해한 현대음악에 이르기까지 모든 음악은 저만의 가치를 가진 고유한 음악이라는 인식이 확산된다. 신해철의 말대로 '음악의 신이 지닌 천개의 얼굴 중에서 그분의 얼굴이 아닌 것이 없다'.

하지만 복제기술에 이런 긍정적 측면만 있는 것은 아니다. 대중음악이 민중의 음악이라 하나 그 역시 전문적 직종이 된 지 오래다. 수십년 전만 해도 호남에서는 누구나 앉은자리에서 창 한자락쯤은 뽑았고, 1970년대만 해도 누구나 통기타를 들고 간단한 코드로나마 노래 한자락쯤은 뽑을 수 있었다. 하지만 오늘날 대중음악에서도 민중은 수동적인 감상자가 되었다. 하지만 그보다 더 큰 위험은 대중음악이 본질적으로 자본주의적 문화산업으로 존재한다는 것이리라. 음악이 시장의 논리에 종속될 때 창작의 자유는 설 자리를 잃는다. 이는 소수 인디밴드만의 얘기가 아니다. 멤버를 자유자재로 교체하는 '인명 없는 그룹'의 등장이 보여주듯이 아이돌 스타조차도 이 광풍에서 자유로울 수 없다.

그밖에도 우리 사회는 서구에는 존재하지 않는 다른 음악적 과제를 안고 있다. 가령 내가 어릴 때만 해도 교회에서 할머니, 할아버지들은 찬송가를 여전히 전통민요의 창법으로 불렀다. 음과 음 사이를 곡선으로 연결하듯이 늘어지게 부르는 것이다. 하지만 지금은 창법이 완전히 서구화하여 노인들조차 음과 음을 뚜렷이 구별해 부른다. 고급음악에서나 대중음악에서나 서구의 음악은 우리 음악문화의 주류가 되었다. 여기에서 우리의 전통음악의 진로에 관한 물음이 제기된다. 한편으로는 원형을 있는 그대로 보존하면서, 동시에 시대와 문화의 차이를 뛰어넘어 전통음악을 박제된 상태에서 구제하여 현대 청중의 귀 속에서 여전히 살아 있게 하려면 무엇을 해야 하는가?

이는 한국 전통음악만의 문제가 아니다. 기타리스트 신중현은 기타에 우리 현악기의 음색을 부여하기 위해 플랫 사이에 깊은 홈을 팠고,「미인」을 작곡하기 위해 팔도를 떠돌며 우리의 소리를 채집했다고 한다. 송창식은 서양음악에 한국적 창법을 결합한 고유한 스타일로 누구도 흉내내기 힘든 자기만의 세계를 구축했다. 여기에 수록된 인터뷰에서 신해철은 한국어가 영어처럼 들리지 않으려면 랩에 경상도 사투리의 어조를 활용해야 한다고 말한다. 이 모두가 한국음악에 다른 나라의 음악과 구별되는 고유한 특징을 부여하고, 그럼으로써 대중음악의 가용한 병기고를 확장하려는 시도라 할 수 있다. 오늘날 이러한 음악적 실험이 눈에 띄지 않는 것은 유감스러운 일이다.

이 책에 소개한 일곱명의 아티스트들은 한국 음악계의 지형 속에서 각자 다른 문제와 씨름하며 현재의 교착상태를 돌파하려 애쓰는 이들이다.

그 문제는 혹독한 시장 속에서 음악의 독립성을 유지하는 것일 수도 있고, 변화한 매체환경 속에서 활동을 계속할 방법을 찾는 것일 수도 있고, 우리의 전통을 박제 상태에서 구해내 생명의 숨결을 불어넣는 것일 수도 있고, 한국을 벗어나 세계의 유수한 경쟁자들과 어깨를 겨루는 것일 수도 있으며, 역사와 전통이 전혀 다른 외국의 음악을 국내의 청중에게 매개하는 것일 수도 있다. 여기에 수록된 일곱편의 인터뷰는 한마디로 우리의 음악적 장면의 모자이크인 셈이다.

음악을 흔히 '시간예술'로 분류한다. 음악은 회화와 달리 시간적으로 전개되기 때문이다. 하지만 음악은 또다른 의미에서 '시간의 예술'이다. 대학 신입생 시절 생일날 술을 마시다 차가 끊겨 공항가도를 걸을 때 친구가 불러주던 「독백」. 대학 2학년 농활 때 남몰래 좋아하던 여자 후배가 수줍게 부르던 「바위고개」. 입대 전야에 이제는 공원이 된 경의선 철로 위를 걷다가 하늘에 뜬 보름달을 보고 불렀던 「바가 루나」Vaga Luna. 나만 아는 줄 알았는데 같이 걷던 여자친구가 그 노래를 따라 불렀다. 이렇게 세계는 거대한 레코드판이 되어 그곳을 지나칠 때마다 그때 그 음악을 재생해준다. 음악이 지닌 예외적인 정서적 호소력은 대부분 '시간'과의 관련에서 나오는지도 모른다.

이 책을 위해 인터뷰한 인물들 중에는 다시는 돌아오지 못할 곳으로 떠난 이도 있다. 그 역시 음악과 시간의 연관을 의식했음이 틀림없다. 평소에 「민물장어의 꿈」이 자신의 장례식에 쓰일 노래라고 말하고 다녔기 때문이다. 그는 영원히 이 노래로 기억되기를 원했고, 그의 바람대로 그 노래는 그의 묘비명이 되었다. "저 강들이 모여드는 곳 성난 파도 아래 깊이 / 한

누구한테 더 굴욕적인지 모르지만 그와 나는 얼굴이 많이 닮았다고 한다.
그것이 SNS를 통해 그와 첫 인연이 만들어지는 계기가 되었다.
그와 직접 만난 것은 카이스트의 정재승 교수가 만든 사적인 모임에서였다.
그와 첫 만남이 이루어지는 장면을 마침 그 자리에 함께 있던
뮤지션 이이언씨가 사진으로 찍어 SNS에 올렸다.
그 사진은 네티즌들 사이에 큰 사회적 반향(?)을 일으켰고,
얼마 후 누군가 포토샵으로 나와 그의 얼굴을 바꿔치기하는 일도 있었다.
윤종신씨의 아들인 라익이에게 그 사진을 보여줬더니
자기 아빠 얼굴을 못 찾았다는 후문도 들려왔다.
그와의 인연은 그후로도 계속 이어져 jtbc의 한 예능 프로그램에
몇 개월간 함께 패널로 출연하기도 했다.
불행히도 그가 발라드 가수로 이름을 날리던 시절에는
내가 이 땅에 없었기에, 그에 대해서 내가 가진 이미지는 그저
'예능 프로그램에서 활약하는 씽어송라이터' 정도였다.
그러다가 우연히 「히든싱어」라는 프로그램에 그저 얼굴이 닮았다는 이유로
출연하게 되어, 궁금해서 유튜브로 그의 곡들을 찾아보다가
그가 한때는 대단한 미성의 소유자였다는 사실을 발견하고 놀란 기억이 난다.
사석에서는 본격적으로 그의 음악세계에 대해 대화를 나눌 기회가
거의 없었기에, 가벼운 기대감을 가지고 그와 마주 앉았다.

진중권 「진중권의 문화다방」 팟캐스트를 시작할 때 제목 공모를 한 적이 있는데, 그때 나온 제목 중에 이런 게 있더라고요. '주간 진중권'. 오늘 그 패러디의 원본인 윤종신씨를 모셨습니다. (웃음) 저희는 정재승 박사님과 함께 뵈었을 때 찍은 '페이스오프' 사진으로도 인연이 있죠.

윤종신 둘이 찍은 사진을 서로 얼굴을 바꿔서 합성한 거였는데, 사람들이 누가 누군지 모르더라고요. 진 선생님이 저하고 닮긴 닮았구나 싶었죠. (웃음) 선생님이나 저처럼 갸름하면서 뾰족하게 생긴 얼굴이 한국에 한 20퍼센트는 되는 것 같아요. 배우 정우성씨도 그중 한 명이고… (웃음)

진중권 며칠 전에 정우성씨가 나오는 광고를 봤는데 살짝 닮았다는 느낌이 들긴 하더라고요. (웃음)

윤종신 계속 보면 안 되고 보다가 살짝 돌려야 돼요. (웃음) 근데 정우성씨한테 죄송하죠. 저는 재밌자고 한 건데, 정우성씨는 얼굴이 재산인 분이라 사람들이 정우성씨 보고 웃고 그러면 안 되잖아요. (웃음)

015B 객원보컬로 데뷔하다

진중권 가수 윤종신씨의 음악 인생을 연대기 식으로 훑어가도록 하겠습니다. 1990년에 015B의 객원보컬로 데뷔하셨는데, 음악을 시작하게 된 동기를 여쭙고 싶어요. 저는 자라면서 가수가 되어야겠다거나 화가가 되어야겠다 하는 생각을 한번도 해본 적이 없거든요. 분명히 어느 순간 본인의 재능을 느꼈을 것 아닙니까.

> **015B**
>
> 신해철을 주축으로 했던 무한궤도의 멤버들이 무한궤도 해체 이후 결성한 연주자 중심의 프로듀서 그룹. 정석원, 장호일, 조형곤, 조현찬이 멤버로 있었다. 한국 대중음악에서 처음으로 객원보컬 시스템을 도입했다.

윤종신 많이 하는 이야기인데, 저는 가수가 되려고 준비하거나 하는 노력을 거의 안 했어요. 그저 우연히 온 기회를 잘 잡은 경우죠. 제가 대학교 1, 2학년 때 취미로 통기타 치고 곡을 쓰고 하다가 교내 가요제에 나가서 금상을 탔거든요. 그때 저는 수업에 거의 안 들어가서 학사경고 받고 근신 받고 그러다 간신히 제적을 면할 정도였어요. 그래서 제가 공부에 적응을 못 하는 걸 알던 친구들 중 하나가 저에게 음악을 해보라고 권유를 했습니다. 당시 신해철씨가 있던 무한궤도가 해체되면서 계속 음악을 하고자 하던 멤버들이 남아서

만든 게 015B였는데, 그 015B에서 노래를 부르기로
한 친구의 여자친구가 저희 과 친구였던 거예요. 그
렇게 소개를 받아서 오디션을 보고 객원보컬로 발
탁이 돼서 1990년에 「텅 빈 거리에서」라는 노래로
데뷔를 했죠. 저는 그 한번으로 끝날 줄 알았는데,

그 기획사 사장님이 조용필씨 매니지먼트를 했던 분이라 막강한
힘이 있었거든요. 그래서 이게 견디기 힘든 학교를 탈출할 수 있는
기회라는 생각에… 그래서 노력 없이 가요제 한번 나간 걸 계기로
밧줄 같은 걸 잡은 거죠.

진중권 이 자리를 준비하면서 윤종신씨 노래를 열심히 들었는데, 솔직히
데뷔곡 「텅 빈 거리에서」를 들으면 지금의 윤종신씨 얼굴이 전혀
떠오르지 않아요. 정말 맑은 미성이더라고요. (웃음)

윤종신 그때는 또 순수하게 생겼었죠. (웃음) 저는 이상하게 성대가 늦게
변한 편이라서 스물두세살 때는 목소리가 맑았습니다. 스물둘이면
제가 담배 피운 지 5년밖에 안 됐을 때라. (웃음) 지금은 담배를 안
피우지만 그후로 20년을 피웠으니까요.

진중권 1990년대에 저와는 아주 다른 세계에 사셨던 것 같아요. 저는 당시
만 해도 확신에 가득 찬 공산주의자, 사회주의자 이런 쪽이었다가
사회주의의 몰락으로 인해 좌절하던 시기였는데, (웃음) 그때 「텅

빈 거리에서」가 나왔단 말이죠. 어땠습니까? 그때도 학교가 여전히 시끄럽던 때였거든요.

윤종신 제가 88학번인데 1987년도에 이한열 열사가 사망했고, 제가 대학에 들어간 1988년은 여전히 삼엄했습니다. 더구나 올림픽이 있었고요. 과가 국문과다보니까 수업을 안 들어가도 그런 일에는 많이 참여했던 것 같아요. 저는 딱히 의식이 있거나 하진 않았지만 과 자체가 참여하지 않으면 안 되는 분위기였어요. 그런 분위기에서 대중가요를 부른다는 게 쉽지는 않았습니다. 돌이켜보면 대중음악이 약간의 탈출구가 되었던 것 같기도 하고요.

진중권 그 시기가 바로 사회주의가 몰락하고 이상을 잃어가는 시기 아니겠습니까. 저는 그때 비로소 대중문화에 관심을 갖게 되었던 것 같아요. 그전에는 부르주아 퇴폐문화라고 경멸하기만 했었죠. (웃음) 제가 일찍 유학을 가서 한국음악사의 맥락이 머릿속에 없지만, 015B라는 이름은 기억이 납니다. 015B 1집은 크게 성공하지는 못했죠?

윤종신 그때는 그랬지만 시간이 지나서는 인정을 많이 받았죠. 앨범 전체 프로듀싱을 했던 정석원씨의 발상 자체가 워낙 참신했으니까요. 작곡가와 연주자끼리 모여서 '우린 보컬 없어. 보컬은 그때마다 부를 서야' 하는 생각부터가 참신했죠. 지금은 피처링이라는 형식으로 많이 하지만 그때는 굉장히 낯선, 기존에 없던 형식이었어요.

진중권 애초에 의도되었던 겁니까? 가령 전체를 끌어갈 만한 리드보컬이 없어서 그랬을 수도 있잖아요.

윤종신 그랬을 수도 있죠. 정석원씨의 마음속에 뭐가 있었는지는 모르겠지만요. 무한궤도에는 신해철이라는 확고한 보컬이 있었지만 신해철씨만큼 음악적 역량이 있었던 게 정석원씨인데, 정석원씨는 보컬 위주로 흘러가는 방향에 대해서 다른 생각이 있었을지도 모르죠. 그리고 제 짐작이지만, 한 보컬에게 얽매이지 않으면 여러 방면으로 곡을 쓸 수 있어서 그랬는지도 모르겠습니다.

진중권 대학교 때 데뷔해서 한번에 유명해지긴 했지만 직업으로 이어나가기는 쉽지 않았을 텐데요. 한번 이름을 얻었다가도 음악을 계속하지 못하고 포기하는 사람들도 있지 않습니까.

윤종신 탈출구라고 생각했기 때문인 것 같아요. 학교에 흥미를 느끼지 못했으니까요. 제가 1989년에 음악활동을 시작하게 되기 전에 군 입대 신체검사를 받았었는데, 그때는 대학교 교련수업을 마치면 군대에 가는 것이 보통이었거든요. 그래서 당연히 입대를 하려고 생각하고 있었는데, 마침 데뷔를 하게 되니까 이때를 놓치면 다시는 이런 기회가 오지 않겠다는 생각이 들더라고요. 그래서 015B 기획사에 몸을 실었죠.

1집 『처음 만날 때처럼』

진중권 그리고 1991년에 1집 『처음 만날 때처럼』이 나왔
습니다. 아홉곡 중에서 여섯곡을 직접 작사하고
세곡을 작곡했고요, 가장 널리 알려진 「처음 만
날 때처럼」 역시 직접 쓰셨습니다. 좀 놀라운데
요. 거의 데뷔하자마자 쏠로 앨범이 나온 것 아
닙니까.

「처음 만날 때처럼」
1집 『처음 만날 때처럼』 수록.

윤종신 소속사에서 많이 봐주신 것 같아요. 곡이 좀 미진하지만 그냥 한번
맡겨보자, 하고요. 제가 보기엔 소속사에서 큰 기대 안 하고 만든
앨범입니다.

진중권 3번 트랙 「떠나간 친구에게」는 신해철씨가 피
처링을 했습니다. 신해철씨에 관한 기억은 어떤
가요.

「떠나간 친구에게」
1집 『처음 만날 때처럼』 수록.

윤종신 신해철 형은 지금 돌이켜 생각해보면 천재성
이 일찍 발현된 사람 같아요. 서처럼 결단력 없이 음익을 할까 말

1집 『처음 만날 때처럼』(1991)

까 어물쩍어물쩍 망설인 게 아니라요. 지금 생각해도 신기한 사람이에요. 스무살 무렵에 어떻게 그런 생각과 강단을 가지고 있었는지… 그때 이미 신해철은 40대 중반 사장님하고 마주 앉아서 "아니, 사장님, 이게 이런 것 아닙니까" 하고 얘기하면서 대화를 이끌어가는 형이었어요. 1988년도 대학가요제에서 신해철씨가 「그대에게」를 부르는 걸 보면 그건 스물한살이 아니에요. 스물네살 때 한 앨범 전체를 프로듀싱하면서 히트를 시키고, 열살 이상 차이나는 PD를 형이라고 부르면서 자유자재로 얘기하는데 너무 자연스러워 보였습니다. 어려서부터 천재인 사람을 볼 때 드는 위압감도 있었고, 제가 그때 많이 배웠죠.

진중권 제가 가끔 불만스러운 게, 외국의 아티스트들을 보면 사고도 좀 치고 그러잖아요. 우리나라는 너무 얌전한 게 아닌가 싶습니다. 그 와

24

중에 신해철씨가 튀는 발언도 하고 사람들 속을 시원하게 해주는 것 같아요.

윤종신 네, 그렇죠. 가사에서도 감정을 굉장히 신랄하게 표현하는 편이라 제가 많이 배웠어요. 저는 제가 그러지 못해서 그런 분들을 좋아했었습니다. 신해철씨의 표현을 옆에서 지켜보면서 배우기도 하고요. 좋아했는데 썩 친하지는 못했어요. 저는 지금도 신해철씨를 제일 글 잘 쓰고 이야기 잘하고 생각이 있는 뮤지션 중 한 사람으로 꼽죠.

진중권 목소리 이야기도 할까 하는데요, 말씀드렸지만 처음 듣고 너무 놀랐습니다. 지금의 윤종신씨 목소리와는 판이하게 다르잖아요. 1집 때의 미성, 혹은 어떤 면에서는 주눅 든 것 같기도 한 목소리에서 시간이 지나면서 서서히 변화하는데요. 의도된 것인가요, 아니면 자연적인 신체의 변화에 따른 것인가요?

윤종신 자연스러운 변화였던 것 같아요. 1집은 제 목소리가 아니라 제 발성을 찾지 못하고 긴장한 상태에서 나오는 여린 목소리였죠. 그래서 「텅 빈 거리에서」는 아마추어 발성이라고 생각해요. 겁도 많았고 잘 몰랐기 때문에 속된 말로 '짬'을 봤던 것도 있어요. 디렉터가 예쁘게 내라고 하면 예쁘게 내고. 그러다 2집, 3집이 되고 어른이 되어가면서는 제가 소리를 지르게 되죠. '「너의 결혼식」 「오래선 ㄱ

날」같은 노래를 부르면서 바뀌어간 것 같아요.

015B의 그늘에서 벗어나다

진중권 앨범으로는 4집이 아마 최고 판매량을 기록했죠?

윤종신 네. 그전까지는 015B의 그늘이 컸어요. 제 히트곡이 있음에도 불구하고 015B 객원보컬 출신이라는 꼬리표를 떼기 어려웠죠. 그래도 저는 거기에서 탈피하고 싶다는 생각은 없었는데, 정석원 형이 3집까지 프로듀싱을 해주고는 이제 저 혼자 해보라고 한 거예요.

진중권 궁금한 것이, 앨범을 프로듀싱한다는 건 정확히 어떤 의미인가요? 어디까지가 프로듀싱의 영역이라고 할 수 있는지.

윤종신 요즘 들어서는 프로듀싱이 좀더 전지적인 위치에 있는 작업이라는 생각을 해요. 앨범 전체의 이미지를 결정하는 거죠. 단순히 음악만이 아니라 더 상업적인 눈으로 보고 대중과 앨범을 음악적으로 연결해줄 수 있어야 한다고 생각해요. 가장 간단하게는 몇곡을 할 것이며, 어떤 이야기를 테마로 할 것이며, 앨범 제목은 어떻게 할 것인가부터 이 앨범이 발매됐을 때 어떤 이미지의 가수, 어떤 이미지의 앨범으로 대중에게 다가갈 것이냐, 속된 말로 어떻게 하면 먹힐

4집 『공존』(1995)

것이냐, 이런 것들을 다 아울러서 가수를 전체적으로 분석하고 창법 지도까지 디테일하게 해야 하는 거죠.

진중권 말하자면 프로듀서가 상업적 판단까지 해줄 수 있는 사람이 되어야 한다는 말씀이시지요?

윤종신 제 생각은 그래요. 지금의 프로듀싱은 음악성과 판매를 동시에 달성하는 걸 목표로 해야 한다고 생각합니다. 1990년대까지만 해도 씽어송라이터의 시대여서 엄격히 이야기하면 프로듀싱 없이 단순히 곡을 나열하는 수준이었어요. 요즘은 굉장히 고도화되어서 철두철미하게 회의를 하지만, 그때만 해도 열다섯곡 중에서 열곡 정도를 추리고 가사의 맥 정도만 맞으면 그걸 프로듀싱이라고 했던 것 같아요. 결국 앨범을 만들어낸 거니까 프로듀싱이라고 봐야겠지만, 지금보다는 디테일이 떨어졌던 거죠. 그런데 지금 4집 앨범을 쭉 들어보면 투박함은 있지만 나름대로 일목요연한 무언가가 있더라고요. 분명히 잘 만든 앨범은 아닌데도 판매량은 서른 넘어서 낸 앨범보다 많았거든요. 기운이라는 게 있는 것 같아요. 20대에 항상 히트작이 나오잖아요. 특히 우리나라 가요계는 20대가 절정기거든요. 더 잘해서 히트하는 게 아니라, 팬들의 수요와 가장 잘 맞아떨어지는 시기에 낸 앨범이기 때문에 그런 것 같아요.

진중권 4집은 판매도 판매지만 다양한 장르의 음악을 구사해서 주목을 받았죠. 복고풍 발라드부터 디스코, 펑키… 악기도 여러가지가 나오고요. 다양한 음악을 실험해보고 싶은 욕구가 있었던 거겠죠?

윤종신 네, 그래서 '공존'이라는 제목을 붙였죠. 지금 생각해보면 되게 얍삽한 제목이에요. (둘 다 웃음) 이 음악 저 음악 다 하고 싶으니까, 윤종신 안에 두가지 음악적 색깔이 공존한다는 의미로 공존이라는 제목을 붙인 거죠. 한쪽은 '웜'warm, 또 한쪽은 '쿨'cool이라고 해서 '웜'은 어쿠스틱, '쿨'은 디지털 프로그래밍, 그런 것들을 섞었던 거죠. 지금 생각해보니까 20대 중반치고는 명민한 프로듀싱이었던 것 같아요. 외국 뮤지션 앨범을 보면서도 배웠고, 선배들이 프로듀싱하는 걸 어깨너머로 보고 배워서…

진중권 그건 어떻게 배우시나요? 남의 앨범을 들으면서 하나하나 분석하는 건가요?

윤종신 네, 제가 강한 영감을 받았던 사람들한테서 배우는 거죠. 예를 들어 저는 「사랑일 뿐야」 「입영열차 안에서」 등이 실린 김민우 1집을 명반이라고 생각하는데, 그 앨범을 보면 제작자 김광수씨가 프로듀싱을 하광훈, 윤상 두분에게 나눠서 맡겼어요. 하광훈 형님은 히트곡이 많은 경력자였고 윤상은 신성이었죠. 그 두 프로듀서가 곡을 나눠서 작곡하고 작사는 박주연이 전체를 맡는 독특한 방법으로 만들었는데, 너무 조화로운 앨범인 거예요. 그때만 해도 씽글이 아니라 앨범 위주의 시장이어서 앨범의 구성력이 뮤지션의 가치를 만들어내는 데 미치는 영향이 컸습니다. 또 '빛과 소금' 형들이라든지, 특히 동아기획의 씽어송라이터들, 김현철, 장필순, 조동익 같은 뮤지션들의 음악을 탐닉하면서 배웠죠.

진중권 4집은 혼자 프로듀싱을 했는데 5집은 다시 공동 프로듀싱을 했습니다. 어떤 이유인지요? 일종의 후퇴라고 볼 수도 있는 건가요?

윤종신 혼자 해보니까 느끼는 한계가 있었어요. 1990년대는 이영훈, 유재하부터 시작된 화성적으로 화려한 음악, 예를 들면 쇼팽 같은 느낌의 아름다운 음악들이 창궐하던 때예요. 특히 이별 노래에 화성적으로 세련된 음악이 많았고 저도 그런 음악을 좋아했습니다. 그에 비해서 제가 해오던 음악은 화성이 좀 투박하다고 생각했는데, 그랬기 때문에 4집이 히트한 것이기도 하지만, 그럼에도 저는 조금 더 우아한 화성을 가진 음악을 하고 싶었죠. 그렇다고 정석원 형하고 다시 하기도 그렇고… 그때 석원이 형이 유희열이라는 친구가 있는데 한번 만나보라며 소개를 해줬죠. 어리고 경력도 일천한데 화성을 유려하게 잘 쓰는 친구라면서요. 그래서 만나보니 굉장히 번뜩이는 느낌이 있었습니다. 정말 빼빼 말라가지고 아무것도 없는 것 같은데 총명한 게 눈에 딱 보이더라고요. 그래서 희열이가 군대를 제대하고 나서 "희열아, 작업실 가서 나랑 같이 음반 만들자" 해서 그 친구를 건반에 앉히고 제가 멜로디를 맡아서 아홉곡이 나온 게 5집 앨범이에요.

진중권 그렇군요. 저희 누나가 클래식 작곡을 하는데, 제가 기타 코드를 붙여보라고 했더니 너무 후진 거예요. (둘 다 웃음) 명색이 작곡가인데 왜 이렇게 후지냐고 했더니 이쪽은 클래식하고는 완전히 다른 재능이라고 하더라고요. 그런데 유희열씨는 양쪽 다 재능이 있는 것 같아요.

윤종신 네, 화성적인 재능이 있고, 사람들이 '이게 뭐지?' 하고 돌아보게 만드는 번뜩이는 진행을 잘하죠. 분명히 희열이도 클래식이나 재즈 같은 음악을 들어서 캐치하는 건데, 그런 능력이 좋은 거죠. 결국은 좋은 걸 알아듣는 능력입니다. 윤상 형도 그런 데 능한 편이고요. 저도 귀로는 아는데 플레잉은 잘 못 했습니다. 그래서 플레잉을 잘하는 친구들과 협업을 했죠.

진중권 사실 기타를 조금 쳐본 사람들은 코드 진행이라는 게 대개 뻔하잖아요. 그런데 프로들이 편곡한 걸 보면 동일한 곡인데도 이 코드에서 다른 코드로 진행할 수 있는 수많은 가능성을 다 보여주더라고요.

윤종신 1990년대가 배음倍音을 달리하면서 만들어지는 멜로디와의 오묘한 관계, 그런 걸 들을 줄 아는 사람들이 많아진 때였습니다. 그에 비하면 1980년대 가요들은 좀 스트레이트한 편이고 일차원적인 느낌이 많았죠. 그런데 반대로 코드의 공해에 빠지다보면 너무 말랑말랑하고 힘이 안 느껴지니까 또다시 일차원적인 코드에 끌리기도 합니다. 예를 들어서 이장희 형님의 곡을 들어보면 코드는 어렵지 않은데 멜로디가 예사롭지 않거든요. 그런 힘이 있어요. 하여튼 1990년대는 김현철, 윤상, 유희열, 정석원처럼 건반을 기초로 하면서 코드워크를 잘하고 화성을 잘 쓰는 분들이 득세했던 시대였습니다.

군생활, 하림과의 만남

신중현 그다음 6집은 아홉곡 중에서 여섯곡을 기존에 있던 곡을 새로 편

곡해서 수록했거든요. 군대 가기 전에 급하게 기획을 해서 냈다고 들었는데. (둘 다 웃음)

윤종신 제가 1996년 12월 10일에 입대했는데요, 10월부터 급하게 음반을 만들어야 하는데 솔직히 고백하자면 신곡을 만들 자신도 없고, 도 저히 시간이 없으니까 「길」이라는 노래를 포함해서 세 곡 정도 공 을 들이고 나머지는 리메이크를 했던 앨범입니다. 당시 기획사 사 장님한테 죄송한 일이었죠.

진중권 군생활도 궁금합니다. 한동안 문제가 되었던 이른바 연예사병이었 죠. (웃음)

윤종신 제가 연예사병 1기입니다. 그때는 초창기여서 규율보다는 연예사 병 제도를 처음 꾸려가느라 애를 썼던 것 같아요. 당시 연예인들이 많이 군 입대를 하게 되면서 국방부에서 이들을 홍보에 활용해야 겠다고 생각했던 거죠. 민간인 배우를 쓰면 출연료 삼백만원, 잘나 가는 배우는 천만원씩 예산이 드니까. (웃음) 저는 용인에 있는 3군 사령부 군악대에서 이병 생활을 하다가 일병 될 때쯤인가 국군홍 보관리소로 전출되었죠.

진중권 군대에서 운명처럼 하림씨를 만나서 7집 작업을 같이 하게 되셨다 고요.

윤종신 네, 제가 병장 때 하림이 일병으로 왔죠. 공군 군악대에 있다 왔는데 저보다 음악을 훨씬 잘하고 심지어 노래까지 잘하더라고요. 제가 제작에 뜻이 있었으니까 꼭 같이 해보고 싶어서, 제대하기 전에 워드로 계약서를 만들어서는 "최현우(하림의 본명) 일병, 이리 와. 읽어봐. 도장 찍어" 했죠. 병장이 일병한테… (둘 다 폭소) 그렇게 1998년에 인연을 맺어서 지금까지 저희 소속사 뮤지션으로 있습니다.

2000년대의 변화

진중권 제대 이후에 안정된 궤도에 올라서면서 이른바 명반이라고 평가받는 앨범들이 나오지 않았습니까. 그런데 2000년대 들어서 음반시장의 성격 자체가 변해버렸습니다.

윤종신 군대를 제대하고 낸 앨범이 7집, 8집, 9집인데, 서른대여섯 무렵까지도 1990년대 중반을 찾으려고 했던 것 같아요. 그 정도 판매량을 되찾고 싶은데 잘 되지 않으니까 '내가 왜'라고 생각했던 거죠. 시장의 변화에 둔감했던 거예요. 지금은 많이 상업적인 사람이 되었지만, 원래 그랬던 게 아니라 실패를 통해서 제 현실감각이 부족하다는 걸 느낀 거예요. 옛날에 했던 걸 더 슬프게 쓰면 대중이 좋아할 거라 생각했는데 아니더라고요. 남들에게 준 곡들은 다 괜찮았

거든요. 성시경씨한테 준 「넌 감동이었어」「거리
에서」도 히트를 시켰고 김연우의 「이별 택시」,
박정현의 「나의 하루」 등등… 그런데 내 곡을 내
가 부르면 히트가 안 되는 거예요. 내가 1990년
대부터 활동한 사람이고 대중들이 오래 봐왔던
사람이란 걸 간과한 거죠. 그래서 '나는 지금 더

성시경 「넌 감동이었어」
성시경 2집
「Melodie D'amour」 수록.

잘하는데 왜 더 안 들어주지?' 하고 고민을 많이 했습니다.
대중들이 너무 덜 영근 것에 열광하는 면이 있지 않나 하는 생각은
지금도 있어요. 실제로 30대, 40대 뮤지션들의 음악이 참 좋은데 그
들의 시장이 부족하다는 게 아쉽습니다. 아무리 20대 시장이 가장
크고 중요하다 하더라도 30대, 40대 시장도 있었으면 좋겠다는 말
이죠. 작은 시장 안에서 일하는 사람들의 애환인데, 10대, 20대에
집중된 시장이다보니 나이가 들면 굉장히 초라해지는 경우가 많거
든요. 저는 그런 걸 2000년대 초중반에, 7집부터 10집까지 내면서
많이 느꼈어요. 물론 그 고민 덕분에 더 좋은 앨범이 되기도 했죠.
진이 쭉쭉 빠질 정도로 잘하려고 애썼던 것 같아요.

진중권 그래서 그런지 본인은 9집과 10집을 가장 좋아하는 앨범으로 꼽으
셨습니다. 그때 작곡가로서의 윤종신의 정체성이 만들어졌다고 할
수 있을까요?

윤종신 그렇죠. 그리고 2005년까지 실제로 이별의 후유증을 겪으면서 곡

을 썼기 때문에 더 신랄한 표현들이 나왔고, 멜로디도 가사에 잘 맞았습니다. 그래서 7집부터 10집까지 네장의 앨범이 기억에 남죠. 1990년대를 경험했던 분들은 5집을 가장 좋아하는 앨범으로 꼽아주기도 하는데, 저는 서른 넘어서 낸 9집과 10집을 가장 좋아합니다. 저는 스스로 늦게 영근 뮤지션이라고 생각해요. 제가 제 소리를 좋아하게 된 게 서른 넘어서이거든요. 지금은 최근에 하고 있는 『월간 윤종신』이 가장 윤종신다운 게 아닌가 생각하고요.

진중권 9집에 수록된 「팥빙수」라는 노래가 어떤 면에서는 가장 많이 알려진 곡이라고 할 수 있죠. 사랑이나 이별과는 아주 다른, 일상생활을 키치적이고 팝스럽게 그려냈습니다.

「팥빙수」
9집 「그늘」 수록.

윤종신 9집 앨범이면 2001년인데, 앞의 두장의 앨범에 대한 반응이 만족스럽지 않아서 여러가지 생각이 섞였던 것 같아요. 반감도 좀 생기고. '너넨 뭘 해도 안 좋아하는구나. 그럼 이런 걸 하지 뭐.' 여기서 '너네'란 대중입니다. (둘 다 웃음) 2001년이면 1999년부터 시작된 테크노 열풍을 비롯해서 굉장히 다양한 음악들이 창궐할 때거든요. 그래서 2001년부터 키치에 빠지고 말장난도 해보고 그랬죠. 근데 사람들이 좋아하더라고요. (웃음)

진중권 본인이 가장 좋아하는 곡은 「수목원에서」라는 곡이죠. 20대의 실연에 상당히 충격을 받으신 것 같아요. 「수목원에서」는 본인의 사적 체험이 굉장히 강하게 개입된 것 아닙니까.

윤종신 7집, 8집은 제가 곡을 짓다가 슬퍼서 울기도 할 때니까 끈적끈적한 느낌이 있었다면, 9집은 여름을 겨냥한 앨범이어서 느낌이 달라요. 이별한 사람에 대해서도 '이제 떠나갔지, 잘 살겠지' 하고 관조적으로 생각하게 되었고요. 잠시 떠나보자는 생각으로 혼자 아무도 없는 광릉수목원에 간 적이 있는데, 그때 이야기를 쓴 곡입니다. 그 때가 서른세살이었는데, 힘을 조금 뺀 사람이 멋있어 보였던 때인 것 같아요. 「수목원에서」는 지금 불러도 짠해요. 저는 이별의 여파가 30대 초중반까지 갔거든요. 가사에도 제 직업이 가련한 직업이라는 얘기를 쓴 적이 있는데, 제 직업 자체가 계속 되뇌는 직업이잖아

「수목원에서」
9집 「그늘」 수록.

요. 성시경씨한테 준 곡도 그렇고 저한테 이별 노래를 많이 기대하니까, 그때마다 한번의 굵직했던 이별을 계속 되새기게 돼요. 지금도 가끔 그때 생각을 하면서 곡을 쓰고요.

저는 「수목원에서」가 가사뿐 아니라 음악도 마음에 들어요. 1990년대엔 말랑말랑한 코드워크를 좋아했다가, 「수목원에서」는 포크에 적절한 화성이 가미된 어렵지 않은 발라드인데 말랑말랑하게 부르지 않고 시원하게 던지면서 불렀거든요. 힘도 빼고 음악적으로 영글어가는 모습을 보여줄 수 있었던 노래여서 많이 좋아합니다. 그 이후로 통기타 음악을 많이 하게 된 시초가 된 곡이기도 하고요.

진중권 형식적인 측면에서나 내용적인 측면에서나 결정적인 지점이라고 할 수 있겠네요.

윤종신 지금도 「수목원에서」 같은 음악을 하는 분들이 별로 없거든요. 그 때부터 윤종신류의 음악이 만들어지기 시작했다고 생각해요.

예능인 윤종신

진중권 2005년에 나온 10집은 최고의 잠재력이 터졌다고 평가받는 앨범입니다. 이전에는 거의 매년 앨범을 내셨는데, 4년이 걸렸어요.

윤종신 소속사 문제도 있었고, 또 제 인지도에 대한 고민이 많기도 했어요. 제가 예능을 처음 시작한 게 2001년이었거든요. 제가 라디오에서 이야기하는 걸 워낙 좋아했으니까 텔레비전에 한번 도전을 해보자고 마음먹은 거죠. 처음 발을 내디뎠던 게 「야! 한밤에」라는 프로그램이었습니다. 서세원씨가 MC를 보고 그 당시에 노총각이었던 4인방, 윤상, 이현우, 김현철, 그리고 제가 패널로 나왔는데, 발라드를 좋아하고 제 음악을 좋아했던 분들한테는 변절자 얘기를 듣죠. (웃음) 그때부터 윤종신이라는 이름 석자에 대한 생각을 달리했습니다. 김병욱 김독님의 시트콤 「웬만해선 그들을 막을 수 없다」에

도 출연했고, 2003년에는 「논스톱 4」에 고정으로 출연하면서 3~4
년간 윤종신이라는 이름을 불특정 다수의 사람들에게 알리는 데
주력했어요. 물론 팬들에게는 '내가 좋아하는 뮤지션이 왜 텔레비
전에 나와서 저래야 되느냐'는 이야기도 많이 들었습니다. 지금은
아니지만요. 뮤지션의 예능 출연의 시조가 저라고 할 수 있죠. (둘
다 웃음) 그리고 음악적으로는 제 음반 작업보다는 영화음악 작업을
많이 했고요. 여러 이유가 있겠지만, 음반으로 이익을 낼 자신도 없
었고 아까 말씀드린 것처럼 반감도 있었습니다. 예능 하면서도 심
적으로 쉽지는 않았고… 그렇게 외도 아닌 외도를 하다가 30대 중
반, 고심 끝에 10집을 낸 거죠. 그런 내적 갈등이 10집에 굉장히 농
축되어 있습니다.

진중권 젊은 세대들 중에서는 '윤종신이 가수야?' 이렇게 놀라는 사람도

있거든요. 예능 프로그램에 나가서 이름을 알리는 건 좋은데 본말이 전도됐다고 생각하는 사람들도 있었을 법합니다. 예능 나가는 게 음악을 위한 건데 젊은 세대들은 음악은 생각 안 하고 예능만 생각한다는 말이죠.

윤종신   그런데 그분이 제가 하는 예능 프로그램부터 봤다면, 예능인 윤종신이 제가 아니라고 부정할 순 없잖아요. 뒤늦게 음악인이란 걸 알면 다행인 거고요. 제가 그런 고민에 대해 명쾌한 답을 못 내리고 있다가 생각을 정리하게 된 계기가 바로 선생님이 트위터에 올린 정체성에 대한 글이었습니다. 정체성에 집착하는 질문의 촌스러움에 대해 말씀하셨는데, 제가 정말 공감을 했어요. 그래서 요즘은 '내 정체성은 윤종신이다'라고 항상 얘기하죠. 이제는 윤종신이 활동하는 방식을 사람들이 이해해주니까요. 하지만 그때만 해도 가수라고 얘기를 해야 되는지 고민이 많았어요. 예능을 하면서 내가 가수라는 걸 꼭 증명해야 하나? 언젠가 가수라는 걸 알 날도 있겠지만, 어떤 사람은 내가 가수라는 걸 모르고 살 수도 있는데 꼭 내가 "전 가수예요" 할 필요는 없잖아요. 전 예능에 대한 애착도 굉장히 크거든요. 개그맨이면 개그를 하지 왜 음반을 내느냐고 하는 사람들도 있었는데, 저는 예능인으로서 사람들을 웃기는 것에도 의미를 많이 두고 그것도 제 재능인데 왜 양자택일을 해야 하는 건지 모르겠어요. 사람들은 왜 음악을 더 고귀하게 보는 걸까 하는 반감도 좀 있습니다. 양쪽 다 지고, 한쪽만 아신다면 나중에 다른 쪽도 소개해주고 싶지만 '저는 원래 이쪽입니다'라고 얘기할 생각은 없어요. 선생님도 그렇잖아요.

진중권 맞습니다. (둘 다 웃음) 사람들이 위계질서를 세워요. 교수 내지는 학자면 높은 거고 인터넷에서 대중들하고 싸우고 놀면 저급한 거라고 생각하는데, 양쪽 다 제 일부거든요. 다른 재능이고.

윤종신 맞아요. 세상에는 꼭 수직으로 서열을 분류하는 사람들이 있죠. 하지만 저희 업계는 수평적으로 존재한다고 생각하거든요. 인기나 판매량에는 서열이 있지만 직업이나 장르가 수직적으로 나열될 필요는 없다고 생각해요. 그런데 보면 자기가 위에 있다고 생각하시는 분들이 그런 수직적인 분류를 하는 것 같아요. 그게 무서운 거죠. 문화는 수평적인 나열인데 '내가 인정을 받아서 저 위로 올라가야지' 하면서 그 분류법에 적응하려고 하는 사람들이 생기잖아요. 저는 그 분류법에 따를 필요가 없다고 생각합니다.

진중권 플라톤주의자들이 그렇게 서열을 수직으로 매기죠. 질적으로 다를 뿐인데. 그런 분류법 좋아하는 분들은 자기 자신도 분류가 되어야지 마음이 편해요. 위계질서 안에 있어야 자기 스스로 만족하고.

개그맨이면 개그를 하지 왜 음반을 내느냐고 하는 사람들도 있었는데,
저는 예능인으로서 사람들을 웃기는 것에도 의미를 많이 두고
그것도 제 재능인데 왜 양자택일을 해야 하는 건지 모르겠어요.

작곡가·작사가·기획자 윤종신

진중권 다시 음악 이야기를 해보죠. 제 경우는 음악에 대한 취향이 주로 중고등학교 때 형성된 것 같아요. 그때 형성된 취향에서 더는 진화하지 않고 평생을 가더라고요. 중고등학생 때 영향을 많이 받은 가수나 그룹은 뭐가 있을까요?

윤종신 저도 중고등학교 때가 제일 많이 흡수한 때인 것 같아요. 중학교 3학년부터 고등학교 1, 2학년 때까지는 헤비메탈에 빠져 있었습니다. 제가 1969년생인데 그 무렵이 저희 세대가 헤비메탈에 심취했던 때예요. 거친 음악 좋아하고 부드러운 음악 싫어하고, 헤비메탈 중에서도 가장 세다는 주다스 프리스트Judas Priest나 아이언 메이든 Iron Maiden, 오지 오스본Ozzy Osbourne처럼 악마를 노래하고 사랑 노래를 경멸하는 팀들에 빠져서 터프함의 끝을 달렸죠. (웃음) 그런데 그런 노래를 좋아하는 친구들은 대부분 너드nerd였던 것 같아요. 실제로 헤비메탈 공연장에 가보면 곱상한 친구들밖에 없거든요. 예를 들어 연예계에서는 개그맨 이윤석씨가 헤비메탈 팬이죠. (웃음) 그러다 시카고Chicago라는 미국 밴드의 음악을 듣고, 이문세 형을 좋아하면서 부드러운 음악, 말랑말랑한 가요도 좋아하기 시작했어요. 그러다 고등학교 3학년이 되면서는 헤비메탈을 버리고 유재하, 그리고 이문세, 정확히 말하면 이문세 형의 곡을 쓴 이영훈 형한테 빠지면서 통기타로 곡을 쓰는 게 저의 가장 큰 취미가 됐죠.

진중권 곡을 쓸 때는 통기타를 사용하시나요, 아니면 악보를 적으면서 하시나요?

윤종신 통기타를 씁니다. 저는 음악을 전공하지 않아서 악보를 민첩하게 그리는 편이 못 되거든요. 그래서 반복해서 외우면서 했어요. 그다음에는 소형 녹음기가 나와서 그걸 썼고요.

진중권 「라이터를 켜라」 등 영화음악도 몇 편 하셨는데, 영상에 수반되는 음악과 독립적으로 존재하는 음악은 근본적으로 성격이 다르지 않습니까. 영화음악은 보컬이 없는 경우가 대부분이고요. 작업할 때 어떤 차이가 있나요?

윤종신 사실 영화음악은 저한테는 힘든 작업이긴 한 것 같아요. 일단 제가 악기 연주자가 아니다보니까 먼저 머릿속으로 이미지를 떠올리고 멜로디 라인을 생각하거든요. 화성은 편곡자한테 맡기거나 화성을 공부한 분들한테 의지하는 경우가 많고요. 처음부터 설계도를 그리듯이 작업을 하지 못해서 연주를 해보면서 만들어가는 방법을 택한 거예요. 사실 영화음악을 그만둔 것도 그런 작업방식에 한계를 느껴서였어요. 세 편 딱 해보고 이건 내 길이 아니다 생각했죠. 조금 더 연주적이고 상상력이 구체화된 분들의 영역이라고 생각해요. 지금도 주제가까지는 하는데 스코어를 만드는 건 제 여량에 넌

치는 작업이 아닌가 합니다.

진중권 작곡과 작사를 모두 하시는데, 두 작업의 성격은 판이하게 다릅니다. 본인은 어떤 작업이 더 편하고 본인에게 어울린다고 생각하시나요?

윤종신 재능으로 치면… 저는 노랫말 쓰는 작업이 좀더 힘들고, 잘 나왔을 때의 쾌감이 곡을 잘 썼을 때보다 크더라고요.

진중권 그럼 곡을 더 쉽게 쓴다는 이야기인가요? (웃음)

윤종신 네, 저는 곡을 쉽게 써요. 멜로디 메이킹 하나만은 자신하는 편이에요. 특히 협업을 할 때는 화성을 잘하는 친구들이 "형, 이 어려운 화성에서 멜로디가 어떻게 그렇게 쉽게 나와?" 하고 얘기하거든요. 그런데 가사는 안 그래요. 가사는 실제로 겪지 않고 상상으로만 쓰기에는 너무 힘들어요. 물론 상상으로 쓰긴 하지만, 그래도 어느정도 제 경험이 있어야 되죠. 그래서 한번 진하게 겪었던 이별이 지금까지도 제 이별 곡 가사의 바탕이 되고 있어요.

진중권 곡을 만들기 전에 가사를 먼저 써놓나요?

윤종신 요즘에는 소재 같은 걸 미리 메모해놓기도 하는데, 그래도 곡을 먼저 씁니다. 트위터에도 한번 쓴 적이 있지만 작사가는 글 쓰는 사람이 아니고 뮤지션이라고 생각하거든요. 음에 말을 붙이는 일은 굉장히 음악적인 작업이에요. 그냥 글을 쓰는 것하고는 너무 다른 작업이죠. 그래서 음악을 모르면 작사가가 될 수 없다고 생각합니다. 음에 맞는 말의 묘한 뉘앙스를 살려야 하고, 실제로 불렀을 때 음과 말이 얼마나 잘 맞느냐가 중요하거든요. 예를 들어서 고음 부분에는 모음으로 시작하는 가사가 붙으면 힘을 주기가 어려워요. '가슴에'가 되어야 하는데 '아이가'가 나오면 고음을 내기가 어렵거든요. 이런 건 기술적으로 충분히 익힐 수 있긴 하지만, 어쨌든 음악과 내용을 동시에 잡아야 하기 때문에 지금도 가장 힘들고 스트레스가 많은 작업은 작사예요.

진중권 다른 가수들에게 곡을 무척 많이 써주셨습니다. 이수영, 김연우, 박정현, 성시경… 미리 만들어두었던 곡인가요, 아니면 그 가수를 염두에 두고 쓰신 건가요?

윤종신 염두에 두고 쓴 거죠. 제 노래를 그 가수가 잘 불러주었을 때 느끼는 쾌감이 대단해요. 드라마 작가가 괜찮은 배우를 만나서 대사가 빛을 발할 때의 느낌과 비슷할 것 같아요. 이 대사를 과연 어떻게 할까 싶었는데 너무 잘 살릴 때. 또 감독이 생각했던 연기와 배우의 연기가 딱 맞아떨어지거나 심지어 더 잘할 때. 특히 박정현, 성시경, 김연우 같은 가수들은 그 짜릿함이 굉장히 강렬했죠. 제가 불렀을 때보다 더 초롱초롱하게 불러주니까요.

진중권 그럼 특정한 가수를 염두에 두고 곡을 써서 줬는데 안 받는 경우도
       있나요?

윤종신 그런 경우 많죠. 누가 있을까요… 이효리! (웃음) 제가 효리의 캐릭
       터에 매력을 많이 느껴서 꼭 한번 같이 작업을 해보고 싶었거든요.
       그런데 효리가 본인의 프로듀싱 욕구가 강한 친구라 "오빠, 나는
       내가 하고 싶은 게 있어"라고 하더라고요. 기본적으로 작곡가들은
       퇴짜를 많이 맞아요. 야구선수랑 비슷합니다. 3할이면 아주 잘한
       거예요. (웃음)

진중권 곡을 많이 써주면서 주변 가수들에 대한 영향력이 서서히 형성되
       고, 실체가 뚜렷하진 않더라도 이른바 윤종신 사단이 만들어진 것
       같습니다. 특히 눈여겨보는 후배 가수들이 있나요?

윤종신 네. 지금은 제작자가 됐으니까 후배 가수를 키우고 후배 가수들과
       호흡하는 게 직업이기도 하죠. 무척 많은 후배들을 보면서 그중에
       서 스타성 있는 친구들을 눈여겨보게 됐는데, 박정현, 성시경에게
       곡을 주었던 게 그 시작인 것 같아요. 그 친구들이 지금 다 스타덤
       에 올랐잖아요. 물론 저 때문이라고는 할 수 없지만 제가 일익을
       담당했다는 쾌감이 있었죠. 사실 제가 제작자가 된 첫번째 이유는

「슈퍼스타K」예요. 200만명이 모인 데서 한명을 뽑는 거니까, 계속 하다보면 사람들을 보고 재능을 캐치하는 데 어느정도 수가 트이게 되거든요. 마침 40대가 되어가던 적절한 시기에 「슈퍼스타K」 심사위원이 되면서, 이게 직업이 될 수 있겠다고 생각했죠. 정말 흘러가듯이 기회가 왔습니다. 그 기회를 잘 잡은 것 같아요.

진중권 그렇게 제작자가 되시면서 지금 회사인 '미스틱89'에 수많은 가수들을 데리고 계십니다. 기획자로서 윤종신의 야심은 무엇인가요?

미스틱89

윤종신이 운영하는 연예기획사. 음악 콘텐츠 중심의 기업으로 출발해 현재는 예능, 드라마, 영화 등으로 범위를 넓히고 있다. 김연우, 조규찬, 하림, 조정치, 장재인, 투개월 등의 가수가 소속되어 있다.

윤종신 회사를 맡으면서 저의 새로운 스트레스가 시작됐는데요, 제가 경영에 문외한이거든요. 사실 돈에 관한 일은 등을 지고 '나는 콘텐츠만 만들어야지' 하고 시작했는데, 사업하시는 분들이 절대로 그러면 안 된다고 하더라고요. 사업을 하려면 경영에 대해서도 섭렵해야 한다고. 그래서 요즘은 경영에 많이 개입하려고 해요. 그러다보니 콘텐츠를 많이 놓치고 있고… 지금이 제일 혼란스러운 시기예요. 그런 상태에서 어린 친구들을 봐야 하고 뽑아야 하니까. 「힐링캠프」 찍을 때 이경규 선배가 쉬는 시간에 저한테 딱 한마디 하더라고요. "종신아, 다 못 가져." (둘 다 웃음) 어느 순간 몇개는 놓아야 할 거라고요. 저는 아직 그 순서는 못 정했어요. 지금은 기획자로서, 경영자로서의 길을 가야 하는 것 같긴 하거든요. 그렇다고 내가 콘텐츠 만드는 걸 놓아야 하나 고민이 되죠.

진중권 다른 문제라는 거군요. 기획자가 된다는 건 단순히 콘텐츠에 경영을 더하는 게 아니라 전체를 보면서 전략을 세워야 하는 거라는 말씀이시죠.

윤종신 네. 그런데 모자란 부분이 아예 구멍이 뚫린 수준으로 있으니까 걱정인 거죠. 제가 모르는 부분이 많아서. 지금도 조직을 잘 다루는 친구들에게 도움을 많이 받고 있긴 하지만 최종결정권은 저한테 있기 때문에 결정에 대한 스트레스가 너무 많아요. 결정은 곧 책임이니까요.

새로운 매체실험, 『월간 윤종신』

진중권 11집『동네 한 바퀴』를 낸 후 2010년 4월부터 『월간 윤종신』이라는 매체를 만들어서 매달 한 두곡씩 프로젝트 형태로 발표를 하고 계신데요, 굉장히 독특한 형식입니다.

「월간 윤종신」 유튜브 채널

윤종신 지금은 독특하다고 많이 얘기하지만 그때만 해도 그저 자구책이었어요. 저만큼의 음악적 기반이 있는 사람도 2~3년에 한번씩 음반

『월간 윤종신』 커버

을 내서 6개월 정도 활동하는 시스템으로는 직업을 영위하기가 불
가능하다는 판단을 한 거죠. 대부분 앨범을 내면 홍보 시점에 매니
저도 붙고 몇천만원씩을 들여서 오프라인으로 홍보하는데, 그게
아니라 다 떨쳐내고 혼자서 음악을 만들어내자고 한 거예요. 제가
곡을 일주일에 한두곡씩 쓰기도 하는데, 음악은 이제 파일이 됐잖
아요. 10MB 정도의 음원 파일과 이미지 하나만 주면 벅스, 멜론 등
등 이걸 걸어주는 매대가 있다는 거죠. 그래서 '어, 그럼 여기다 매
달 낼까?' 생각했던 거죠.

진중권 요즘은 앨범을 내서는 수익이 나지 않는 시장 아닙니까. 그럼 싱글

은 수익이 됩니까?

윤종신 씽글도 수익은 안 나죠. 그렇지만 매달 생각이 떠오르는데 예전의 형식대로 활동하면 내년에나 발표를 해야 하거든요. 디지털 씽글 시장이 있는데 왜 지금 떠오른 생각을 굳이 내년에 가서 그때의 내 생각인 것처럼 발표해야 하느냐는 거죠. 음악 한곡에 내 생각을 다 실어서 빠르면 이삼일, 길면 일주일 안에 만들어내고 이번 달 안에 발표할 수 있는 시스템이 있는데도 불구하고 말이죠. 그건 가수들이나 뮤지션들이 음반을 발표하는 일을 상당히 거창하게 생각해왔기 때문이에요. 그래서 이걸 가볍게, 남들이 알아주든 안 알아주든 바꿔보자는 생각으로 시작한 자구책이었죠. 다행히 예능에서 돈을 벌고 있으니까 이 돈을 조금만 쓰면 1년이면 열두곡이 나오고 그걸 앨범으로 내면 되겠다는 간단한 발상이었습니다. 히트를 시키겠다는 욕심이 아니라 이렇게 해야 내가 음악을 계속할 수 있을 거란 생각이었죠.

진중권 『월간 윤종신』은 오디오로만 시작했던 것이 점점 내용이 풍부해지면서 지금은 웹진 형태까지 왔습니다. 새로운 매체실험이라고도 할 수 있을 것 같아요. 어디까지 갈 것 같습니까?

윤종신 『월간 윤종신』을 시작한 게 2010년 4월인데 다행히도 곧 「슈퍼스타 K」 심사위원을 맡게 됐어요. 그때까지는 사람들이 『월간 윤종신』을 잘 몰랐거든요. 그런데 10월에 「슈퍼스타 K」출연자인 강승윤이라는 친구한테 『월간 윤종신』 5월호에 발표한 「본능적으로」라는 노래를 시키면서 크게 히트를 쳤습니다. 그러면서 『월간 윤종신』이 알려지기 시작했어요. 그때까지는 의도적으로 홍보활동을 전혀 안 했거든요. 1인 미디어인데 돈을 많이 들여서 홍보를 하면 의미가 없고 꾸준히 하는 것만이 능사라고 생각했죠. 아주 미련한 생각이었는데, 결국 축적, 아카이빙에서 답이 나온 것 같아요. 음악이 오래 쌓이니까 뒤늦게 이걸 안 사람들이 처음부터 듣는 거예요. 덕분에 지금 와서는

윤종신 「본능적으로」

강승윤 「본능적으로」

"여러분, 꾸준히 하면 답이 나옵니다"라고 잘난 척도 하는 거죠. (웃음) 하다보니 여러 방법이 나오고, 제가 부담 없이 했던 음악적 실험들이 제 내공이 되기도 하고요. 그런 아카이빙의 매력을 한 2년 전부터 느꼈습니다.

진중권 어떻게 보면 굉장히 생물학적인 것 같아요. 환경의 변화에 적응해가는 1인 매체의 진화과정을 보는 듯한 느낌이 듭니다. 제가 언젠가 한번 말씀드렸을 거예요. 『월간 윤종신』 뮤직비디오를 봤는데 너무 멋지더라고요. 보통 1인 매체에서 기대하는 퀄리티를 아주 상회하는 거예요.

윤종신 처음에는 포토그래피 한 명과 그냥 시킨 한 컷으로 진행했는데, 당

시에 홍대 인디밴드들의 라이브 영상을 찍어주던 '오프비트'라는 젊은 친구들이 저를 찾아온 거예요. 하루에 서너시간만 시간을 내면 실비만 받고 뮤직비디오를 찍어주겠다고요. 실비라는 게 얼마냐면 100만원. (웃음) 작은 카메라 하나만 가지고 와서 5분짜리 노래면 5분짜리 원 테이크로 한 세번만 찍는 거예요. 그렇게 매달 간단한 아이디어로 된 뮤직비디오를 그 팀하고 찍으면서 동영상이 생기기 시작했죠. 그러다 오프비트의 수장이었던 친구가 "형, 앱을 한번 만들어보시죠" 하고 제안을 했어요. 어떻게 하는 거냐고 물었더니 『월간 윤종신』 만드는 과정이랑 인포메이션을 담고 영상도 링크하고 잡지 표지는 짧은 무빙 픽처로 해서, 조금만 예산을 들이면 할 수 있다는 거예요. 그렇게 오프비트가 편집 팀이 되어서 이 노래를 어떻게 만들게 됐는지 저를 인터뷰하고, 노래를 부른 가수를 인터뷰하고 사진을 찍으면서 20MB짜리 앱 매거진이 만들어진 거죠.

진중권 진짜 잡지가 된 거네요.

윤종신 네, 말 그대로 『월간 윤종신』이 된 거예요. 그래서 오프비트라는 팀을 제가 회사를 만들 때 인수했습니다. (웃음) 지금 저희 회사 미디어콘텐츠팀 본부장이 그 친구예요. 지금은 저희 회사에 지분을 좀 갖고 있죠.

진중권 적대적 인수합병이 아니라 호의적 인수합병이네요. (둘 다 웃음) 좀 전에 아카이빙 말씀하시지 않았습니까. 출판에서도 마찬가지로 총서 형태로 나오는 책이 쌓이다보면 기대하지 않던 히트작이 나오죠. 저는 특히 미디어의 관점에서 주의 깊게 보는 게, 굉장히 재미있는 1인 매거진이고 매체실험이라고 생각하거든요. 윤종신씨가 객원보컬로 시작해서 지금은 제작자가 된 것처럼 진화하는 것 같아요. 『월간 윤종신』이 또 하나의 장르가 될 수도 있는 것 아니겠습니까. 노래뿐 아니라 동영상, 텍스트 등등 여러가지를 함께 가지고 가는데, 그 끝이 어디일까요?

윤종신 사실 어떤 목표를 가지고 진화한다기보다는 결국 생존의 문제예요. 결국 콘텐츠는 제 생각과 제 퍼포먼스 하나인데, 구시대적인 방식으로 이것을 시장에 알리기 위해서는 비용과 노력이 너무 많이 들어가거든요. 그런데 SNS가 생기고, 다행히 제가 인지도가 있다보니까 동시에 여러 사람한테 알릴 수 있는 힘이 생긴 거죠. 문화를 만들어내는 주체와 그걸 향유하는 대중이 페이스북이나 트위터로 이미 연결되어 있는데 굳이 매니지먼트 회사를 움직여서 홍보를 해야 하느냐는 문제예요. 저도 실험 중인데, 주기적으로 계속 콘텐츠를 올리고, 의미있는 말을 올리기도 하고 시답잖은 말을 올리기도 하고 음악도 올리고 뮤직비디오도 올리니까 흔히 말하는 독자가 생기거든요. 특히 페이스북은 몇명이 보고 있는지 숫자가 보이잖아요. 결국 내가 알리고자 하는 건 10MB 내외의 음악이고

320MB 정도의 뮤직비디오인데, 유튜브든 네이버든 다양한 경로를 통해서 알릴 수 있지 않을까요. 그렇게 저뿐만 아니라 다른 경량화된 콘텐츠를 만들 수 있는 사람, 예를 들어 일러스트레이터 같은 분들도 같이 자기 콘텐츠를 알릴 수 있으면 좋겠다는 생각을 하죠. 그게 저의 목표이기도 하고요. 사실 저는 제가 『월간 윤종신』을 만들었다고 해서 다른 분들이 안 하길 바라지 않아요. 비슷한 시도가 많아져서 이게 문화적인 흐름이 된다면 저한테도 기분 좋은 일이거든요. 같이 하는 동료들이 많아졌으면 해요.

진중권 생물학에서도 그렇지 않습니까. 빙하기가 왔을 때 살아남은 건 공룡이 아니라 포유류였잖아요. 그게 곧 창조적 진화이고 그것을 통해서 새로운 생태계가 만들어지는 것일 텐데, 아무리 그래도 『월간 윤종신』의 퀄리티를 보면 비용이 안 드는 건 아닌 것 같거든요. 그 비용을 어떻게 충당하고 있나요?

윤종신 『월간 윤종신』은 이제는 아카이빙된 것 때문에 흑자 비슷하게 돌아가지만 이문은 거의 안 남고요, 예능이나 MC, 다른 분들에게 곡을 주는 데서 얻는 수입의 비중이 큽니다. 『월간 윤종신』은 손해 안보는 것 자체로 만족해요. 사실 후배들 앨범 제작하는 회사를 만들어서 그 스태프들을 빌려 쓰고 있는데 그 비용을 제대로 계산하면 이문이 없을 거예요. 그렇지만 어느 시점부터는 상업적으로 이득이 날 수 있도록 연구를 많이 하고 있습니다.

대중과 마니아 사이에서

진중권 예전에 허지웅씨와 한 인터뷰를 보았는데, 한국에서 음악은 철저하게 마니아 문화라고 하면서 자신이 범대중을 상대하고 있다고 생각하진 않는다고 말씀하셨습니다. 어떤 맥락인지 좀 설명해주시죠.

윤종신 시장에 대해서 얘기하다 나온 말인데, 반대로 얘기하면 가장 끔찍한 말이 "윤종신씨, 국민가요 만들어주세요"인 거죠. (둘 다 웃음) 우리나라 음악시장이 국민가요만 살아남게 되어 있어요. 가뜩이나 작은 시장인데다 안으로 들어가보면 이 작은 시장 안에서도 대중들이 세분화되어 있거든요. 그걸 보면 과연 나는 누구를 만족시킬 수 있을까 고민이 되죠. 결국 저는 취향 산업에 종사하는 사람이고 다행히 저와 취향이 맞는 사람들이 그렇게 적지만은 않아서 먹고 살고 있지만요.

진중권 사람들이 '국민'을 너무 좋아하는 것 같아요. 국민 남동생, 국민 사위, 국민체조, 국민가요… 윤종신씨는 대중성을 추구하지만 그중에서도 어느정도 마니아화한 특정 대중을 타깃으로 하는 게 맞는 방향이라고 생각하시는 거죠?

윤종신 적정층을 찾아가는 전략이라기보다는 음악을 좋아하는 사람들 중에서 어느정도 트렌드를 이끄는 층의 사람들이 좋아해주는 걸 생각하는 거죠. 그렇게 해서 대중들도 좋아해주면 좋은데 그건 이상적인 생각이고, 그 얘긴 사실 지금 당장은 먹히지 않는다는 거잖아요. 슬픈 일이죠. 지금 투자해서 지금 소득을 얻어야 하는 일인데.

진중권 소수의 사람들이 좋아하던 음악을 한 10년 후에 대중들이 좋아하게 되는 일이 있을까요?

윤종신 그런 일이 있긴 있는데 비극이죠. (웃음) 안타까운 일이에요. 음반 산업은 릴리스한 시기에 반응이 와야지, 시기가 지나면 큰 의미가 없거든요. 음악을 듣는 사람들은 이미 이삼천곡씩을 갖고 다니면서 심지어 그걸 랜덤으로 돌려요. 그중에서 간택당한다는 건 정말 어려운 일이죠. 그러니까 음악 만드는 분들이 전주에서 승부를 겁니다. 듣는 사람이 넘겨버리지 않게 전주에 가장 자극적인 부분을 배치하는 거죠. 음악을 만드는 데 흐름이 무시되고 전략이 우선시되는 거예요. 구매가 곧 음악을 만드는 거죠.

진중권 시작하자마자 3초 안에 승부를 봐야 하는 거죠. 클래식 음악에서는 시대를 너무 앞서가서 뒤늦게 인정을 받는다는 얘기가 가능하지만, 대중음악은 릴리스됐을 때 반응이 없으면 그대로 잊히는 거군요.

윤종신 게다가 음악이 갈수록 엔터테인먼트가 되고 있어서, 음악으로 고민을 해소하는 시대는 이미 지나갔습니다. 고민이 있으면 친구 만나서 소주 마시면 되고, 음악은 킬링타임용으로 철저하게 즐기기 위한 것이거나 배경음악으로만 쓰이는 거죠.

진중권 슬프네요. 예를 들어서 실연 같은 커다란 체험들이 음악에 담기고, 그걸 통해서 더 아프기도 하고 위안을 받기도 하는 것까지가 음악일 텐데 말입니다.

윤종신 그렇게 향유하는 분들도 아직 있긴 하지만 너무 적습니다. 그분들을 만족시키기 위해서 올인할 수가 없는 거죠. 그래서 발라드 가수들이 많이 사라지고 있고, 발라드에서도 이별가가 사라지고 쎄레나데가 많아졌어요. 쎄레나데는 고백 노래처럼 실리적으로 이용되는 거니까요.

진중권 그야말로 실용음악이네요. (웃음)

윤종신 그렇죠. 내가 오늘 애인에게 고백을 하고 이벤트를 하기 위해서 그 노래가 필요한 거지, 실연당한 다음에 그 슬픔을 표현한 곡까지는 찾아 들을 생각이 없는 거죠. 저도 이런 얘기를 하는 것이 싫은 게, 결국은 1990년대에 대한 향수를 이야기하게 되거든요. 어쨌든 음악의 쓰임새가 달라지고 있다는 건 아쉽죠.

진중권 요즘 영화계에도 이른바 대박 영화를 분석해서 그 요소들을 마치 레고 조립하듯이 짜맞춰서 또 하나의 대박 영화를 만들려는 경향 이 있죠.

윤종신 맞아요. 저 역시 대중을 상대로 사업을 하는 사람으로서 죄송한 얘 기지만, 몇 년 사이 천만 영화 중에서 실망스러운 영화가 너무 많아 졌습니다. 오히려 적당한 수의 관객이 든 영화 중에서 제가 만족한 영화가 더 많았어요. 그러면서도 한편으로는 제가 이렇게 중심 대 중과 멀어지면 안 되는데 하는 걱정도 들긴 하지만요.

진중권 아우라가 없어졌다고 해야 하나, 요즘 나오는 아이돌 음악들을 보 면 약간은 공업생산물 같다는 느낌이 들어요. 제가 음악에 대해서 보수적이기 때문에 아직도 음악에서 혼 같은 걸 기대하는지는 모 르겠지만, 이렇게 하면 결국 마케팅적인 요소만 남는 게 아닌지 걱 정이 됩니다.

윤종신 동종업계 종사자끼리 그렇게 말할 수는 없지만… (웃음) 얼마 전에 김구라씨도 얘기했다시피 다인조 아이돌 그룹에 대한 노하우가 가 장 많이 쌓인 회사인 SM에서 13인조 무적군단 EXO가 나왔잖아 요. 아이들이 좋아할 만한 캐릭터가 다 들어 있고, 퍼포먼스는 또

기가 막힙니다. 엔터테인먼트로서는 굉장한 가치가 있다고 생각하지만 제 취향에서 벗어나 있는 건 사실이죠. 그렇다면 나는 이걸 즐기지 못하는 사람인가, 그런 고민을 하게 되더라고요.

진중권 그것이 시대의 흐름일까요. 그러니까 이게 본궤도에서 일탈한 현상일까요, 아니면 정상적인 발전과정일까요?

윤종신 발전과 변화는 어감이 다르잖아요. 저는 발전보다는 변화에 가깝다고 봅니다. 확실히 즐기는 포인트는 달라진 것 같아요. 지금의 스무살과 제 스무살을 비교해보면 콘텐츠를 즐기는 과정과 취향이 너무 달라졌어요. 저는 주류 안의 비주류에 속하는 사람이라 전체적인 이야기를 할 위치는 아닙니다만, 조금만 더 다양화되면 좋겠어요. 다양한 취향과 사람이 인정받는 작은 시장들이 즐비했으면 합니다. 그것들이 수평적으로 나열되어서, 다들 재미있게 문화를 즐기면 좋겠다는 생각이 들어요. 버스에서 흘러나오는 노래의 장르가 여러가지였으면 좋겠습니다. (둘 다 웃음)

진중권 하나의 취향에 집중하는 게 아니라 다수의 다양한 취향이 공존했으면 한다는 말씀이시군요.

계속 하는 것이 가장 중요해요

진중권 이제 마무리할 시간인데요, 인생에서 가장 소중하게 생각하는 것, 또는 죽기 전에 꼭 이루고 싶은 것이 있습니까.

윤종신 저는 계획을 안 세우는 편이에요. 미래를 예상할 정도의 통찰력이 없고 돌아보면 그저 짧게 짧게 이어가면서 살아왔더라고요. 사실 제일 큰 꿈은, 일흔에도 일을 하고 있었으면 좋겠다는 거예요. 그게 음악이었으면 더 좋겠고요. 일흔이라고 얘기한 건 지금 제 성격으로 보면 일을 하지 않으면서부터 급격히 늙을 것 같아서예요. 지금 흔히들 평균수명을 남성은 일흔일곱, 여성은 여든이라고 얘기하는데, 그게 지금 기준이니까 저희 때는 아흔이거든요. 그럼 예순부터 해도 삼십년이니까, 인생이 너무 길다는 생각이 들어서 끔찍하더라고요. 제가 지금 마흔여섯인데 이십사년을 더 보내야 일흔이 되는 거니까, 그때까지 곡을 쓰건 컬컬한 목소리로 노래를 하건 제 음악을 할 수 있었으면 좋겠습니다. 이건 여기서 처음 선언하는 건데, 저는 은퇴식 같은 건 안 하려고요. 의식 같은 건 좋아하지 않는 편이라서요. 제 성격이 그렇습니다. 업적을 정리하거나 포부를 밝히거나 하는 일도 안 할 것 같아요.

진중권 마지막 질문입니다. 지금까지 이야기한 대중음악의 전통적인 수익 구조나 유통구조의 변화가 한편으로는 굉장한 기회가 될 수도 있

다양한 취향과 사람이 인정받는
작은 시장들이 즐비했으면 합니다.
버스에서 흘러나오는 노래의 장르가 여러 가지였으면 좋겠어요.

는 것 같아요. 한 사람이 팟캐스트를 통해서 하룻밤 사이에 유명해질 수도 있으니까요. 반면에 음악만으로 경제적 기반을 마련하기 힘들어진 면도 있죠. 이런 상황에서 음악을 하고 있는 후배들한테 해줄 말씀이 있다면.

윤종신 제일 어려운 질문이네요. (웃음) 제가 인터뷰나 강연에서 많이 하는 얘기인데, 솔직히 저는 하다보니 된 경우거든요. 그런데 이 '하다보니'는 결국 '계속 하고 있어라'라는 얘기 같아요. '야망을 품어라'보다는 저는 '놓지 마라'가 제일 중요한 말이 아닌가 생각합니다. 작곡가나 음반제작자들이 1990년대부터 제일 많이 했던 얘기가 '우리나라에서 이런 건 안 돼, 이런 건 갔어'라는 말이었는데, 그러면서도 어쨌든 계속 한 사람들이 결국 지금까지 살아남았거든요. 계속 하고 있으면 기회는 분명 옵니다. 막연한 얘기지만 '네가 이 길이라고 생각하면 하고 있어라'가 저는 제일 좋은 말이 아닌가 생각해요. 하고 있는 것 자체가 의미가 있더라고요.

진중권 옛날에 유명우라는 복서가 있었죠. 그분이 현역일 때는 그렇게 매력 있는 분이 아니었거든요. 박찬희 같은 테크니션도 아니고, 장정구처럼 쇼맨십이 있는 분도 아니고요. 그런데 유명우씨는 꾸준했어요.

윤종신 17차 방어 기록까지 세웠죠.

진중권 맞습니다. 결국 엄청난 업적을 세웠죠. 좀 전에 말씀하신 것이 그런 것 같아요. '살아남아라. 그럼 언젠가 평가를 받을 것이다.'

윤종신 네, 계속 하고 있는 게 중요하다고 생각합니다.

가끔 이른바 씽어송라이터들은 '트루바두르'troubadour의 직접적 후예라는
생각을 한다. 14세기 흑사병의 시대에 멸종한 이 중세의 음유시인들을
20세기에 다시 불러낸 것은 축음기, 라디오, 텔레비전과 같은 대중매체였으리라.
오늘날 '음유시인'은 별 의미 없이 발라드 가수들에게 붙여주는 흔한 수식어가
되어버렸지만, 적어도 내게 윤종신은 그런 상투적 의미가 아닌
그 말의 본래적 의미에서의 '트루바두르'를 연상시킨다.
왜 그럴까? 노래를 만드는 방식 때문인지도 모른다.
사소한 일상의 체험에서 노랫말을 뽑아내어 기타를 들고 흥얼거리며
멜로디를 붙여 노래를 만드는 즉흥적 방식이 내게 그런 이미지를 심어주었나보다.
중세의 트루바두르들은 노랫말과 멜로디를 즉흥적으로 만들어내는
능력을 갖추고 있었다고 한다. "저는 곡을 쉽게 써요." 물론 이 말을
글자 그대로 받아들일 필요는 없다. 흔히 평론가들이 그의 전기前期를 대표하는
앨범으로 꼽는 5집과 그 스스로 걸작으로 꼽는 9, 10집은 물론이고,
그가 발표해온 모든 앨범과 그 안에 수록된 빼어난 노래들은
'즉흥'의 산물이 아니라 노력의 산물임이 분명하기 때문이다.
특히 주목해야 할 것은 변화한 미디어 환경에 그가 적응해가는 방식이다.
유기적 구성을 가진 '작품'oeuvre으로서의 '앨범'이 '음원'이라는 형태의
파편으로 해체되는 위기의 시기에, 그는 『월간 윤종신』이라는
새로운 유형의 활동을 창안해냈다. 오디오로 시작한 1인 매체는
이제 비디오를 포함한 웹진의 형태로 진화했다.
원래 음악적 생존을 위해 시도된 이 실험의 성공은
'아카이빙'에 힘입은 바 크다고 한다.
자기도 모르는 새에 그는 아즈마 히로끼東浩紀가 디지털 대중의 성향으로 꼽은
'데이터베이스 소비'에 창조적으로 적응해 들어간 셈이다.
아무쪼록 그의 노래와 그의 실험이 오랫동안 이어지기를 바란다.

OUTRO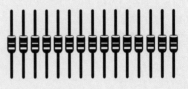

불멸의 마왕

신해철

INTRO

2009년 그는 '북한의 로켓 발사를
민족의 일원으로서 경축한다'는 글을 올렸다가
보수단체로부터 국보법 위반으로 고소당한 적이 있다.
그때 그가 내게 전화를 걸어왔다.
"검찰이 부르는데, 가서 뭐라고 해야 돼요?"
"자유민주주의 사회에서는 이런 말도 자유로이 할 수 있어야 한다는
취지의 발언이었다고 해야겠지."
"꼭 그래야 돼요? 정말로 그렇게 생각한다고 말할까 하는데."
그거 말리느라 진땀을 빼야 했다.
그가 검찰에 가서 뭐라고 했는지는 모르겠다.
아무튼 당시의 검찰은 "국가의 존립 안전이나 자유민주적 기본질서에
실질적 해악을 끼칠 명백한 위험성이 있다고 볼 수 없고,
본인이 그런 위험성을 인식했다고 보기도 어렵다"는 이유를 들어
그에게 무혐의 처분을 내렸다.
원래 다른 이야기로 시작하려 했는데, 글을 쓰려는 순간 갑자기
그때 그 일이 떠올라 여기에 기록해둔다.
별것 아닌 일화지만, 그가 우리 곁을 떠난 지금
나만이 아는 이 사소한 사실 한조각을 보태어
이 대책없이 자유로운 영혼에 대한 세상의 기억을
조금이나마 더 늘리고 싶다.

진중권 불교에서는 세상이 욕계, 색계, 무색계로 나뉘어 있다고 봅니다. 그
중 욕계가 우리가 살고 있는 곳인데요, 욕계는 다시 지옥, 아귀, 축
생, 인간, 수라, 천상 세계로 이루어져 있죠. 그중에서 천상세계를
지배하는 존재가 바로 제육천마왕파순, 줄여서 마왕입니다. 욕계
의 지배자, 가요계의 제육천마왕파순, 마왕 신해철씨입니다. 안녕
하십니까.

신해철 안녕하세요. 너무 거창한데요. (웃음)

진중권 정말 오랜만에 음반을 가지고 돌아오셨습니다. 쏠로 앨범은 7년 만
인데요, 왜 이렇게 오래 걸리셨어요?

신해철 글쎄요, 하다보니 일이 꼬여서 라디오도 그만두고, 아파서 수술도
한두번 하고, 엎어진 김에 쉬어가자는 생각도 있었던 것 같습니다.
그전의 제 삶이라는 게 라디오를 진행하면서 생계를 유지하고 그
걸 기반으로 음악을 하는 생활을 사반세기 동안 지속해온 거였거

든요. 그런데 이번에는 음악에 대한 고민에서 끝장을 보고 싶다는 생각이 있었어요. 마침 3~4년 전부터는 컴퓨터 프로세서의 속도가 충분히 빨라지면서 제가 음악적 실험을 해볼 수 있는 시점이 되었다는 판단이 들었습니다. 제가 하다가 안 되는 것들은 프로그래머의 도움을 받아서 자체적으로 프로그램을 개발해보기도 하고요. 그러다보니 도낏자루 썩는 줄 모른다고, 세월이 금방 가더라고요.

진중권 그사이에 계속 음악적, 기술적 실험을 하셨던 거군요. 그 결과물이 이번 앨범 『Reboot Myself Part 1』입니다. 제목이 재미있어요. 뮤지션 신해철이 자기 색을 발현하기 시작한 음반이라고 얘기되는 2집 앨범의 제목 'Myself'가 연상되는데, 제목에 어떤 의미를 담은 건가요?

신해철 『Myself』 앨범을 내던 해를 돌아보면, 마치 복잡한 강남역 사거리 한가운데에 서 있었던 것 같은 느낌이에요. 당시 한국 음악계는 온갖 장르들이 들어왔다가는 사라지고, 해외에서는 성립되는 데 수십년이 걸린 장르가 하루아침에 시도되었다가 없어지기도 하던 상황이었습니다. 당시의 저는 확실한 팬덤을 확보하고 있지 않았기 때문에 3~4분짜리 대중음악의 한계 안에서 음악을 할 수밖에 없었는데, 그러다보니 우연에 의해서 이루어진 재미있는 균형들이 있었어요. 그 앨범의 성공을 계기로 점점 더 제가 좋아하는 음악을 알 수 있게 되었고, 그러면서 스스로 더 큰 책임을 져야 하는 일도

신해철 6집 『Reboot Myself Part 1』(2014)

생겼죠. 그러다보니 1990년대 후반쯤에는 제가 생각해도 듣는 사람에게 고문이겠다 싶은 음악을 만들기도 했고. (웃음) 그래서 이제는 그 사거리로 다시 돌아가봐야겠다는 생각을 한 겁니다. 1991년에 그곳에 서 있었을 때는 미숙하고 겁도 많았지만, 꽤 많은 일을 겪은 지금 그곳에 다시 서면 새롭게 보이는 것들이 있지 않을까 한 거죠. 그러니까 두가지 의미가 겹치는 거예요. 그 앨범에서 내가 했던 것들을 다시 리부트한다는 의미, 저 자신을 리부트한다는 의미.

진중권 그렇군요. 타이틀곡이 「A.D.D.A」입니다. 제작 과정이 화제가 됐어요. 1인 아카펠라로 녹음을 했는데 성부가 1천개가 넘는다는 이야기를 봤습니다. 엄청난데요.

「A.D.D.A」
신해철 6집 『Reboot Myself Part 1』 수록.

신해철　목소리를 겹치다보면 1천번은 금방이에요. 제 목소리 특징이 최저음과 최고음의 차이가 크다는 거거든요. 좀 특이한 경우죠. 음악평론가 강헌씨가 성악가들에 대해 이야기하면서 제 목소리가 낙폭만큼은 세계적인 수준이라는 얘기를 해주신 적이 있어요. 그렇다면 내 목소리가 원맨 아카펠라에 적합한 소재라는 생각이 들어서 만들어보게 됐습니다.

진중권　또다른 수록곡 「Catch Me If You Can(바퀴벌레)」은 해학적인 가사가 눈에 띕니다. 경상도 사투리로 랩 가사를 쓰신 게 인상 깊던데요. "단디 죽이 뿌라 마" 이런 가사가 들어 있습니다.

「Catch Me If You Can
(바퀴벌레)」

신해철 6집 「Reboot Myself
Part 1」 수록.

신해철　경상도 랩은 이 노래가 가지고 있는 정치적인 메타포와는 상관없는 순수한 호기심도 있고 일부 노림수도 있습니다. 오히려 이 노래의 사회정치적 함의 때문에 경상도 사투리 랩을 노래 본편에 삽입하기가 부담스러웠어요. 경상도 사투리로 랩을 하면 코믹하게 들리지만, 이게 웃을 일이 아니라 저는 경상도 방언이 지니는 성조와 억양만이 유일하게 서양 언어에 대적해서 우리말로 랩을 할 수 있는 에너지를 가지고 있다고 생각해요. 서울말로는 그런 느낌을 줄 수 없거든요.
이야기가 길어집니다만, 서태지라는 악의 축이 등장해서, (웃음) 제가 하던 것 같은 하찮엇없는 남내분 랩을 격파하고 한국어 랩의 기본 레시피를 설정했어요. 사실 저는 그걸 일시적인 현상으로 봤거든요. 우리 언어의 흐름을 완전히 내어주고 서양 언어의 인토네이션을 너무 많이 차용했지만, 이렇게라도 랩이 우리나라 주류음악으로 들어올 수 있으면 괜찮다고 봤죠. 그런데 점점 더 심해져서 이제는 우리나라 랩이 정말 잘하고 멋있지만 10미터만 떨어져서 들으면 한국어인지 영어인지 구별할 수가 없습니다. 그런 면에선 심각한 실패라고 봐요. 그래서 사람들은 비웃지만 저는 경상도 방언이 가진 특유의 운율에서 희망을 봅니다. 언어와 그 나라 음악의 문제는 대중음악의 핵심 중에서도 1번이라고 생각하거든요. 0번은 음악이 생존하는 것이고 1번은 언어를 지키는 것이라고요. 그런 면에서 경상도 랩에 지대한 관심과 기대가 있습니다.

진중권 쏠로 1집의 히트곡 「안녕」에도 영어 랩이 있죠.
(신해철 폭소)

「안녕」
신해철 1집 『슬픈 표정 하지 말아요』(1990) 수록.

신해철 저의 흑역사죠. 하여간 그놈의 "Many guys are always turning your round" 때문에… 당시 초등학생, 중학생이었던 세대는 지금까지도 제 얼굴만 보면 "매니 가이즈 아 올웨이즈 터닝 유어 라운드" 하고 그걸 외워요. '김수한무거북이와두루미'처럼 외우고 다녔던 거예요. 무슨 영어 랩은…

진중권 아니, 당시만 해도 노래에 영어 랩을 삽입하는 시도가 상당히 새로 운 것 아니었나요.

신해철 당시에 제가 극복하지 못한 게, 홍서범 선배가 「김삿갓」이라는 랩 음악을 발표했는데 대중들이 굉장히 냉소적으로 받아들이고 희화 화했어요. 한국어로 된 랩이 마치 남대문 시장통처럼 들렸던 거죠. 그에 대한 세련된 접근방법이 나오지 않은 상태에서 우리말 랩을 하면 안 되겠다는 생각이 들더라고요. 사람들이 전혀 모르는 사실 인데, 원래는 「안녕」에서 우리말로 랩 녹음을 했어요. 선입견 없이 들으면 문제가 없을 텐데, 대중이라는 게 누군가가 먼저 피하, 하고 웃으면 나머지도 따라 웃을 수밖에 없거든요. 결국 그냥 영어로 했 죠. 당시에 저는 영어 랩이 우리나라에 이렇게 역동적으로 들어올 거라고 생각하지 못하고 펫 숍 보이스Pet Shop Boys 같은 백인들의 랩 형식을 차용해서 내레이션이나 시 낭송을 리드미컬하게 하는 정도 로 균형을 잡은 거예요.

진중권 사실 「재즈 카페」나 「도시인」도 딱 그 정도 수준이죠?

신해철 「도시인」의 "아침엔 우유 한잔"이 딱 남대문 랩인데요, 당시에는 미국적 랩도 리듬이 몇개 안 되고 동요처럼 딱딱 떨어지는 방식이 있었습니다. 「도시인」을 할 때는 이미 랩이 사람들에게 많이 받아 늘여져서 "아침엔 우유 한잔" 해도 사람들이 안 웃게 됐죠. 불과 앨범 한두장 만에 확 변한 거예요. 얼마 전에 코미디 프로그램에서 중국어를 우스꽝스럽게 흉내내는 걸 보고 한참 웃었는데, 생각해 보면 저희는 홍콩 코미디 영화를 보면서 웃게 교육을 받았잖아요. 그런데 그렇지 않은 사람들이라면 중국어가 희극적이라는 선입견이 없으니까 웃지 않았을 거예요. 결국 아티스트는 선입견을 쉽게 이길 수가 없다는 생각을 합니다.

진중권 마지막 수록곡인 「단 하나의 약속」은 분위기가 사뭇 다릅니다. 무척 서정적이더라고요. 아내에게 바치는 노래라고 들었는데, 완성하는 데 15년이 걸렸다고요.

「단 하나의 약속」
신해철 6집 『Reboot Myself Part 1』 수록.

신해철 러브송은 제가 실제로 연애를 할 때만 만들어요. 안 만드는 게 아니라 안 되더라고요. 그 곡은 우리 마누라 만났을 때 만든 건데 쑥스럽기도 하고 해서 던져놨다가 한 2년 지나서 또 만들고, 다시 던져놓고… 묘하게 참 완성이 안 됐었어요. 이번에는 와이프하고 애들 얘기까지 대입해서 가사를 만드니까 완성할 수 있겠더라고요.

진중권 그런데 신해철씨를 마왕으로 기억하는 팬들은 '아니, 신해철이 이렇게 가정적이라니' 하고 실망할 수도 있겠어요.

신해철 가정적인 것하고 마왕하고 무슨 관계가. (웃음)

진중권 영원히 결혼 안 할 것 같은 남자 같은 이미지가 있잖아요. 또 인상적인 것이, "아프지 말아요"라는 가사가 반복해서 나옵니다. 그게 지금 들으니까 요즘 사회상황과 잘 맞아떨어진다는 생각도 들어요. 세월호 참사 때 부모님들 입에서 그런 한탄이 나왔잖아요. '공부고 뭐고 살아만 있어라.'

신해철 그런 얘기가 나오기까지 우리 현대사 전체로 보아서는 너무나 오랜 시간이 걸렸지 않습니까. 바로 그 이야기를 준비하는 데 저는 6년이 걸렸던 것 같아요. 앞으로도 제가 할 얘기니까, 마왕이 뭔 가족주의냐 하겠지만, 앞으로는 계속 듣게들 되실 거예요.

진중권 본인은 이번 앨범이 대중적이라고 했는데, 기사를 보니까 완성도는 훌륭하지만 대중성은 글쎄올시다, 라는 반응이던데요. (신해철 웃음) 대중들이 보기엔 여전히 복잡하고 현란할 수도 있겠습니다. 어떤 의미에서 대중성이라고 말씀하신 거예요?

신해철 이제는 당신들이 좋게 들으려면 좋게 들을 구석이 있다는 거죠. (웃음)

사람은 음악을 듣는다

진중권 옛날에는 음악을 LP로 듣고 CD로 들었지만 요즘은 MP3로 듣지 않습니까. 아무래도 음악을 듣는 입장에서도, 만드는 입장에서도 차이가 있겠죠. 한때는 역시 음악은 비 오는 소리 나는 LP로 들어야 한다는 사람이 있었고, 또 그때 음악은 그 분위기에 맞았던 것 같기도 해요, 이상하게.

신해철 그럼요. 지금 생각해도 진공관과 턴테이블의 조합은 영원히 모방할 수 없는 신의 한수예요. 서양 대중음악에서 흔히 1970년대를 황금시대로 규정하고 60년대는 그 예비단계, 80년대는 씬시사이저 같은 새로운 시도를 위한 질적 하향이 일어난 시대, 90년대는 방향을 잃어버린 시대로 보는데, 바로 그 70년대를 황금시대라고 할 때 당시의 음악뿐 아니라 진공관과 LP를 빼놓고는 얘기할 수 없습니다. 제 생각에 진공관과 LP의 미덕은 켠다고 해서 소리가 바로 나오는 것도 아니고 내 마음대로 되지도 않는다는 거예요. 좋은 소리가 나려면 워밍업을 해줘야 하고, 소리가 좋다고 해서 계속 들으면 오버히팅이 되고요. LP도 매번 손 떨림을 조심하지 않으면 생채기가 나기 때문에 집중을 요구하지 않습니까. 그러니까 그 당시 사람들은 음악을 겸허하게 들을 수밖에 없었죠. 또 LP에 스크래치가 나면 그 LP는 자기의 개인적인 경험이 담긴 유니크한 물건으로 변하죠. 정말 마법 같은 시대였다고 생각해요.

78

그러다 트랜지스터의 시대가 되면서 이제는 음악을 휴대할 수 있게 되었습니다. 그게 인류 역사에서 얼마나 엄청난 순간이냐면, 과거에는 자기가 듣고 싶을 때 음악을 들을 수 있는 인간은 뮤지션을 고용하고 있는 왕이나 귀족밖에 없었잖아요. 그런데 자기가 원할 때 음악을 듣고, 심지어 트랜지스터 덕분에 자기가 원하는 곳에서 들을 수 있게 된 거죠. 그러면서 대중음악이 전세계를 지배할 수 있게 된 것이고요. 그리고 CD 시대로 넘어와서는, LP에서 CD로 싸이즈가 줄어들면서 아티스트의 에고 자체가 딱 그만큼으로 줄어들었습니다. LP는 재킷에 아티스트가 원하는 바를 그림과 사진으로 실어서 독립적인 작품으로 만들 수 있는 싸이즈였고, 또 현대미술이 바로 이런 앨범 재킷을 통해서 많은 영향력을 발휘했잖아요. 그게 무너진 거지 않습니까. 그러다 MP3에 와서는 아예 커버도 없고 알맹이도 존재하지 않게 되었죠.

진중권 물질성이 없는 거잖아요. 음악이 정보가 된 거죠.

신해철 그 경계선이 소위 386에게는 정말 넘기 어려웠던 것 같아요. 카세트테이프의 스위치를 한번이라도 눌렀던 세대는 절대로 아이팟의 조그셔틀을 100퍼센트 사용할 수 없거든요. 말하자면 저희는 앞과 뒤만 존재하는 일차원의 세계에 갇힌 것이죠. 그러니까 카세트테이프를 한번도 겪어보지 않고 컴퓨터를 직관적으로 다루기 시작한 세대가 음악을 어떻게 받아들이는지를 저는 모릅니다. 사실 그등학교 3학년 때쯤의 저는 '사람들이 듣고 싶어하는 음악은 이런 것이다'라는 기묘한 확신이 있었어요. 그런데 40대 뮤지션이 된 지금은 그들이 무엇을 원하는지 명확하게 알지 못합니다. 이렇게 되면 제가 택할 수 있는 수단은 하나밖에 없는 거예요. 요즘 아이들이 우리와 다른 것이 무엇인지를 보기보다는 거꾸로 우리와 똑같은 것이 무엇인지를 보는 거죠.

진중권 그렇다면 작업방식도 바뀌어야 하고 노래도 바뀌어야 하는 것 같습니다.

신해철 어떤 음반 관계자는 현재 시장에서 20대 이상은 아무도 음반을 구매하지 않는다고 절망적으로 이야기해요. 하지만 저는 그건 현재의 진단일 뿐이고, 그렇다면 20~30대가 왜 구매층이 아닌지를 생각하면 되는 거지 끝났다고 결론 내려서는 안 된다고 생각합니다. 우리가 극심한 변화의 물결 속에 있지만, 그럼에도 불구하고 변하지 않고 남아 있는 게 있어요. 사람이 있고 사람은 음악을 듣는다는 단순한 사실, 이건 변하지 않잖아요. 선후배들과 시장의 변화에 대해서 얘기해보면 선배들은 많이 힘들어합니다. 대중적으로 안정적인 기반을 가졌다는 뮤지션들도요. 또 엄청 잘나간다고 알려진 후배들도 두려워합니다. 언제 어떻게 될지 모르니까요. 난세니까요. 그런데 엉뚱하게도 이런저런 얘기보다 '사람이 있고 사람은 음악을 듣는다. 안 그러면 못 살고. 이건 변한 적 없지 않으냐' 하면 다들 좀 표정이 편해져요. 저희가 유일하게 기댈 수 있는 사실이죠. 일본의 경우는 CD 대여점이 생겨서 MP3 시대에도 CD를 사고파는 문화가 보존이 됩니다. 영국도 아무리 소비방식이 바뀌어도 열두 살짜리 남자애가 지미 헨드릭스Jimi Hendrix 음악부터 듣기 시작할 정도로 콘텐츠 소비에 명확한 패턴이 있어요. 그런데 한국은 중심을 잡을 수가 없는 난기류에 휩싸인 것 같은 느낌입니다. 변화가 나쁜 것은 아니지만 족보 없는 변화는 나쁘다고 생각해요. 그렇지만 저한테는 좋은 경험들이 몇 있습니다. 난세에 영웅 난다고, 만약에 저처럼 음악에 재주 없는 애가 씨퀀서라는 혁명적인 기구를 일찍 손에 잡는 행운 없이 순수하게 연주와 보컬 실력만 가지고 이 시장에 진입해서 살아남을 수 있었을까 생각해보면 그렇지 않거든요. 저 역시 테크놀로지의 변화로 혜택을 본 거죠. 단적인 예를 들면「재즈 카페」는 24비트 기반인데, 당시 한국에는 그 비트를 연주할 수 있는 쎄션 드러머가 존재하지 않았어요. 우리나라에 그런 드러머가 나오려면 버클리 유학생들이 돌아올 때까지 15년을 더 기다려야 하는데, 그걸 씨퀀서로 엉성하게 만드는 것이 기술적으로 딱 그때 가능해진 겁니다. 그렇게「재즈 카페」를 완성했을 때는 모두 안 된다고 했어요. 이런 노래는 우리나라에서 히트한 적이 없다고요. 제가 만든 음악들이 하늘에서 떨어진 특이한 음악도 아니고 다 어디서 듣던 것들의 조합이지만 결과물을 보면 이런 이상한 곡은 나온 적이 없다는 느낌이 들거든요. 나온 적이 없으니까 히트한 적이 없죠, 당연히. 그런 일을 몇번 겪다보니 지는 그래도 낙관적으로 용기를 낼 수 있게 된 것 같아요. 그렇다면 그런 경험이 있는 제가 아직 겪어보지 못한 후배들한테 용기를 내라고 말해줘야지, '요즘 세상이 얼마나 무서운지 알아?' 하고 겁을 주면 안 되는 것 아니겠어요.

진중권 그 모든 변수들 속에서도 유일한 상수는 대중의 존재이고 그들이 음악을 듣길 원한다는 사실이다, 인상적입니다.

대중음악 청취층의 변화

진중권 윤종신씨를 인터뷰했을 때는 그분이 약간 자조적으로, 요즘 음악은 배경음악이 됐다고 말씀하시더라고요. 음악이 음원이 되고 정보가 되면서 음악이 가진 아우라가 사라져버리고 다른 일을 할 때 듣는 음악이 주가 되어가는 경향이 있다는 생각도 듭니다.

신해철 음악을 소비하는 패턴과 환경은 정말 다양한 것 같아요. 예를 들어 제가 서양음악을 공부하면서 무척 당황했던 것이, 특정한 마약이 시장에 진입하면 그것을 소비하기 위한 음악이 만들어진다는 겁니다. 특정한 음악 장르가 생겨나고 그것을 소비하기 위한 마약이 개발되는 게 아니라요. 음악 하는 사람으로서 자존심이 상하는 일이죠. (진중권 웃음) 마찬가지로 그런 엘리베이터 음악, 앰비언트 음악

ambient music에 대해 개탄할 수도 있겠지만, 저는 음악의 신이 지닌 천 개의 얼굴 중 어느 하나도 그분의 얼굴이 아닌 것이 없다고 생각합니다. 그렇다면 존중해야 하는 것이죠. 뉴에이지 음악이 서구를 휩쓸었을 때 사람들은 음악을 가구의 개념으로 받아들였어요. 뉴에이지 음악의 소비계층인 여피족은 자기들이 입는 옷의 소재, 가구의 소재 등이 정해져 있는 족속들 아닙니까. 그들은 비어 있는 공간을 완성되지 않은 부재不在로 보고 음악을 공간을 채우는 가구의 개념으로 본 거죠. 예전에는 저도 음향과 음악 사이의 경계를 탐험하는 그런 실험음악을 들으면 혐오했어요. 그런데 제가 그것의 노예가 되지만 않는다면 듣기 좋더라고요. 윤종신씨도 그런 답답함을 느낀 거겠지만, 저는 이 지점에서 '스타'라는 것이 등장한다고 생각해요. 축구에서 혼자 힘으로 경기를 뒤집는 선수를 '판타지 스타'라고 하잖아요. 그런 것처럼 응집된 힘을 지닌 아이콘이 등장해서, 그가 의지를 가지고 한 것이든 재미로 한 것이든 음악의 방향성을 보여줌으로써 그뒤에 다양한 시도가 벌어지게 만드는 거죠. 지금 우리 대중음악에 대해서도 스타가 모자란다, 혹은 스타들이 제 기능을 못하고 있거나 겁을 먹고 있다는 얘기를 할 수 있을 것 같아요.

진중권 스타들이 겁을 먹고 있다는 말이 참 인상적이고요, 불길하게 맞는 것 같다는 느낌이 듭니다. (둘 다 웃음) 아까 영국에서는 열두살 때 지미 헨드릭스를 듣는다고 하셨는데, 그렇게 니 맘대로 음악시를 밟아가면서 음악적 경험을 쌓아가는 청중의 존재도 중요할 것 같습니다. 한국에는 그런 청중이 형성될 환경이 부족한 것인가요?

신해철 예전에는 그런 환경이 존재했지만 지금은 와해된 상태죠. 예전에는 FM 라디오가 그런 청중을 만들어냈잖아요. FM 라디오가 음악 교육기관으로서 청취자들의 귀를 정리해주었고, 그 유산이 1990년대 우리나라 대중음악을 폭발시킨 것이거든요. 우리나라에서 팝음악이 인기를 끈 이후로 많은 386들과 그 이웃들이 공감하는 코스가 있었잖아요. 중학교 때 「2시의 데이트 김기덕입니다」에서 장르의 구분을 배우고, 「황인용의 영팝스」로 넘어가서 거기서 가슴이 뜨거워진 다음 전영혁, 성시완으로 넘어가곤 했지 않습니까.

진중권 일종의 커리큘럼 같은 거였죠.

신해철 그렇죠. 그렇게 교육받은 청취자들이 하이텔이나 나우누리를 통해서 뮤지션들에게 지령을 내렸습니다. 그들의 명령은 거역하기 힘들 정도로 강력하고 명확했어요. 예를 들면 넥스트N.EX.T의 기타리스트를 선택할 때 하이텔 유저들이 원하는 방향이 있는 거죠. 블루지하면서 쏘울 있는 기타리스트가 아니라 해외 뮤지션과 비교해도 자존심을 지킬 수 있을 만큼 빠르고 정확하게 치는 기타리스트를 찾아내라는 명령이 존재하는 거예요. 그렇다면 저의 선택은 김세황일 수밖에 없는 거죠. 그런 명확한 요구가 있었고, 거기에 부응해

나가는 건 즐거운 경험이었습니다.

진중권 굉장히 훌륭한 청취자들이죠. 수준이 높든 낮든 간에 나름대로 자기 견해를 가지고 표명하는 대중들이 있었는데, 최근에 와서는 그런 대중들이 많이 사라진 거군요.

신해철 지금은 마치 로마제국이 멸망한 뒤의 국경도 세금도 관료도 없는 무정부 상태 같아요. 대중들이 정리가 안 되는 거죠. 386세대 리스너들은 씽커페이션syncopation에 약한 대신 음악 전체를 보는 감이 좋았습니다. 반면에 요즘 대중들은 386세대에 비해서 듣는 주파수 범위 자체가 넓어요. 훨씬 더 날카로운 고음과 저음을 폭넓게 듣죠. 그런데 그렇게 날카로운 귀를 가진 요즘 대중들을 정리해줄 미디어도 비평도 존재하지 않습니다. 어떤 관점으로 음악을 들어야 하는지가 아니라 음악을 듣는 데 무슨 관점이 필요하냐는 이야기가 나오는 상황이니까요. 그러니까 이리 가도 저리 가도 막히는 거죠. 미디어나 비평이 정리해주는 것 없이 무정부 상태에서 음악을 들어도 인구만 많으면 괜찮을지도 몰라요. 5천만이라는 인구가 많다면 많고 적다면 적은 인구이지만, 사람들이 문화에 돈을 쓰지 않는 것이 옳다는 태도로 살기 때문에 숫자에 비해 인구 구실을 많이 못합니다. 만일 우리가 일본처럼 인구가 1억이었다면 이렇게 난전을 펼쳐도 각 장르들의 영토가 성립할 텐데, 우리는 한가지 새로운 흐름이 들어오면 옛날 흐름이 죽어버려요. 살아남아서 누적이 되어야 하는데 전멸해버리는 거죠, 한 장르가 통째로.

진중권 그렇죠. 일본은 특히 취향이 아주 디테일해서 오타쿠 그룹들이 있
잖아요.

신해철 그것이 1억이라는 인구보다 훨씬 더 엄청난 힘이죠. 그리고 일본은
취향에 대한 존중이라는 게 있지 않습니까. 하다못해 포르노그래
피를 봐도 일본만큼 이건 변태 아닌가 싶을 정도로 다양한 요구에
부응하는 콘텐츠가 만들어지는 나라는 없어요. 1억 인구 중에 이런
걸 좋아하는 사람이 두명만 있다면 만들어보는 식으로 다양한 욕
구와 욕망에 부응하는 것을 당연시하는 나라와 포르노그래피 전체
를 불법화해서 사회문제를 만들고 있는 나라 사이에는 간극이 너
무나 크다고 생각해요.

진중권 우리나라는 취향이 다양화되지 못하고 하나의 커다란 취향만 있다
가 그것이 금방 다른 거대한 취향에 의해서 교체되고요.

신해철 그렇기만 하면 괜찮은데, 주류를 차지한 그 취향이라는 것이 콘텐
츠의 우수성이 아니라 메인스트림이라는 권력에서 오는 흡입력으
로 사람들을 빨아들이니까요. 거기에 소규모로 전락한 콘텐츠를
조롱하는 문화적인 태도까지 더하면 최악으로 치닫는 거죠.

진중권 어느 인터뷰를 보니까 예전에는 멜로디에만 집중하고 사운드는 듣지 않는 대중들을 탓했다면 이제는 그 사실을 받아들이고 멜로디에 힘을 쏟겠다고 하셨는데요, 그건 어떤 의미입니까?

신해철 음악 하는 사람들이 많이 힘들어하는 문제 가운데 하나가 우리나라 사람들이 멜로디만 듣는다는 것이거든요. 뮤지션들은 멜로디를 만들겠다고 리듬을 포기하지 않습니다. 사운드를 만든다는 건 누가 시켜서 칭찬받으려고 하는 게 아니거든요. 그런데 우리가 음악에 대한 목표의식을 너무 비판 없이 받아들인 면이 있어요. 예를 들면 1990년대 뮤지션들 사이에서는 '완전 팝송인데!'가 최고의 칭찬이었습니다. (진중권 웃음) 가요라는 단어에는 자기비하적인 경멸이 섞여 있었죠. 팝음악이라는 건 레드 제플린Led Zeppelin이나 딥 퍼플Deep Purple, 비틀스The Beatles 같은 올림포스의 신들이 존재하는 곳이고, 나는 기타라는 마법의 열쇠를 들고 그 세계로 들어가서 반신반인이 되고자 하는 거예요. 그러다보니 그 아래의 인간들에 대해서 신경을 쓰지 않는 겁니다. 이 나라에 사는 사람들을 위한 음악을 한다면 그들이 무엇을 원해야 하는지 설교하고 선도할 것이 아니라 대중이 듣고 싶은 음악이 어떤 것인지 들으려고 노력해야 하는데, 저는 그런 태도를 가지는 데 너무 오래 걸렸어요. 스무살 때부터 겪었던 일들이 있으니까. 제가 데뷔하고 나서 곧바로 정신병원에 갔거든요.

진중권 무슨 일로요?

신해철 너무 괴로웠어요. 저는 음악은 신성한 것이라고 생각했는데, 데뷔하고 나니 지나가던 초등학생이 "야, 저기 신해철 씹새끼 간다" 이러는 거예요. (둘 다 웃음) 또 방송국에 가니까 뮤지션들 전체가 굴욕적인 대우를 받는 상황을 참고 타협하고 있고요. 예를 들어서 PD를 만나면 선생님이라고 불러야 하는데, 저는 제가 존경심을 느낄 때 선생님이라고 부르고 싶다고 하면 '또라이 시건방진 신인가수 새끼'가 되는 겁니다. 그러니까 눈물이 나는 거죠. 제 나이가 이제 마흔여섯이 됐지만 아직도 인터넷에 악플 달면서 이 새끼 저 새끼 운운하는 대중들이 존재하고, 그건 죽는 날까지 그럴 거예요.

그래도 저는 우리나라에서 뮤지션들이 가장 존중받고 예쁨을 받는 시대에 음악을 했다고 생각합니다. 지금도 인터뷰를 할 때면 청소년 시절에 제 음악에 기대서 살았다는 얘기를 하는 기자분들이 있어요. 참 고마운 일이고, 그런 얘기가 힘을 내는 원동력이 돼요. 그래서 대중들과 싸우려는 쌈닭 마인드를 버리고 보면, 내가 이 사람들이 듣는 언어에 대해, 멜로디에 대해 얼마나 깊이 존중했던가, 내가 만든 그 복잡한 사운드와 음향적인 실험 중에서 현식이 형이 남기고 간 한국어 운율의 단 네마디 멜로디보다 나은 게 하나라도 있는가, 이런 생각이 들었던 거죠.

진중권 그럼에도 불구하고 뮤지션으로서 아쉬운 점은 여전히 남지 않나

무엇을 원해야 하는지 설교하고 선도할 것이 아니라
대중이 듣고 싶은 음악이 어떤 것인지 들으려고 노력해야 하는데,
저는 그런 태도를 가지는 데 너무 오래 걸렸어요.

요? 음악을 들을 때 제일 먼저 들리는 것이 멜로디이지만, 더 나아가서 음향적인 실험과 색채까지 같이 들어줬으면 좋겠다는 바람도 있는 거잖아요.

신해철 저는 거기에 대해서 답을 찾진 못했지만, 해답을 찾아가는 길은 찾았다고 믿어요. 거꾸로 멜로디를 존중해야만 음향적인 해결을 볼 수 있다는 겁니다. 멜로디는 나머지 모든 음향을 규정하는 가장 강력한 소리이기 때문에, 멜로디를 존중한다는 건 음향을 해결하기 위한 강력한 돌파구이기도 해요. 음향을 포기할 수 없으니까 여기서 전기기타가 나와야 하는데 멜로디를 어떻게 맞춰야 할까 생각하면 답이 보이지 않는다는 것이죠. 우리나라 국악기를 보면 힌트가 있습니다. 국악기들이 튠이 안 맞잖아요. 꽹과리를 정확한 튠으로 만드는 장인이 존재한 적도 없고요. 오케스트라는 백명씩 무대에 올라가도 하모니를 만들어낼 수 있는데 우리 국악관현악단은 악기들의 표준이 없습니다. 화성이 특별히 화려한 음악도 존재한 적이 없고 악기들도 화성적인 면이 중시된 적이 없는 거죠. 그런 역사와 흔적이 우리 유전자에 엄연히 남아 있습니다. 그렇다면 서양음악을 맹목적으로 좇던 시기를 지나온 지금은 대중음악인들이 타협점을 찾아낼 의무가 있다는 거죠.

체 게바라를 꿈꾸던 소년

진중권 어린 시절 히어로가 체 게바라Ché Guevara였고 그다음 롤모델이 버트런드 러셀Bertrand Russell이었다고요.

신해철 체 게바라는 『어깨동무』 『새소년』 같은 잡지를 통해서 접했죠. 게바라가 저를 압도했던 건 의사 출신이라거나 혁명가라서가 아니라 꾸바 혁명이 완수된 다음에 다시 게릴라로 돌아갔다는 것 때문이었어요. 그 이면의 정치적인 배경에 대해서는 나중에 다큐멘터리를 보고 알게 됐지만, 내가 저 상황이었으면 권력의 자리에 앉았다가 다시 게릴라가 돼서 정글로 들어갈 수 있었을까 싶었죠. 어릴 때 읽은 소설 『천국의 열쇠』에 나오는 주인공 프랜시스 치점의 비타협적인 태도나 게바라의 안주하지 않는 태도가 제가 어렸을 때는 무척 시크하고 쿨하게 보였나봐요.

진중권 사실 게바라가 혁명 이후에 장관도 지내고 했지만, 한쪽에는 피델 까스뜨로가 있고 한쪽에는 게바라가 있는 상황이 오랫동안 지속되기는 어려운 점이 있었을 거예요. 그럼에도 불구하고 게바라는 혁명의 순수성을 상징하는 인물로 남아 있죠. 그런데 게바라야 요즘은 티셔츠에도 등장할 정도로 유명하지만, 버트런드 러셀은 또 어떻게 접하셨나요?

신해철 제가 고등학교 2학년 들어가면서 공부를 완전히 때려치웠거든요. 학교에서 방송반 하고 밴드 하고 대학생이라고 뻥치고 음악다방에서 DJ로 일하고요. 그랬더니 어머니가 저를 고모부한테 보냈어요. 제가 아버지하고는 대화가 안 되니까요. 그래서 고모부에게 이런 저런 훈계를 들으면서 그 집에서 지내다가 어느날 서가에 『나는 왜 기독교인이 아닌가』라는 책이 꽂혀 있는 걸 봤어요. 책 제목이 '나는 왜 기독교인이 아닌가'라니, 저는 기독교인이 아니라는 신념을 밝힌다는 건 소수자로서 살아야 하는 일이라고 생각했는데, 그 신념을 설명할 수 있다는 제목을 보는 순간 깜짝 놀랐죠. 그래서 그 책을 빌려서 읽었고, 아직도 갖고 있습니다.

진중권 그 책! 저희 아버지가 목사님이시잖아요. 그런데 어렸을 때 아버지 서가에 이 책이 꽂혀 있었거든요. 그래서 무척 인상적으로 기억하는데, 그 책 이야기를 여기서 듣게 되네요.

신해철 그 책에 정말 어마어마한 영향을 받았습니다. 사실 그때는 신부가 될까 말까 고민도 하던 시절이라 기독교에 대한 호기심도 있었지만, 그보다 큰 인상을 받은 건 그 책의 서술방식이었어요. 언어라는 것이 시인의 손에 들어가면 꽃이 되고 구름이 되는데 버트런드 러셀 손에 들어가면 문장이 군대로 변하더라고요. 자신의 의견을 주장하는 문장 하나가 앞으로 전진을 하고, 그러면 그에 대한 반대의견이 나올 수 있잖아요. 그러면 양쪽에서 기병대가 옆으로 돌면서 포위하고… 제가 어떤 논리로도 반박을 못 하겠더라고요.

진중권 철학과로 진학한 게 아마 그 영향도 있었겠죠?

신해철 결정적인 동기였죠. 그런데 어쭙잖게 시집 한권 읽고 문학소년입네 하는 경우는 있지만 철학소년이라는 단어는 없잖아요. 따지고 보면 저는 딱 그 정도 수준의 철학소년이었던 것 같아요. 제가 생각하는 철학은 형이상학에 불과한 수준이었던 거죠. 그래서 대학교 1학년 때 엄청 좌절하게 됩니다. (웃음)

진중권 미학과 학생들이 제가 쓴 『미학 오디세이』를 읽고 미학이 재미있는 줄 알고 들어왔다가 이런 것인 줄 몰랐다고 하면서 다들 실망하죠.

신해철 당시에 이한조 교수님이 계셔서 그분의 명성이 철학과로 진학하는 데 영향을 줬어요. 그런데 그분이 첫 수업시간에 들어오셔서 온갖 기호와 부호를 칠판에 쫙 써놓고는 "이것이 현대철학이다" 하고 나가시는 거예요. 그 순간 '아, 나는 대학교 졸업은 틀렸구나' 싶었죠. (웃음)

대학가요제로 데뷔하다

진중권 일찍부터 언더그라운드에서 활동하고 부활의 김태원씨를 따라다니면서 기타를 배웠다고 들었는데요, 이게 대학 시절 얘기인가요?

신해철 고등학생 때예요. 고등학생 때 우리 팀에서 기타 치는 친구가 부활 공연장을 다니면서 관계자들을 알게 되고 그러다 팬클럽 회장이 됐거든요. 요즘 같은 팬클럽이 아니라 학생들한테서 오는 팬레터들 정리해주고 포스터 붙이러 다니는 조수들이었어요. 당시엔 그걸 팬클럽이라고 불렀죠. 저도 그냥 신기하니까 구경한다고 가서 거들다가 부활 선배들이 예쁘게 봐서 같이 음악 듣고 술 먹는 자리에 저를 끼워줬어요. 그러면서 프로 형들을 관찰할 수 있는 기회가 생긴 거죠.

진중권 친구들하고 공연도 하고 그랬나요?

신해철 고등학생 때부터 공연을 시작해서 강북에서는 꽤 이름이 알려진 밴드였어요. 그러다 강북엔 경쟁자가 없다 싶어서 강남을 정벌하려고 탐색전을 갔는데, 짧은 머리의 기타리스트가 무슨 외국 비디오에 나오는 것처럼 밴 헤일런Van Halen의 레퍼토리를 치는 거예요. 그건 우리가 손댈 수 있는 영역이 아니었거든요. 그걸 보고 그냥 그만두고 싶었죠. (웃음) 나중에 알고 보니까 고등학생이더라고요.

저랑 동갑내기인 손무현이었어요. (웃음)

진중권 그러다가 1988년 대학가요제에서 「그대에게」
로 대상을 받았습니다. 그전에 강변가요제에
서 떨어지셨잖아요. 그후로 가요제를 분석하
셨다고요.

「그대에게」

무한궤도 1집 「우리 앞의 생이
끝나갈 때」 수록. 1988년 대학가
요제 공연 모습.

신해철 네, 열두 팀이 결선에 나갔는데, 떨어질 줄 몰
랐는데 떨어졌죠. 되게 억울했어요. 그래서 관찰 끝에 제가 얻은 결
론이, 가요제는 일회성 축제이기 때문에 밴드가 발라드를 들고 나
가서는 노래가 아무리 좋아도 안 된다는 것, 그리고 현장에서 관객
들을 장악하는 데서 승부가 난다는 거였습니다. 당시에 이상은씨
가 현장에서 역전을 했거든요. 관객들이 열렬하게 호응하면 심사
위원들도 동조하게 되는 거죠. 그런 생각은 했지만 나중에 대학가
요제에 나갈 거라고는 생각 못 했어요.

진중권 그런데 어떻게 대학가요제에 나갈 결심을 했어요?

신해철 무한궤도를 하면서 데모테이프를 만들어서 여기저기 다녔는데 우
리 음악을 녹음해주겠다는 데가 아무 데도 없는 거예요. 게다가 우
리 멤버들이 다들 프로가 되어서 음악을 끝까지 하겠다는 생각이
없어서 겨울을 넘기면 음악을 그만둬야 한 상황이었죠. 저두 당장

다음해까지 버틸 수 있을지 고민이 됐고요. 그래서 멤버들하고 얘기하다가 그럼 대학가요제라도 나가보고 그만두자고 했던 겁니다. 제가 지금 직장인 밴드나 아마추어 밴드 친구들에게 마음이 가는 이유가, 저도 그렇게밖에 음악을 할 수 없는 상황이었다가 마지막 순간에 기회를 얻었기 때문이에요.

진중권 「그대에게」가 그럼 대학가요제용으로 기획된 건가요?

신해철 그런 셈이죠. 완전히 기획으로 만들어진 노래였어요. 다들 비슷비슷한 곡을 하니까 전주에서 세게 질러야 한다, 노래는 쉽고 단순해야 한다, 그리고 아우트로 부분을 만들어서 박수를 유도하며 끝내야 한다, 등등 전략을 짠 거죠.

진중권 정말 전략적이었군요. (웃음) 그런데 한편으로는 록 정신이 대학가요제와 충돌한다고 볼 수 있지 않나요?

신해철 그럼요. 그 마음의 빚은 평생 남아 있어요. 당시에는 대학가요제가 굉장히 큰 행사였는데, 제 친구들 중에는 저보다 음악을 잘하지만 대학생이 아니라서 출전 자격이 없는 친구들도 있었거든요. 그래서 대학생만 음악 하나, 하는 언짢은 마음이 있었는데, 막상 제가 나가려니까 찜찜하더라고요. 더군다나 대상을 받은 다음에는 무한궤도가 서울대, 연대, 서강대 연합그룹이라고 미디어에 회자되고 부유층 자제, 세련된 헤어스타일, 압구정 패션, 이런 얘기가 많이 나오니까 너무 괴롭고 힘들었어요. 그리고 대학가요제의 역사를 보면 대학가요제가 필요했던 시대, 대학 문화에 변별성이 있던 시대가 있었는데 저는 그게 해체되던 시기에 나갔잖아요. 그런 게 많이 혼란스러웠습니다.

진중권 그때 대학가요제 심사위원장이 조용필씨였죠. 이후에도 앨범을 낼 때 도움을 받았다고 들었습니다.

신해철 네. 저는 대학가요제 대상을 타고 나서 최소한 앨범은 낼 수 있겠구나 싶었어요. 멤버들도 여기까지 왔으니 앨범은 하나 내자고 하고요. 그래서 일주일 사이에 매니저들을 한 사십명 정도 만났는데, 얘기해보면 다 쏠로로 하자고 해요. "아닌데요, 저는 동료들하고 밴드 할 건데요" 하면 정말 면전에서 바로 일어서서 가요.

진중권 왜 밴드를 싫어하나요?

신해철 당시에는 밴드가 돈도 안 되고 말썽은 말썽대로 부린다는 부정적인 이미지가 강했죠. 그래서 다들 그랬어요. "어차피 보따리 쌀 거 그냥 쏠로 하지그래." 지금 생각하면 '괜찮습니다' 하고 말 일인데, 그때는 스무살이니까 바로 눈에서 불이 타오르는 거예요. '이런 개… (웃음) 제가 표정이 일그러지는 게 보이니까 바로 일어나서 가버리더라고요. 그러다 한번은 방송국에 출연하러 갔다가 조용필 선배님과 마주쳤어요. 그래서 사정을 이야기하니까 바로 예전 매니저가 하는 회사가 있다며 연결해주시더라고요. 그래서 그분을 만나자마자 "저 쏠로 안 하고요, 쏠로 하라 그러면 더 얘기할 것 없고요" 그랬더니 피식 웃으면서 밴드 하래요. 바로 표정 바꾸고 "감사합니다" 했죠. (웃음) 대신 밴드가 해체되면 나머지 기간을 쏠로로 한다는 조항을 계약서에 넣자고 했어요. 어차피 밴드 하게 해줘도 오래 못 한다고 생각했던 거예요. (웃음)

진중권 대학가요제로 데뷔를 한 셈인데, 요즘은 그 자리를 오디션 프로그램이 대체했습니다. 말씀처럼 대학 문화랄까 색깔이 사라진다는 아쉬움도 있지만 한편으로는 학력 제한은 없어졌잖아요.

신해철 학력 제한보다 더 중요한 것은 대학가요제가 우연히도 창작가요제였다는 것 같아요. 요즘 「슈퍼스타 K」 같은 오디션 프로그램은 남의 노래를 잘 부르는 기술을 보여주는 장이 되어버렸지만, 대학가요제는 자기 노래를 부르거나 아마추어 작곡가와 짝을 이루어서 나왔잖아요. 저도 뚜렷하게 인식하지 못했던 건데, 나중에 생각해보니 '대학'보다는 '창작'이 중요했다는 생각이 들어요.

진중권 진짜 그러네요. 지금 생각하면 오디션 프로그램도 지금과 같은 방식이 아니라 옛날 대학가요제 식으로 창작곡 위주로 하는 것도 나쁘지 않다는 생각이 들어요.

신해철 그것도 좋은데, 우리 오디션 프로그램을 보면 다른 것보다도 연예인이 되기 위한 기술과 외모만 경쟁하는 것이 아쉬워요. 창작곡 경쟁이 아니어도 「브리튼스 갓 탤런트」Britain's Got Talent 같은 프로그램에서 핸드폰 판매원이 극적으로 오페라 가수가 되는 장면을 보면 음악이 특

「브리튼스 갓 탤런트」를 통해 오페라 가수로 데뷔한 핸드폰 판매원 폴 포츠가 「투란도트」의 아리아 「네순 도르마」(Nessun Dorma)를 부르는 장면.

정인의 것이 아니라 우리 모두의 것이라는 메시지를 던지잖아요. 똑같은 오디션 프로그램인데 어째서 그런 메시지가 요만큼도 없는지, 그런 점이 서운해요.

쏠로에서 넥스트로

진중권 신해철씨를 대표적인 아이돌 가수로 만든 쏠로 1집도 예사롭지 않은 구석이 있었지만, 2집은 뮤지션으로서의 본격적인 시작을 알리는 음반으로 꼽힙니다. 당시는 1990년대 대중음악 전성기가 막 시작되던 시기였죠.

신해철 2집을 낸 1991년에 소위 '빅3'의 앨범이 나왔어요. 윤상, 신승훈, 심신. 세 사람 다 영역도 다르고 인기도 장난이 아니었죠. 회사에서는

신해철 2집 『Myself』(1991)

처음에 「재즈 카페」는 너무 위험하다고 생각해서 「내 마음 깊은 곳의 너」라는 발라드 곡을 밀었습니다. 그 노래도 나중엔 꽤 사랑을 받았지만, 처음에는 10만장 나가고는 판매가 부진한 거예요. 지금이야 10만장이 엄청나지만 당시에는 100만도 꿈이

「재즈 카페」
신해철 2집 『Myself』 수록.

아니었으니까요. 그러다 제가 곡을 직접 쓴다는 사실이 알려지면서 고만고만한 신인가수 중 하나가 아니라 제법 기특한 녀석이라는 이미지가 생겨나기 시작한 거예요. 그렇게 조금씩 귀여움을 받더니 어느날 길을 가는데 회사에서 홍보한 적도 없는 「재즈 카페」가 여기저기서 나오고 있더라고요. 그러면서 앨범이 다시 50만, 60만, 70만 나가기 시작했죠. 그때 그걸 보고, 앞으로 내 싸움터는 내가 정해야지 다시는 남의 싸움터로 들어가지 말아야겠다는 생각을 했어요. 망가져도 내가 밴드를 하고 음악을 하다 망가지면 원망이라도 안 하지.

진중권 「재즈 카페」 가사 중에서 "우리는 어떤 의미를 입고 먹고 마시는 가"는 관념론적 개념과 유물론적 개념을 섞어 썼다고 할 수 있죠. (둘 다 웃음) 그런 가사는 어떤 생각으로 쓰신 거예요?

신해철 1집 앨범을 내고 매니저들이 행사를 돌리기 시작해서 한번은 대전에 있는 유성 리베라 호텔에 묵은 적이 있는데, 호텔 미니바에 조그만 술병들이 있더라고요. 빨간 체리브랜디도 있고요. 그걸 보고 이미지가 떠올라서 호텔 방에서 가사를 쓴 거예요. 1집 앨범 때 딱 3개월 정도 이른바 밤무대를 뛰었거든요. 그때 무대를 생각하면, 사람들은 술을 마시러 온 거지 제 노래를 들으러 온 게 아니잖아요. 그 사람들이 앉은 테이블과 저와의 거리, '나는 돈을 벌기 위해 노래를 부르는 사람이구나'라는 냉엄한 현실인식, 그런 것들이 섞여 있었습니다. 한편으로는 헤비메탈이나 록밴드를 하지 못하더라도 당장 녹음실에서 내가 만든 노래를 녹음한다는 것만으로도 분에 넘치게 행복하다는 생각이 들고, 또 한편으로는 아무리 프로 가수가 되어서 인기를 끌고 있다 해도 과연 이게 내가 원하던 건가, 라는 회의가 들고요. 두가지가 극명하게 부딪치고 있었던 것 같아요.

진중권 그게 가사에 녹아들어간 것 같아요. 그런데 철학과라서 이런 가사를 쓴다는 이야기를 듣는 걸 싫어하신다고요.

신해철 전에는 되게 싫어했어요. 아마 초반에 무한궤도에 대해서 서울대, 연대 이야기가 나온 데 대한 거부반응이 이어진 것 같기도 하고요. 그런데 최근에 생각한 건데, 저도 공부는 제대로 못 했지만 잠깐 철학과에 입학해서 철학의 아름다움과 위대함에 일부 감화를 받고 혜택을 받은 녀석이잖아요. 그렇다면 내가 철학과 나온 건 상관없다고 얘기할 게 아니라 '제가 짧게라도 철학과 다닌 게 도움이 많이 되었으니 여러분도 기회 되시면 철학에 관심도 가지고 책도 보세요. 철학 좋은 겁니다' 하고 얘기하고 다녀야 하는데, 내가 미움받기 싫어서 그러지 못한 게 아닌가 싶어요. 그러니까 겸손이 아니라 정말로 철학적인 깊이는 없으나 감화는 좀 받았다고 생각합니다.

진중권 넥스트 이야기로 넘어가보죠. 쏠로로 활동하다가 넥스트를 결성한 게 1992년입니다. 쏠로로 하면 경제적으로도 그렇고 여러가지로 편할 텐데, 다시 돈 안 되는 밴드를 결성하셨단 말이죠.

신해철 일단 제가 장기적으로 음악을 하기 위해선 돈이 얼마나 필요한지 전혀 몰랐고요. (웃음)

진중권 더 벌었어야 하는데. (웃음)

신해철 훨씬 더 벌었어야죠. 어떻게 보면 미숙함에서 나온 실수지만 후회

N.EX.T 2집 『The Return of N.EX.T Part 1
The Being』(1994)

해본 적은 없어요. '한장만 더' 하다가 못 돌아온 선배들이 정말 많거든요. 강단이 있어서가 아니라, 한장 더 했다가는 돌아나올 자신이 없었기 때문이에요.

진중권 1994년에 나온 넥스트 2집 『The Return of N.EX.T Part 1 The Being』은 한국대중음악 100대 명반 38위에 오른 명반입니다. 당시 대마초 문제로 방송출연 금지 상태였는데도 50만장이 나갔어요. 헤비메탈에다가 실험적이기까지 한 음반이 50만장이나 나갔다는 건 당시로서도 생각하기 힘든 상황 아니었나요.

신해철 아뇨, 전 예상했어요. (진중권 웃음) 누울 자리 보고 발 뻗는다고, 확신은 못 했지만 허공에 던진다는 생각은 안 했습니다. 아까 말씀드렸듯이 하이텔, 나우 누리에 있는 사람들이 넥스트의 기타리스트는 어때야 한다는 요구까지 할 정도였으니까요. 당시에 프로그레시브 메탈이라는 음악이 전세계적으로 부상할 조짐이 있었는데, 성시완에서 전영혁까지 심야 DJ들이 가지고 있던 록 마니아들의 수가 지금 우리나라에서 일개 팝 장르가 가지고 있는 마니아의 수보다 훨씬 많았습니다. 마니아도 숫자만 늘어나면 대중이 되는 거죠. 지금 와서 보면 오타쿠 같겠지만 그 수가 몇십만이었어요. 심지어 그들은 자기들이 메인스트림을 전복시키겠다는 욕구도 가지고 있었습니다. 올바른 태도는 아니지만, 우리가 주류가 되어야 하고 너희들이 듣는 음악은 저열하기 때문에 우리의 음악을 들어야 한다는 식의 오만함도 있었고요.

진중권 나름대로 굉장히 전위적이었군요. (둘 다 웃음) 넥스트 3집의 가사는 좀더 직접적인 사회비판과 풍자가 돋보이는데, 대학 때 잠깐 운동권이시지 않았나요?

신해철 운동권이라기보다는, 제가 87학번이지 않습니까. 그때 대학교 신입생들은 발레 하는 애들도 돌 던지고, 체대 애들도 데모하러 나오고, 복학생 형님들도 개구리복 입고 피켓을 들었죠. (웃음)

진중권 하긴 그때는 구별이 없었죠. 우리 모두가 정치적이었고요. 「세계의 문」 가사에도 "누굴 위한 발전이며 누굴 위한 진보인가"라는 구절이 나오잖아요.

신해철 아, 그건 대학교 때 선배 누나가 했던 말을 조금 바꾼 거예요. 1학년 때 선배들이 개발독재의 논리에 대항하는 이야기를 많이 해줬거든요. 박정희 때문에 그래도 우리 모두가 이만큼 잘살게 되었지 않느냐고 했을 때 거기에 대해 어떻게 반박해야 하는지를 가르쳐준 거죠. 그때 한 누나가 했던 말을 조금 다듬어서 쓴 겁니다.

「세계의 문」
N.EX.T 3집 「The Return of N.EX.T Part 2 The World」 수록.

진중권 인터뷰에서 보니까 가사를 굉장히 빨리 쓴다고 하시더라고요. 보통 영감이 떠오르는 대로 쓰시나요?

신해철 가사를 빨리 쓴다기보다, 정확히 말하면 초치기가 아니면 못 쓰는 거예요. 녹음 당일 스튜디오에서 당장 노래를 불러야 하는 상황, 당장 가사를 써서 엔지니어에게 줘야 녹음이 시작되는 상황이 되어야 나오는 거죠. 그때까지는 반주만 만들어놓으니까 멜로디는 제 머릿속에만 있고 아무도 들어본 적이 없는 겁니다. 그래서 평소에 머릿속에 이미지를 넣고 있다가 현장에서 이렇게 하지 뭐, 그러면 옆에서 종신이 같은 후배가 보고 있다가 "오, 형은 천재야!" 이러는 거죠. (웃음)

진중권 그새 나와준다는 게 대단한 거죠.

신해철 안 나오면 어쩔 거예요, 지금 녹음을 해야 되는데. 가나다라마바사라도 써서 해야죠. (둘 다 웃음)

진중권 넥스트 공연이 화려하기로 유명한데요, 어느 대담에서는 공연에 나치의 대중 선동 기술을 적용시켰다고, 굉장히 위험한 발언까지 하셨어요. 이 말을 들으니까 독일 네오나치들의 선동적인 공연도 떠오르는데, 이거 진짜입니까?

신해철 어찌 됐든 나치는 예술에 대한 날카로운 감각과 기술로 대중을 미혹시켰지 않습니까. 대중을 매혹시키는 목적에 대해서는 동의할 수 없겠습니다만, 그들은 대중의 힘과 에너지가 흐르는 방향을 명확히 알고 있었다는 생각이 들어요. 히틀러가 연설을 할 때 석양이 지는 시간을 계산해서 후광효과를 냈다고 하잖아요. 그런 데서도 힌트를 얻은 거죠. 예를 들면 넥스트 공연 때 제가 조명 오퍼레이터들과 의논하면서 조명의 개념을 다르게 생각하자고 했어요. 조명은 가수의 얼굴을 보여주기 위한 것이 아니라 그를 가리기 위한 것이다. 가수는 관객이 그를 봐야 할 때만 보여주는 것이다. 그래서 조명을 관객에게 향하게 하고 비트에 맞춰서 관객의 눈을 계속 공격하면서 내가 안 보이게 한 겁니다. 그리고 무대에 상징적인 조형물을 설치해서 시선이 무대 중앙으로 모이게 하고요. 그런 것도 나치에서 힌트를 얻은 거죠. (진중권 웃음) 당시에 넥스트 앨범 재킷을 만들어준 전상일 그래픽 디자이너가 저랑 그런 면에서 잘 맞아서 의상도 국가사회주의와 사회주의가 겹치는 두가지 강렬한 색인 검정과 빨강을 섞어서 디자인했죠.

진중권 그래서 그때 논란이 되기도 했었죠, 나치 군복 비슷한 느낌이 난다고 해서.

신해철 저희는 나치 군복보다는 쏘비에뜨 적군 느낌에 더 가까웠던 것 같아요. 음악은 사람들을 단결시키는 힘이 있다는 걸 전달하려 한 거죠. 혼자 각개로 놀지 말고 함께 있다는 강렬한 덩어리 의식을 넥스트 공연장에서 느껴라, 하지만 이걸 가지고 당신이 좌파가 될지 우파가 될지는 우리가 알 바 아니다, 그런 느낌이었어요.

진중권 조명을 공연을 위한 도구가 아니라 공연의 일부로 만드는 것과 같은 아이디어가 레니 리펜슈탈Leni Riefenstahl을 위시한 나치가 굉장히 잘했던 연출이죠. 그 핵심이 군중을 단순히 공간을 차지하는 물리적 존재로 보는 것이 아니라 눈에 보이지 않는 군중들의 에너지를 보는 거잖아요. 전체주의라는 게 정치적인 관점에서는 문제지만 공연예술에서는 군중이 하나가 되는 체험이 굉장히 중요하죠.

신해철 제가 뼈저리게 생각하는 게, 저희 세대는 심야 음악방송을 듣고 헤드폰으로 음악을 들은 세대잖아요. 음악이 개인적인 체험인 거죠,

그 개인적인 체험을 현장에서 연합하는 힘으로 만들지 않으면 개개인이 부서질 수 있습니다. 서태지가 「교실 이데아」를 부르고 넥스트가 「껍질의 파괴」를 불렀지만, 당시 청소년들에게 중요한 문제는 자아를 짊어진 개인으로서의 삶을 살아가는 것이었잖아요. 그러기 위해서는 겁을 먹지 말아야 하는데, 우리 세대가 혼자가 아니라 여럿이 뭉칠 수 있다는 느낌을 가지려면 어떻게 해야 하느냐는 거예요. 짓궂은 마음도 있었죠. 나치 전체주의 느낌의 디자인을 만들면서 전상일씨하고 키득키득 웃으면서 그랬어요. 일시적으로 현재의 법과 사회규범을 초월한 집단을 콘서트에서 출현시키는 게 멋지지 않냐고요.

고스트 스테이션

진중권 마왕의 역사에서 「고스트 스테이션」 이야기를 안 할 수가 없죠. 포털사이트 라이코스에서 인터넷 방송으로 시작해서 지상파 라디오와 인터넷을 옮겨다니며 방송했습니다. 어떻게 보면 이게 팟캐스트의 시초예요. (웃음) 당시 오프닝 멘트를 인용해보겠습니다. "본방송을 청취함으로써 발생하는 정신적, 육체적, 물질적 피해, 수면 부족, 정서불안, 과대망상, 인성변화, 귀차니즘, 대인기피, 왕따, 식욕부진, 발육부진, 성적하락, 가정불화, 업무능력저하, 소득감소, 직장생활 부적응에 대하여 본 고스트스테이션 제작진 일동은 어떠한 책임도 지지 않음을 경고드립니다."

신해철 그 문장을 진 선생님 목소리로 들으니까 굉장히 새로운데요. (웃음)

진중권 저도 이런 거 좀 해보고 싶어요. (둘 다 웃음) 광고도 없고 정해진 시간도 없고 노래 틀고 싶으면 틀고. 그러니까 아무런 형식도 없었던 거죠.

신해철 파격이라고는 할 수 없는 게, 외국에는 그런 라디오 방송이 많아요. 제가 처음 미국 라디오를 들었을 때 굉장히 놀랐거든요. 진행자가 노래를 틀다가 중간에 하고 싶은 말이 있으면 확 내리는 거예요. 또 예를 들면 그 지역에 공연을 오는 록밴드의 음악을 틀었는데 바로 뒤에 청취자가 전화로 또 그 노래를 신청해요. 우리나라 같으면 "죄송합니다. 좀 전에 나갔습니다" 할 텐데, 아무렇지도 않게 방금 전에 나간 노래를 또 트는 겁니다. 그 순간에 그런 생각이 들었어요. '왜 안 돼? 안 된다고 누가 얘기했어? 청취자가 듣고 싶다잖아.' 우리나라 라디오는 일주일에 한 가수의 노래를 몇번 이상 틀 수 없다는 규정이 있었거든요. 나중에 알아보니 실제로 있는 규정은 아니고 PD 금품**수수** 사건이 많이 터져서 방어책으로 만든 제한인 것 같은데, 그것이 아이러니하게도 라디오가 히트곡을 만들어낼 수 있는 힘을 잃고 마이너 매체로 전락하는 결정적인 계기가 되었죠. 그런 경험들에서 「고스트 스테이션」에 대한 힌트를 얻었어요.

진중권 그때 방송을 직접 듣진 못했지만 방송과 관련된 일화들을 인터넷을 통해서 계속 접했던 기억이 있습니다. 이른바 독설가로서의 이미지를 형성하는 데 가장 결정적인 영향을 미친 것이 「고스트 스테이션」이 아니었을까요.

신해철 독설스러운 얘기들도 안 한 건 아니지만 초창기에는 감동적인 얘기나 뭉클한 얘기도 꽤 많았거든요. 그런데 사람의 일이라는 것이 부드러운 살가죽은 빨리 썩어 없어지고 뾰족한 가시나 뼈는 오래 남아서, 「고스트 스테이션」이 독설만 했던 것처럼 남아 있는 걸 보면 답답하기도 합니다.

진중권 「고스트 스테이션」의 자유로운 성격이 암암리에 많은 청취자들에게 영향을 끼친 것 같아요. 신해철씨의 자유로운 사고방식이나 언행들도 그렇고요.

신해철 「고스트 스테이션」이 가진 색채들 중에서 사회비판적인 생각에 주목하는 사람도 있고 쓸데없는 잉여짓에 집중하는 사람도 있지만, 「고스트 스테이션」을 오래 기억하는 사람들은 저를 청취자들과 놀아준 사람으로 기억해요. 심각한 얘기만 한 사람이 아니라 새벽 2시에 심심하지 않게 얘기도 들어주고 놀아준 사람으로요. 저는 「고스트 스테이션」의 핵심이 동전 빗금 세기라고 생각하는데, 이게 뭐냐면, 생방송 도중에 동전 테두리에 있는 빗금이 몇개인지 궁금해진 거예요. 그래서 생방송 중에 "하나, 둘, 셋, 넷, 다섯… 스물둘, 스물셋, 아, 다시." (진중권 웃음) 이걸 하고 있으니까 애들이 서로 세기 시작한 거죠. 그런데 세다보니까 놀라운 사실을 알게 됐는데, 주화 발행연도에 따라서 갯수가 달라요. 그래서 그날 생방송 끝나고 애들이 통계를 냈더니 평균적으로 몇개인데 1974년도 주화는 몇개고 1978년도는 몇개고, 이걸 전국에서 동시에 몇만명이 하고 있는 거예요. (둘 다 웃음)

진중권 굉장히 많은 사람들이 「고스트 스테이션」을 그리워하고 있는데, 혹시 돌아올 생각은 없나요?

신해철 제가 청취자들한테 맨날 했던 얘기가 '있을 때 잘해'였거든요. (둘 다 웃음) 일단 「고스트 스테이션」은 음악 못지않게 제 인생에 중요한 부분입니다. 그리고 「고스트 스테이션」을 듣던 세대가 성장해서 오히려 저를 챙겨줄 수 있는 때가 되어도 저는 여전히 그 사람들 곁에 남아서, 조언하는 쪽이 아니라 조언을 듣는 쪽이 되어서도 오래 남아 있고 싶었어요. 어떻게 보면 라디오는 저의 비정상적인 생활, 스무살 때 유명해져서 친구들과 공통적인 기억은 쌓지 못하고 극단적인 삶을 살았던 데 대한 아쉬움을 많이 달래주었거든요.

진중권 「고스트 스테이션」이 자기치유이기도 했던 거군요.

신해철 그럼요. 사람들의 삶의 단편들, 이야기의 조각조각을 보는 건 저한테도 미치지 않고 자살하지 않고 버틸 수 있는 버팀목이었어요. 하지만 그것들이 오래되다보면 옛날에는 천막만 치고도 즐겁게 있을 수 있었어도 이젠 건물도 올리고 마을을 건설하든가 아니면 각자의 천막을 짊어지고 흩어져야 하는데, 제가 볼 때는 건물도 올리고 애써가면서 남아 있고 싶다는 의지를 가진 사람은 저밖에 없었어요.

진중권 그래서 그만두셨고, 다시 돌아올 의향도 없으시고요.

신해철 그리워하는 사람들이 「고스트 스테이션」 다시 하시면 안 되냐고 할 때 저는 속으로 그런 생각을 해요. '쌤통이다. 있을 때 잘하지 그랬어.' (진중권 웃음)

아프지 말아요

진중권 이제 슬슬 마무리할 시간인데요, 1988년에 시작했으니까 음악활동을 한 지 26년째죠. 데뷔 이래로 쭉 화제의 중심에 계셨고 지금은 6년간의 공백기를 보내고 돌아오셨습니다. 앞으로의 그림 같은 게 있나요?

신해철 지난 6년간의 이런저런 생각을 정리한 것이 '아프지 마'라는 말이에요. 저는 스무살 때 데뷔했기 때문에 그때 팬들하고 나이 차이가 한두살밖에 안 나요. 지금은 그 팬들의 자녀들도 공연장에서 만납니다. 팬들이 벌써 세대가 갈려요. 예전에는 제가 팬들에게 기죽지 마라, 겁먹지 마라, 하고 싶은 걸 해라, 이런 말을 했는데 세월이 지나 어느 시점부터는 팬들이 저를 원망하더라고요. 네가 선동질해서 고단한 삶을 시작했는데 이게 뭐냐, 너도 그렇게 행복한 것 같지 않은데, 알고나 말한 거냐. (진중권 웃음) 그래서 내가 노래를 만드는 사람이라면 이들에게 해줄 다음 이야기가 있어야 하는데 그것이 무엇일까, 그걸 생각하는 데 6년이 걸린 거예요. 그 결론이 별다른 게 아니라 '아프지 마', 그거더라고요.
이 생각도 역시 「고스트 스테이션」에 온 사연에서 힌트를 얻었어요. 형이 사법고시에 합격해서 검사가 됐는데, 법대 다니는 동생도 시험에 붙어야 한다고 어머니가 매일 새벽기도를 나가신대요. 저는 그 사연을 받고 엄마가 아주 나쁘다고 했어요. 내가 엄마였으면 둘째한테 '집안에 법조인 나부랭이는 한놈이면 되지 두놈이나 있으면 뭐하겠냐. 그래도 나는 우리 막내가 제일 이쁘더라' 이렇게 얘기할 거라고요. 그런다고 해서 동생이 포기하지는 않아요. 우리는 소명이니 뭐니 하는 거창한 논리로 자기 가능성을 최대한 뽑아내도록 요구받는 땅에서 살잖아요. 그렇지만 부모가 자식한테 요구할 건 사회의 기준에 맞춰서 애쓰라는 게 아니라 최대한 행복하라는 것밖에 없어요. 그렇게 얘기해줄 부모나 친구가 있어야 해요. 우리 사회에서 정말 부족한 건 무엇이 정의냐 무엇이 옳으냐 하는 이야기가 아니라 너는 잘못되지 않았다고 편들어주는 사람, 질책하는 사람이 아니라 보듬어주는 사람이에요. 제 팬들은 이미 사회에 대한 생각이 있고 명확한 목표의식이 있는데, 내가 그걸 얘기해줄 필요는 없죠. 이제는 그들에게 힘드냐고 얘기해줄 수 있는 나이가 된 거예요. 마왕이 결혼했다고 뭐라 생각하는 사람이 있을 수 있겠지만, 내가 결혼하고 아이를 기르는 입장이 아니었다면 나는 그들이 지금 얼마나 힘든지 몰랐을 거예요. 앞으로 뭘 가지고 싸우건 뭘 가지고 놀건 이것이 바탕이 될 수밖에 없다고 생각합니다.

진중권 말씀 들으니까 역시 살면서 느끼는 것에는 때가 있는 것 같아요. 마구 비판할 때도 있고, 또 나이가 들면 우리 역할은 따로 있는 것 같기도 하고. 이제 마지막 질문인데, 좀 뜬구름 잡는 얘기입니다. 신해철에게 음악이란 무엇인가요?

신해철 음악이란… 처음에는 도피처였다가 그다음에는 희망이나 욕망이나 애증이었고, 지금은 나 한 사람의 인생과 실루엣이 겹쳐가는 시기인 것 같아요.

진중권 하나가 되는 거군요.

신해철 아직 그런 단계는 아닌 것 같지만… 스무살 때는 잘하고 싶었어요. 사람들이 사랑해주는 것도 좋지만 그저 더 높은 성취도, 더 높은 완성도를 향해서 올라가고 싶었어요. 그런데 서른살을 넘으면서부터는 음악을 하는 것이 자연스럽고 편안해 보이지 않고 내가 점점 부자연스러워지고 있다는 생각이 들었고요. 지금은 음악과 내 삶의 실루엣이 거의 비슷해지면서 누구랑 싸우려는 음악도 아니고 인정을 받으려는 음악도 아니고 그냥 음악인 음악이 되었어요. 10대 시절 정말 갈 곳이 없었을 때 음악을 만났고 음악이 제 일이 되면서부터는 친구가 없어져서 무척 외로웠는데, 지금 생각해보면 음악은 한번도 제 옆에서 친구가 아닌 적이 없었고 제가 얘 말을 한번도 들은 적이 없었어요. 그런 생각을 하면서 음악을 해요.

"음악의 신이 지닌 천개의 얼굴 중 어느 하나도 그분의 얼굴이 아닌 것이 없다."

그에게 음악은 천의 얼굴을 가졌다는 힌두의 여신,

혹은 수많은 가슴을 가진 데메테르Demeter 같은 존재다.

발라드에서 헤비메탈까지 다양한 장르에서 수많은 명곡을 남겼고,

방송에서 인터넷까지 다양한 매체에서 주옥같은(?) 명언을 남긴 그이지만,

거기에 더해 내게 깊은 인상을 주었던 것은 전자음악에 대한 그의 열정과 관심이었다.

그는 씬시사이저 자체가 아직 생소한 물건이었을 때부터

컴퓨터에 잠재된 음악적 가능성에 주목했던 몇 안 되는 아티스트 중의 하나다.

대학가요제 대상곡인 「그대에게」에는 이미 여러대의 씬시사이저가 등장한다.

아직 씬시사이저의 개념조차 생소하던 시절, 이미 그는

기존의 샘플을 가져다 고쳐서 쓰는 수준을 넘어

아예 새로운 사운드 샘플 자체를 만들었다고 한다.

최근의 공백기를 그는, 충분히 빨라진 컴퓨터 프로세서에 힘입어

그동안 하고 싶었으나 하지 못했던 음악적 실험을 하며 보냈다고 한다.

「A.D.D.A」는 아마 그 실험의 결과물일 것이다.

어떤 세대에게 신해철은 '가수' 이상의 존재였다.

그 세대에게 그는 노래를 넘어 하나의 인생관이자 세계관이었다.

그를 잃었을 때 많은 이들이 마치 자기 자신의 일부를 잃은 듯한

상실감을 느낀 것은 바로 그 때문이리라.

'록의 정신'이라는 말이 있다.

만약에 그 말이 자유 혹은 저항 같은 것을 의미한다면,

제일 먼저 떠오르는 인물이 바로 신해철이다.

그래서 그의 죽음은 어떤 세대에게는 곧 한 세계의 몰락으로 여겨진 것이다.

녹음을 할 때만 해도 이게 그와의 마지막 만남이 되리라고는 생각하지 못했다.

어느 네티즌의 글을 인용하는 것으로 그와의 마지막 만남을 추억하자.

"신해철의 음악을 듣는 소년은 어른이고 신해철의 음악을 듣는 어른은 소년이다."

O U T R O

호모 클라시쿠스

장일
범

INTRO

어려서부터 음악을 '소음'으로 듣고 자라서 그런지
평소에 클래식 음악을 즐겨 듣는 편은 아니다.
그럼에도 불구하고 리모컨으로 이리저리 채널을 돌리다
엉뚱하게 클래식 해설을 해주는 방송에 멈추어,
한동안 넋 놓고 멍하니 바라보는 일이 종종 있었다.
거기에 뭔가 눈을 잡아끄는 자극적 요소가 있는 것도 아니다.
그저 한 사내가 마이크를 들고 무대 위를 걸어다니며
객석에 앉은 청중을 향해 클래식 음악을 설명하는 게 전부다.
그렇다고 도올 김용옥 선생의 강연처럼
눈에 띄게 연기적·연극적 요소가 있는 것도 아니다.
거의 '도취'에 가까운 효과로 청중을 자신의 세계로 몰입시키는
도올의 그것에 비하면, 그의 강연은 차라리 건조한 편이다.
그럼에도 불구하고 그의 것은 아주 잔잔하게,
그러나 집요하게 나의 주의를 잡아끈다.
이 흡인력의 정체는 뭘까? 그래서 그 사내를 만나기로 했다.

진중권 반갑습니다. 사실 제가 클래식에 대해서는 정말 아는 게 없어서 긴장부터 되는데요.

장일범 무슨 말씀이세요. 누님 중에 세계적인 작곡가도 계시고 음악평론가도 계시면서.

진중권 저와는 정말 상관없는 얘깁니다. (웃음) 대학교 때 일화인데, 친구들이 음악에 대해서 얘기하다가도 저만 나타나면 얘기를 못 해요. 정작 저는 아무것도 모르는데. (둘 다 웃음) 먼저 장일범의 클래식 사랑은 언제 시작됐는지 듣고 싶습니다. 어렸을 때 아버님이 「사계」를 자주 틀어놓으셨다고 들었는데요.

장일범 네, 이무지찌I Musici 악단이나 카라얀Herbert von Karajan의 「사계」 연주를 들으면서 클래식 음악을 처음 접한 것 같아요. 본격적으로 클래식을 알게 된 건 중학교, 고등학교 때입니다. 초등학교, 중학교 때는 팝송에 빠져 있었거든요. 빌보드 차트를 완전히 섭렵하고 신곡도 다 찾아서 듣고요. 언제부턴가는 제 마음대로 팝송 차트를 만들기도 했어요. 그날 제 마음이 어떻게 변하느냐에 따라서. 그러면서 언젠가는 빌보드 차트에 오르는 세계적인 가수가 되어야겠다고 꿈을 꾸기도 했고요. 그러다 중학교 때 여름방학 숙제 하면서 아버지가 사놓으신 베토벤, 모차르트, 쇼팽, 라흐마니노프의 피아노곡을 차례로 들은 것이 저와 클래식의 첫번째 진지한 만남이었다고 할 수 있겠네요. 음악이 참 고상하고 좋았습니다.

그런데 고등학생이 되니까 방과 후 자습실에서 음악을 못 듣게 하는 겁니다. 대신 클래식 음악을 듣는 건 허용해줬어요. 그래서 클래식 카세트를 엄청나게 사서 들었죠. 모차르트의 호른 협주곡, 바순 협주곡, 비발디의 바순 협주곡… 오페라는 공부하는 데 방해가 되더라고요. 그래서 연주곡 중심으로. (웃음) 그러다보니까 그때 레퍼토리가 많이 늘어났어요. 그리고 대학교를 한국외대 러시아어과로 갔는데, 한국외대에 목요음악반이라는 써클이 있었거든요. 써클 모토가 '바흐에서 비틀스까지'였어요. 바흐 음악 듣고 비틀스 노래 부른다는 얘기죠. 그게 저랑 너무나 잘 맞았습니다. 노래도 마음껏 하고 발표회도 마음껏 하고, 매주 목요일에 모여서 클래식 작품에 대한 해설도 발표하면서 함께 음악 감상하고. 그런 경험이 자연스럽게 지금의 저를 만든 것 같습니다.

처음 만나는 클래식

진중권 장일범씨를 모셨으니 클래식을 처음 듣는 초심자의 태도로 돌아가서 하나씩 단계적으로 클래식 듣는 법, 작곡가나 지휘자를 선택하는 법 등에 대해서 알아보려고 합니다. 단순무식한 질문부터 시작해보겠습니다. 어디서부터 시작하면 됩니까? 그냥 막 들을 순 없잖아요.

장일범 우리가 팝송이나 가요를 '어디서부터 들어야 됩니까?' 이렇게 물어보지는 않잖아요. 그게 문법부터 생각하기 때문인 것 같아요. 영어를 배울 때도 문법부터 생각하면 접근하는 데 오래 걸리고 힘들잖아요.

진중권 문법 때문에 말을 못 하게 되는 거죠.

장일범 네, 무작정 부딪치는 단어부터 알기 시작하는 게 영어를 빨리 배우는 방법인 것처럼, 클래식도 일단 닥치는 대로 듣기 시작해야 합니다. 미국에 진출한 프로야구 선수들이 인터뷰하는 모습을 보면, 예를 들어서 추신수 선수는 영어를 잘하잖아요. 그런데 일본 선수들은 오랫동안 활동했어도 영어 인터뷰를 잘 못 하더라고요. 본인이 조금만 마음을 열면 가능한데 지레 겁을 먹고 마음을 열지 못했기 때문이 아닌가 싶어요. 아버지든 친구든, 누가 되었든 주변에서

"이거 한번 들어봐" 하고 일상에서 클래식을 들려주는 게 참 좋다고 생각합니다. 저는 일요일 아침마다 아버지가 비발디의 「사계」를 틀어놓으면 '일요일이다' 하고 신나서 일어났거든요. 새소리, 개 짖는 소리 같은 다양한 소리가 들어 있어서 무척 재밌어했던 기억이 나요. 클래식 FM을 틀어놓는 것도 한 방법이겠죠. 그렇게 일상에서 익숙해지고 나서 멜로디가 정말 좋다 생각되는 곡부터 들으면 좋습니다.

진중권 맞는 말씀입니다. 그런데도 클래식을 들으려면 뭔가 알아야 한다는 느낌이 있거든요. 집에 오디오도 있어야 할 것 같고, 또 연주회에 가면 박수를 언제 쳐야 하는지도 모르겠고… 그런 분들을 위해 사소하지만 꼭 필요한 질문들을 해보도록 하겠습니다. 정말 궁금한데 괜히 물었다가 무식하다는 소리 듣지 않을까 싶어서 평소에 못 물어봤던 질문들입니다. (웃음) 제가 청취자분들을 대신해서 용감하게 질문해보도록 하겠습니다. 클래식의 제목을 보면 꼭 'Op.' 가 붙지 않습니까. 이게 무슨 뜻입니까?

장일범 Op.는 오푸스opus인데요, 작품번호라는 뜻입니다. 작품을 개별적으로 얘기할 때 오푸스 또는 오퍼스라고 하고, 오푸스가 여러개 뭉쳐서 만들어진 게 오페라opera입니다. 그러니까 오페라는 오푸스의 복수형이에요.

진중권 그러니까 그냥 작품번호라는 뜻이네요.

장일범 그렇죠.

진중권 클래식에 입문하기 어려운 이유 중의 하나가 그런 생소한 언어입니다. 예를 들어서 베토벤 「월광」의 원래 제목은 '피아노 소나타 제14번 C#단조, Op. 27, No. 2'입니다. 왜 이렇게 제목이 복잡해요?

장일범 '피아노 소나타 제14번'은 베토벤이 쓴 많은 소나타 중에 열네번째라는 말이고, 'C#단조'는 그 작품의 조성이니 밝혀줘야 하겠죠. 오푸스, 즉 작품번호는 베토벤의 곡을 출판연대순으로 정렬했을 때 스물일곱번째라는 이야기고요. '월광'이라는 제목은 베토벤이 지은 게 아닙니다. 렐스타프Ludwig Rellstab라는 음악평론가가 이 곡이 루체른 호수의 달빛에 비친 보트가 흔들리는 모습과 같다고 한 데서 유래한 거죠. 그런데 오푸스는 모든 클래식 곡에 쓰이는 것은 아닙니다. 바흐의 작품번호는 볼프강 슈미더Wolfgang Schmieder가 정리한 BWVBach Werke Verzeichnis로 표기합니다. 바흐는 원래 작품번호를 사용하지 않았기 때문이죠. 모차르트의 곡에는 독일의 식물학자이자 음악학자인 루트비히 폰 쾨헬Ludwig von Köchel이 연대기별로 붙인 쾨헬 번호를 사용합니다. K 또는 KV로 표기하죠.

진중권 모든 작곡가를 포괄하는 보편적인 표기법은 없는 거군요. 그럼 누가 붙였느냐에 따라서 작품번호가 다른 경우도 있겠네요?

장일범 네, 스카를라띠Alessandro Scarlatti의 음악은 두 사람이 정리해서 K와 L
로 표시합니다. K는 랠프 커크패트릭Ralph Kirkpatrick이라는 사람이 정
리한 것이고, L은 알레산드로 롱고Alessandro Longo가 정리한 건데요,
보통은 커크패트릭 번호 K를 더 많이 쓰죠. 그래서 모차르트 번호
는 주로 KV를 써서 구별합니다.

진중권 복잡하네요. (웃음) 또 이런 이론적 난관을 뚫고 공연에 간다 하더
라도 박수 치는 것부터 눈치가 보입니다. 대중음악 콘서트처럼 중
간중간 박수를 치면 눈총을 받기 십상이죠.

장일범 그럴 수 있죠. 그런데 바로크 시대에는 박수를 굉장히 많이 쳤다고
해요. 노래를 잘 부르면 곡 중간에도 박수를 쳤죠. 베토벤이나 모차
르트 시대에는 1악장이 끝나고 마음에 들면 박수 치고, 2악장 끝나
면 박수 치고, 심지어 박수를 너무 많이 쳐서 그 악장을 다시 연주
했다는 기록도 있습니다. 요즘과는 개념이 다른 거죠. 그리고 당시
에는 지금보다 음악회가 훨씬 길었습니다. 베토벤의 교향곡 두개
를 같은 날 함께 초연하기도 했어요. 같은 날 첼로 협주곡도 연주
하고요. 옛날 빠리 오페라 같은 곳에서는 남자들이 오페라 상연 후
에 무희들의 다리를 보려고 몰려왔기 때문에 늦은 밤 제일 마지막
에 발레를 따로 상연했어요. 서너시간씩 되는 콘서트들이 많았고

지금보다 음악회장의 분위기가 훨씬 산만했다고 볼 수 있습니다.

진중권 그렇다면 이게 관습에 불과한 거네요.

장일범 어떻게 보면 지금은 예술작품을 대하는 태도가 매우 진지해졌다고 할 수 있습니다. 사람들이 조용하게 듣는 걸 좋아하는 건 19세기, 20세기 오면서 만들어진 문화예요. 사실 차이꼽스끼의 바이올린 협주곡 1악장, 피아노 협주곡 1악장 끝나면 너무 박수 치고 싶거든요. 러시아 사람들도 박수를 치더라고요. 그래도 다음 악장을 시작하는 데 별로 거부감이 없습니다. 안드레이 가브릴로프Andrei Gavrilov 같은 러시아 피아니스트는 연주 중에 갑자기 일어나서 박수를 유도하기도 하더라고요. 물론 극단적인 경우죠. 그렇지만 저는 기왕 지금과 같은 문화가 형성되었으니 따라주는 편이 좋지 않은가 생각합니다. 옛날에는 엔터테인먼트로 생각하는 분위기가 강해서 그렇게 했던 것이고, 지금은 예술로서 하나하나의 섬세한 음을 들을 수 있는 분위기와 공연장이 갖춰져 있으니 기왕이면 끝까지 들어보는 것이 작품에 대한 서로의 에티켓이 아닐까요.

진중권 그런데 초심자는 프로그램을 사서 들어가지 않는 이상 악장이 끝난 건지 곡이 끝난 건지 구별하기가 상당히 힘듭니다. (웃음) 클래식에는 다양한 장르가 있지만 대표적인 게 교향곡인 것 같아요. 교향곡이란 뭔가요?

장일범   교향곡, 즉 씸포니symphony는 '함께 울린다'는 뜻을 가지고 있어요. 현악기로 퍼스트 바이올린, 쎄컨드 바이올린, 비올라, 첼로, 더블베이스 또는 콘트라베이스가 있고, 관악기로 플루트, 오보에, 클라리넷, 바순, 호른, 트럼펫, 트럼본 등이, 그리고 뒤에 타악기로 팀파니 등이 있죠. 이렇게 모든 악기가 하나가 돼서 연주하는 것을 교향곡이라고 합니다. 교향곡은 대부분 4악장으로 구성되어 있죠.

진중권   교향곡이라는 게 그럼 악곡의 형식을 의미하는 건 아니네요?

장일범   네. 쏠리스트를 불러서 연주하는 것은 함께한다고 해서 협주곡, 이딸리아어로 콘con을 붙여서 콘체르토concerto라고 하죠. '다투다'라는 뜻도 있습니다. 그래서 쏠리스트와 교향악단의 연주가 잘 맞을 때뿐 아니라 서로의 힘이 부딪쳐 불꽃이 튈 때도 명연주라고 하는 경우가 있죠. 협주곡은 주로 3악장으로 구성되어 있습니다.

진중권   3악장 4악장, 이런 것도 다 배워야 됩니다. (웃음)

장일범   이론적인 것도 중요하지만, 처음에 말씀드렸듯이 마음을 열고 좋아하는 곡과 작곡가를 따라서 듣다보면 다 배울 수 있습니다. 흔히 1악장은 빠른 알레그로, 2악장은 느린 아다지오, 3악장은 춤의 악장, 이렇게 진행되면서 사람들이 지겨워하지 않게 만들어주죠.

5~6분에서 10분 되는 악장이 알레그로만 계속 나오면 얼마나 지겹겠어요. 그래서 작곡가들이 주로 1악장에서는 빠른 흐름으로 관심을 끌고, 2악장에서는 아다지오로 이완을 시켜주고, 3악장에는 재미있게 춤곡을 넣고, 4악장에서는 다시 알레그로로 빠르게 끝냅니다. 듣다보면 이렇게 짜놓은 것도 자연히 알게 되죠.

진중권 일종의 수미쌍관 형식이네요. (둘 다 웃음) 그럼 소나타는 무슨 뜻이고 어떤 형식입니까?

장일범 소나타sonata는 악곡의 형식을 일컫는 말인데요, 고전주의의 가장 중요한 형식이라고 할 수 있죠. '음이 울리다'라는 라틴어 소나레sonare에서 온 말입니다. 소나타 형식은 크게 제시부, 전개부, 재현부, 그리고 종결부로 구성되는데요, 먼저 제시부에서 제1주제와 제2주제를 제시합니다. 그다음 전개부에서 두 주제가 변형되는데, 이 부분이 가장 긴 마디를 이루는 경우가 많고 그만큼 가장 중요합니다. 작곡가들의 발상, 창조적인 면이 많이 드러나는 부분이기 때문이죠. 조성을 바꾸기도 하고 변주를 넣기도 하고 악기를 바꾸기도 하면서 계속 다르게 들려주는 겁니다. 이것이 클래식 음악의 재미있는 점이죠. 같은 멜로디인 것 같은데도 하나도 똑같은 게 없습니다. 똑같으면 지루하니까요. 그다음 재현부에서 맨 처음에 제시한 두 주제를 다시 한번 멋지게 반복해주고, 마지막 종결부, 즉 코다coda에서 마무리합니다. 교향곡에서는 주로 1악장과 4악장이 이런 소나타 형식으로 된 경우가 많습니다.

클래식 작곡가들

진중권 제가 가끔 이런 농담을 합니다. 소개팅에서 좋아하는 작곡가를 물으면 무조건 바흐라고 대답하라고. (둘 다 웃음) 음악의 아버지니까 무난하지 않습니까.

장일범 모차르트라고 답하는 것도 좋지 않을까요? 여성들은 우아한 음악을 좋아할 수 있잖아요. 남성적이고 터프한 면을 보여주고 싶으면 베토벤이라고 해도 좋겠고요. 다이내믹하잖아요. 음악 속에서 화도 많이 내고. 베토벤의 음악은 억눌리고 고통받다가 마지막에 역전승을 거두는 듯한 강렬한 쾌감을 담고 있어서 무척 드라마틱하죠. 센티멘털한 걸 좋아하는 분들에게는 차이꿉스끼 음악을 권해주는 것도 괜찮을 것 같아요. 차이꿉스끼는 동성애자였어요. 그걸 감추느라고 잠시 결혼도 했지만 바로 이혼하고 말았죠. 속으로는 굉장한 열정을 가지고 있는데 겉으로는 내성적이고 약간 신경질적인 사람이었습니다. 그런 내적 열정이 그의 교향곡에서 표출됩니다. 또 멜로디를 굉장히 잘 쓰는 사람이어서 클래식을 처음 들을 때 접근하기 쉬운 작곡가이기도 하고요.

진중권 바흐의 음악은 아주 논리적이잖아요. 그래서 그런지 우리나라 연
주자들이 러시아나 동구권의 작곡가, 예를 들어 쇼팽이나 차이꼽
스끼는 정서가 비슷한 면이 있어서 연주를 굉장히 잘하는데 바흐
는 힘들어한다는 이야기를 들은 적이 있는데요. 실제로 그런가요?

장일범 그런 면이 없지 않습니다. KBS 클래식 FM에서 한국 사람이 가장
좋아하는 곡을 10년에 한번씩 조사하는데, 그 결과를 보면 라흐마
니노프, 차이꼽스끼가 매번 1, 2위를 차지하거든요. 10위 안에도 몇
곡씩 들어가고요. 특히 낭만적인 곡, 개성을 드러내면서도 약간 감
성이 넘치는 곡을 좋아하는 경향이 있죠. 아무래도 독일적인 논리
나 지성에 대해서는 재미를 덜 느낀다는 생각은 듭니다. 물론 클래
식 팬 중에는 좋아하는 분들이 무척 많지만요.

진중권 소설도 그렇죠. 독일 소설은 참 읽기 힘들어요. (둘 다 웃음) 도스또
옙스끼나 똘스또이 같은 러시아 소설은 어쨌든 읽히잖아요. 아무
리 도스또옙스끼가 심리소설이라고 해도 다 이해하면서 읽는데 독
일 소설은 통 안 읽힙니다. (웃음) 현대 작곡가는 어떨까요. 현대예
술이 점점 난해해지지만 현대미술은 그래도 참을 만합니다. 그냥
보고 넘어가면 되거든요. 그런데 현대음악은 정해진 시간 동안 가
만히 앉아 있어야 하니 참 고생스럽습니다. 예전에 카를하인츠 슈
토크하우젠Karlheinz Stockhausen의 「믹스투어」Mixtur를 들으러 간 적이 있
는데, 한시간 동안 정말 죽는 줄 알았거든요. 그러다 인터미션 때

잠시 쉬고 돌아왔더니 이번에는 악보를 거꾸로 연주하는 겁니다. (둘 다 웃음) 내가 다시 이걸 내 돈 내고 들으면 인간이 아니다, 그러면서 돌아온 적이 있습니다. 현대음악도 자꾸 들으면 즐길 수 있을까요?

카를하인츠 슈토크하우젠

독일의 작곡가(1928~2007). 음렬음악·전자음악·공간음악·우연성음악 등 현대음악의 사조를 이끌었으며, 프랑스의 삐에르 불레즈, 이딸리아의 루이지 노노와 함께 유럽 현대음악의 3총사로 불린다.

「믹스투어」

장일범 그럼요. 고전음악, 바로크 음악, 낭만주의 음악을 많이 듣다보면 새로운 음악에 대한 호기심이 생기거든요. 작곡가들이 어떻게 새로운 표현을 찾아나가는지 궁금해지고요. 그런 새로움에 대한 추구가 사조를 발전시켜나가는 계기가 아닌가 싶습니다. 그래서 저도 현대음악에 관심을 갖고 찾아 듣는 편인데, 특히 현대적인 오페라들이 어떻게 표현하는지 궁금해서 자주 갑니다. 미니멀리스트 오페라도 재미있게 감상하는 편이고요.

진중권 그런데 총렬음악total serial music 같은 것은 도대체 이게 뭔가 싶습니다. 음악인지 수학인지 당황스럽죠. 현대미술은 백년쯤 지나니까 이해하는 감상자가 생겨서 요즘은 삐까소나 몬드리안은 다들 좋아하잖아요. 그런데 현대음악은 백년이 지나도록 좋아하는 사람이 늘지 않았습니다.

장일범 예를 들면 말러Gustav Mahler두 당대에는 욕을 많이 먹었어요. 길고 장황하고 시끄럽다고, 타악기가 너무 많이 들어간다고 비판을 엄청나게 받았거든요. 하지만 말러 자신은 "50년 후에는 다들 좋아할 거다"라고 했죠. 정말로 번스타인Leonard Bernstein이 50년 후 말러 음악을 부활시켰잖아요. 지금은 사람들이 말러의 음악을 너무나 좋아하고 말러리안Mahlerian을 자처하는 사람들도 많이 늘어났죠. 또 작곡가이면서 뽕삐두센터에 이르캄IRCAM이라는 음향 연구 센터를 만든 삐에르 불레즈Pierre Boulez에 관한 전시회가 최근 빠리 필하모니 전시관에서 열렸는데, 그 전시를 보면 초창기에는 프랑스 사람들이 그와 그의 음악에 대해 비판도 많이 했지만 결국에는 그의 생각이 옳았고 오늘날 현대음악을 만들어가는 데 큰 역할을 했다는 걸 알 수 있습니다.

진중권 여기서 50년이 더 지나면 쇤베르크Arnold Schönberg도 이해가 될까요?

장일범 쇤베르크의 「정화된 밤」Verklärte Nacht 같은 곡들은 이미 사람들이 많이 좋아하잖아요. (웃음)

진중권 저희 누나가 현대음악 작곡가이지만, 제가 늘 농담 삼아서 현대음악 길게 작곡하는 사람은 구속하는 법을 만들어야 한다고 하거든요. (둘 다 웃음) 정보량이 다르잖아요. 고전음악은 다음에 어떤 음이 나올지 어느정도 예측이 되는

아르놀트 쇤베르크

오스트리아 태생의 작곡가(1874~1951). 조성음악의 한계를 넘기 위해 무조(無調)음악과 12음 기법을 창시해 현대음악에 큰 영향을 미쳤다.

「정화된 밤」

데 현대음악은 예측이 전혀 안 되니까 웬만한 용량의 머리로는 고문이거든요.

장일범 음악만 들었을 때는 그런 느낌을 받게 되는데, 그런 음악이 영화 속에서 사용될 때는 굉장히 적합한 경우가 많죠. 스릴러 영화에 나오는 음악들이 현대음악과 아주 비슷하잖아요. 그런 걸 보면 현대음악은 기계문명을 살아가는 현대인의 정신세계를 닮은 음악이라는 생각을 하게 됩니다.

지휘자와 오케스트라

진중권 작곡가에 대해 들었으니까 이번에는 연주자, 오케스트라에 대해서도 묻고 싶습니다. 오케스트라에서 지휘자가 무슨 역할을 하는지 잘 모르는 사람도 많죠. 연주자들이 연주할 때 보면 지휘자를 잘 쳐다보는 것 같지도 않거든요.

장일범 지휘자가 굉장히 중요합니다. 절대적이죠. 지휘자가 오케스트라를 완전히 변화시키고 작품에 결정적인 역할을 하거든요. 오케스트라는 지휘자에 의해서 조련됩니다. 감독이 누구냐에 따라서 같은 구단이라도 전혀 다른 축구가 나오잖아요. 마찬가지로 어떤 지휘자가 어떤 오케스트라와 몇년 동안 계약을 했다는 건 정말 중요한 일입니다. 사실 눈에 보이는 지휘자의 모습은 빙산의 일각에 불과합니다. 미리 약속된 것이 많죠. 리허설을 통해서 지휘자가 이 음악을 어떻게 연주할지, 어떻게 끝낼지, 심지어 어디서 약간의 즉흥성을 발휘할지 등을 서로 교감을 해놓습니다. 그리고 실제 연주회에서 지휘를 하면서 서로 맞춰나가는 거죠. 지휘자가 지휘를 하면 앞에 있는 악장樂長과 수석연주자들이 지휘자의 지시를 보면서 뒷줄의 단원들에게까지 전달해서 음악이 만들어집니다. 그러니 뒷줄에 있는 사람은 지휘자를 보지 않을 수도 있죠. 지휘자와 호흡이 잘 맞는 오케스트라는 지휘자가 갑자기 다른 템포로 지휘를 하거나 리허설과 다른 요구를 하더라도 금방 알아차리고 그에 맞춰서 연주합니다. 그게 오케스트라의 역량이라고 할 수 있겠죠.

진중권 지휘자에 따라 어떤 음반이 명반의 반열에 오르기도 하고 오르지 못하기도 합니다. 카라얀, 번스타인, 아바도Claudio Abbado, 래틀Simon Rattle 등의 명지휘자들이 있는데, 지휘자에 따라 음악의 개성이 어떻게 달라지나요?

장일범 저는 음악을 들을 때 가장 중요한 것은 듣는 사람의 개성이기 때문에 본인이 좋아하는 스타일을 찾아 듣는 것이 가장 좋다고 생각합니다. 그 스타일을 결정짓는 것이 지휘자겠지요. 저는 직업상 여러 가지 스타일을 듣고 비교해볼 수밖에 없는데, 초반에는 카라얀을 많이 들었죠. 카라얀의 지휘는 아주 유려합니다. 어떤 지휘자들은 특정한 부분은 굉장히 거친 소리로 놔두기도 하는 반면 카라얀은 모든 소리를 완벽하게 아름답게 연주하는 스타일을 추구했죠.

진중권 그렇군요. 동일한 곡을 여러 지휘자들이 각각의 스타일로 연주했을 때 그중에서 명반을 고른다는 건 어떤 의미일까요?

장일범 그 교향악단에게서 얼마나 빼어난 연주를 이끌어냈느냐 하는 것이 명반의 기준이 될 수도 있겠고, 예를 들어 베토벤이라면 그 곡을 얼마나 베토벤이 원했던 대로 해석했느냐, 독일적인 중후한 사운드를 얼마나 잘 냈느냐 하는 것도 기준일 수 있겠죠. 요즘에 유행하는 것은 절충주의, 즉 현대 악기를 당대의 악기 스타일로 연주하는 방식입니다. 모차르트와 베토벤은 절충주의 연주가 거의 대부분이에요. 베토벤이 냈던 사운드를 카라얀이 내는 건 아니거든요. 아바도도 그렇고 래틀도 그렇고, 현대 악기를 쓰되 비브라토를 훨씬 짧게 한다든가 하는 식으로 고(古)악기 연주 스타일을 모방해서 당시와 근접하게 해석하는 거예요. 물론 그 과정에서 해석의 차이나 개성이 드러나고, 그중에서 시대마다 명반이 탄생하는 거죠. 푸르트벵글러Wilhelm Furtwängler, 카라얀, 아바도, 지휘자마다 다 해석이 다르거든요. 그 해석 중에서 평론가, 애호가들이 레퍼런스 음반, 명반으로 꼽으면 오랫동안 남는 거죠. 조선백자 중에서도 진짜 좋은 것을 꼽을 수 있는 것과 마찬가지입니다.

음악을 들을 때 가장 중요한 것은 듣는 사람의 개성이기 때문에
본인이 좋아하는 스타일을 찾아 듣는 것이 가장 좋다고 생각합니다.
그 스타일을 결정짓는 것이 지휘자겠지요.

진중권 그림은 그러면 완성인데 음악은 쓰인 후에도 계속 연주가 되잖아요. 연주를 통해 끊임없는 재해석이 이루어지는 가운데 다른 한편으로는 음악사가 쓰이죠. 그래서 음악사의 흐름이 역으로 연주에도 영향을 미쳐서 다시 옛날로 돌아가려는 경향이 생기기도 하고. 굉장히 재미있는 과정이네요. 말이 나온 김에 계속해서 여쭤보겠습니다. 지휘자가 음악의 색깔에 큰 영향을 미친다고 했을 때, 베를린 필하모닉, 빈 필하모닉, 뉴욕 필하모닉 등 교향악단마다의 색깔은 어떻게 결정되나요? 지휘자는 언제든 바뀔 수 있는 거잖아요.

장일범 악단마다 고유한 특징들이 있죠. 대표적으로 베를린 필하모닉은 웅장하고 남성적이고 묵직한 사운드가 특징입니다. 그러면서도 다양한 다국적 단원들로 구성되어 있다는 장점이 있어요. 2차대전 직후에 베를린에 아주 다양한 국가의 사람들이 주둔했잖아요. 당시의 국제적인 분위기가 남아 있는 거죠. 한편으로는 카라얀이 지휘자로 있던 1982년에 자비네 마이어Sabine Meyer라는 여성 클라리넷 연주자를 기용했다가 당시 단원들이 크게 반대해서 결국 9개월 만에 나간 일도 있었습니다. 그 이후 여성 단원이 많이 늘어났습니다만.

진중권 옛날에 여자 단원이 없었구나. 황당하네요. 그럼 베를린 필하모닉의 특색이라고 말씀하신 웅장함은 음색 때문인가요, 성차별적 기용 때문인가요?

장일범　전통적으로 내려온 음색이죠. 반면 빈 필하모닉은 무척 우아한 음색을 지녔습니다. 빈의 화려한 분위기를 닮았달까요. 귀를 황홀하게 하는 예쁜 사운드입니다. 그런데 이 오케스트라 역시 1997년까지 여성 단원을 뽑지 않았습니다.

진중권　거기도요?

장일범　굉장히 남성 중심적이고 보수적이었습니다. 이제는 여성 단원이 차츰 늘어서, 2015년 신년음악회를 보니까 열명 정도 되더라고요. 그래도 우리나라에 비하면 굉장히 적은 수준이죠. 우리나라는 여성 단원의 비중이 압도적으로 높습니다. 또 빈 필하모닉의 특징으로, 다른 오케스트라는 프렌치 호른을 쓰는데 빈 필하모닉은 빈에서만 가르치는 빈 호른을 쓴다는 점을 들 수 있습니다. 그래서 단원을 빈 출신 위주로 뽑죠. 빈 필하모닉의 덜 개방적인 면모라고 볼 수 있습니다.

또 암스테르담의 왕립 콘세르트헤바우 오케스트라는 아주 산뜻하고 가벼우면서 세련된 음색을 만들어내고 있고, 최근에 제가 좋아하는 오케스트라는 끌라우디오 아바도가 이끄는 루체른 페스티벌 오케스트라입니다. 이 오케스트라는 재밌는 것이, 루체른 페스티벌 기간에만 연주하는 오케스트라인데, 다른 교향악단의 악장들, 수석들은 물론이고 오케스트라에 소속되지 않은 쏠리스트들까지 쟁쟁한 연주자들이 아바도와 함께하기 위해 모여서 만든 오케

스트라입니다. 그래서 그들의 연주에서는 그
들이 주고받는 호흡이나 서로의 마음이 그대
로 느껴지죠. 저는 실연으로는 한번밖에 못 봤
거든요. 루체른 페스티벌에서 말러 교향곡 1
번을 연주하는데, 아바도가 지휘봉을 슬쩍 움

루체른 페스티벌 오케스트라의
말러 교향곡 1번 실황 영상. 끌
라우디오 아바도 지휘.

직이니 모든 단원들이 바로 알아듣고 해안가의 파도처럼 일사불란
하게 움직이는 겁니다. 그걸 보면서 정말 인류 음악사에 길이 남을
특별한 오케스트라라는 생각을 했습니다. 얼마 전에 아바도가 세
상을 떠나서 무척 안타깝습니다만, 루체른 페스티벌 오케스트라의
말러 교향곡 9번 DVD는 꼭 추천드리고 싶습
니다. 말러의 교향곡 중에서 가장 마지막으로
완성된 곡이죠. 마지막 4악장에서 10분 동안
촛불이 꺼져가는 듯한 음악이 이어지는데, 그
걸 아바도와 오케스트라가 완벽하게 표현했

루체른 페스티벌 오케스트라의
말러 교향곡 9번 실황 영상. 끌
라우디오 아바도 지휘.

습니다. 영상을 보시면 4악장이 끝난 뒤 아바도가 손을 내리지 않
고 가만히 있어요. 음악의 여운을 즐기는 거죠. 청중들 역시 2분 동
안 기침도 하지 않습니다. 오케스트라 연주에서 2분간의 적막은 정
말 긴 시간이거든요. 마치 5분처럼 느껴집니다. 그 긴 시간 동안 사
람들이 다 같이 음악에 젖어서 마지막 소리를 느끼는 거예요. 그러
다 마침내 아바도가 손을 내리는 순간 청중들이 모두 열광을 하면
서 눈물을 흘립니다. 정말 감동적이죠.

진중권 2분 동안 침묵을 지키는 장면이라니 참 대단할 것 같습니다. 공연 실황 영상도 많이 보시겠지요?

장일범 요즘엔 라이브 스트리밍이나 DVD, 블루레이를 많이 봅니다. 오페라를 가장 많이 보고 오케스트라의 공연실황도 많이 보는데, 요즘은 DVD 영상이 엄청나게 좋아졌습니다. 블루레이가 나오면서 화질이 좋아졌어요. 공연장에 카메라를 여러대 설치해서 박진감 넘치는 공연 영상을 볼 수 있습니다.

진중권 요즘은 매체 자체의 물질성이 사라져서 LP나 CD보다는 음원으로 음악을 감상하는 경우가 많은데요, 어떻게 생각하시나요? 음원의 시대에 클래식계는 어떻게 대처하고 있습니까?

장일범 서양에서도 음원 문화가 아주 활성화되어 있습니다. 그런데도 공연은 오히려 잘되고 있어요. 빈 국립 오페라극장, 뉴욕 메트로폴리탄 오페라극장 등 유명한 오페라극장은 늘 매진이고, 밀라노의 스칼라 극장도 표를 구하기 쉽지 않습니다. 여러 매체의 발달에도 불구하고 공연장을 직접 찾아 감상하는 건 여전히 매력적입니다. 음반은 예전처럼 많이 나오지 않고 오페라 음반도 스튜디오 녹음 대신 라이브 리코딩으로만 만드는 추세예요. 대신 DVD 산업이 발전하고 있는데 그것도 조금 있으면 다음 단계로 넘어가지 않을까 생각합니다.

한가지 사례를 들면, 싸이먼 래틀이 베를린 필하모닉의 음악감독을 맡으면서 중요한 결단을 내렸습니다. 베를린 필하모닉의 공연실황을 베를린 필하모닉 디지털 콘서트홀이라는 사이트를 통해 전세계에 유료 라이브 스트리밍으로 내보내기로 한 겁니다. 대신 음반이나 영상은 조금 덜 발매하는 거죠. 안타까운 건 한국 시간으로는 새벽 3시라는 겁니다. (웃음) 클래식 음악을 듣기 시작하기에는 좀 졸리고 힘든 시간이긴 하지만 영상이 정말 훌륭합니다. 전세계적으로 굉장히 성공을 거두었죠.

베를린 필하모닉
디지털 콘서트홀 웹사이트.

진중권 새벽 3시에. (웃음)

장일범 한국에서 새벽 3시에 이걸 생방송으로 보는 사람은 많지 않겠지만, 아카이브가 있어서 언제든지 다시 볼 수 있습니다. 이 디지털 콘서트가 전세계로 확대되는 추세예요. 빈 국립 오페라극장도 라이브 방송을 시작했습니다. 극장이나 교향악단이 스스로 콘텐츠를 제작해서 판매하게 된 거죠. 메트로폴리탄 오페라의 HD 라이브 씨리즈가 대표적입니다. 한국을 포함한 전세계의 극장에서 오페라를 상영하고 있죠. 이런 디지털 콘서트를 통한 홍보나 판매가 효과가 좋다보니 클래식계의 시선이 이쪽으로 많이 향하고 있습니다. 아무래도 자본이 필요한 일이다보니 승자독식의 경향이 나타나고 있는데, 작은 오페라단이니 오케스트라는 어떻게 살아남을지 생각해봐야겠죠. 예를 들면 메디치 TV라는 방송에서는 작은 오페라단이나 오케스트라와 네트워킹해서 공연을 보여주는 사업을 하고 있습니다. 한국에서는 예술의전당이 'SAC on Screen'이라는 프로그램으로 선도하고 있고요. 이제 정말 춘추전국시대가 될 것 같아요. 음반도 예전에는 데카, 도이치그라모폰 같은 회사를 통해서만 냈지만 이제는 오케스트라나 오페라단에서 직접 제작해서 배급하는 형태로 바뀌고 있어요.

진중권 매체환경의 변화에 따라서 클래식도 생물체처럼 적응을 해나가네요. 그런데 장일범씨는 '클래식의 삼위일체론'을 말씀하신 적이 있지 않습니까. 라디오와 음반, 그리고 공연 셋을 함께하는 것이 클래식을 듣는 가장 좋은 방법이라고 하셨는데.

장일범 아무리 디지털의 시대가 온다 하더라도 제가 가장 소중하게 생각하는 건 공연입니다. 자주 가서 현장의 사운드를 듣는 것만큼 좋은 것은 없다고 생각해요. 감동도 많이 받을 수 있고요. 또 녹음은 현장에서는 줄 수 없는 극한의 사운드를 구현하기 위해 존재하기도 하죠. 그래서 콘서트로는 귀가 만족하지 못한다는 분들이 음반을 통해 만족감을 느끼는 경우도 있습니다. 그리고 클래식을 일상의 배경으로 삼을 수 있는 매체가 라디오고요.

진중권 벤야민과 아도르노T. W. Adorno의 충돌이 생각납니다. 벤야민은 음반

144

으로 복제된 것도 높이 평가한 반면 굉장한 엘리트주의자였던 아도르노는 음반을 듣는 것은 음악을 듣는 게 아니라고 했죠. 같은 곡이라도 누가 연주하느냐, 누가 지휘하느냐, 어디서 하느냐, 또 같은 지휘자에 같은 악단이라도 오늘이냐 내일이냐에 따라 다른데 음반은 늘 같은 것 아니냐, 그건 진정한 음악 듣기가 아니라고 얘기하거든요.

장일범 저는 아도르노의 의견에 더 가깝지만 음반이나 라디오, 혹은 디지털 콘서트를 통한 음악 감상도 소중하다고 생각합니다. 시간이나 경제적 여유가 없어서 갈 수 없는 사람들도 많잖아요. 개인의 사정에 따라서 즐기는 게 정답 아니겠습니까.

성악을 전공하러 러시아로

진중권 이력 얘기를 좀 해보죠. 대학에서 어문학을 전공한 다음에 월간 『객석』의 기자가 되셨어요. 『객석』은 종합공연예술교양지로 지금까지 남아 있는 몇 안 되는 잡지 중 하나죠.

장일범 한국의 공연예술문화를 성장하도록 만들어준 좋은 잡지죠. 무엇보다 클래식 음악만이 아니라 연극, 무용, 발레 등 여러 장르를 다루기 때문에 더 각별하고요. 한 장르를 선택하더라도 다양한 장르를

월간 『객석』

폭넓게 알아야 르네상스의 전인적인 면모를 갖출 수 있잖아요. 저
도 그렇게 하려고 노력하고요. 그래서 『객석』이 저랑 참 잘 맞는 성
격의 잡지였다고 생각합니다.

진중권 음악잡지가 옛날에는 꽤 있었는데 요즘은 다 없어졌어요. 음악평
론을 하더라도 들어줄 사람이 없어졌다는 얘기잖아요. 그렇다고
클래식 음악을 듣는 사람이 줄어든 것 같진 않아요.

장일범 제가 기자생활 할 때는 『객석』과 『음악동아』 『월간음악』의 삼국시
대였죠. 요즘은 음악평론이 실리는 자리가 많이 사라졌지만, 대신
블로그 등을 통해서 스스로 글을 쓰는 분들이 늘어났습니다. 전문
가의 말도 중요하지만 가까이 있는 사람의 말도 중요하다는 걸 보
여주는 것 같아요. 『뉴욕 타임스』나 『파이낸셜 타임스』를 보면 매

일 정확하고 신랄한 비평이 실리거든요. 정규 기자가 아닌 비평가들의 글도 자주 나오고요. 그런 평론이 읽힐 수 있는 문화적인 여유가 있으면 좋겠습니다.

진중권 기자생활을 하시다가 1996년 모스끄바 음악원으로 유학을 가서 성악을 전공했습니다. 어떻게 성악을 전공하실 생각을 하셨어요?

장일범 원래 꿈이 성악가였어요. 대학교 때 노래공연도 많이 하고 경연대회나 가요제에서 상도 많이 탔고요. 『객석』에서 기자생활을 한 경험도 무척 좋았지만, 무대를 볼 때마다 너무 부럽다는 생각이 계속 들었거든요. 그래서 뒤늦게 결심을 했죠. 일단 모스끄바로 간 다음에 뉴욕 메트로폴리탄 오페라에서 성공해야겠다는 꿈을 품고 적어도 10년은 모스끄바에 있겠다는 마음으로 갔습니다.

진중권 그 자신감은 어디서 나왔나요? 전공도 아니었는데요.

장일범 사실 제가 목소리에 대해서 칭찬을 많이 받았고 대회에서 상도 많이 타서 음악이나 노래로는 자신이 있었거든요. 그래서 성공할 수 있다는 굳은 결심을 하고 유학을 떠났는데, 치열한 현장에 들어가니까 생각했던 것과 또 다르더라고요. 내 스타일대로 알아서 노래할 때와는 발성 등에서 다른 장벽을 접했고, 그걸 뛰어넘는 것이 어려웠어요. 슬럼프를 많이 겪었습니다.

진중권 성악을 전공한다면 보통 독일이나 이딸리아로 갈 텐데 러시아로
       가신 이유가 뭔가요?

장일범 이딸리아로 가라는 말도 많이 들었죠. 러시아로 간 건, 제가 러시아
       음악에 정말 반했기 때문이에요. 대학교 때부터 러시아 민요를 듣
       고 전율을 느끼고 차이꼽스끼 오페라를 들으면서 평생 러시아 음
       악을 해야겠다는 결심을 했죠. 그런데 막상 러시아에 도착해보니
       유럽과 비할 바가 안 되게 인프라가 갖춰져 있지 않았습니다.

진중권 당시 러시아는 유학하기에 힘든 조건이었죠.

장일범 일단 노래하기에 기후도 너무 안 좋았습니다. 그렇지만 지금 보면
       안나 네뜨렙꼬Anna Netrebko를 비롯해서 일다르 아브드라자꼬프Ildar
       Abdrazakov, 드미뜨리 흐보로스똡스끼Dmitri Hvorostovsky 등 러시아 출신
       의 성악가들이 세계 무대를 휩쓸고 있습니다. 조금만 더 버틸걸 그
       랬다는 생각을 하기도 했죠. (웃음) 유학생활 동안 성악적으로 발전
       은 많이 못 했지만 훌륭한 공연을 많이 봤습니다. 모스끄바 음악원
       에서 열리는 세계 최고의 공연들, 므스띠슬라프 로스뜨로뽀비치
       Mstislav Rostropovich, 예브게니 끼신Evgeny Kissin, 기돈 끄레메르Gidon Kremer,
       볼쇼이 오페라의 공연, 발레 등을 보면서 문화적인 영양을 풍부하
       게 섭취하는 계기가 되었죠.

진중권 성악 이야기가 나왔으니 흔히 말하는 3대 테너, 쁠라시도 도밍고Plácido Domingo, 루치아노 빠바로띠Luciano Pavarotti, 호세 까레라스Jose Carreras에 대해서도 말씀해주세요. 3대 테너의 공연을 보니, 제 귀에는 빠바로띠가 압도적이던데요. 화력이 다르더라고요. (웃음)

장일범 아마 마이크를 대서 그럴 텐데요, 빠바로띠가 꼭 음량이 제일 크다고 볼 순 없지만 발성이 좋아서 멀리 퍼져나가는 편이고 워낙에 청명한 소리죠. 빠바로띠 같은 소리와 고음은 역사적으로도 드뭅니다. 까레라스는 눈이 이글이글 타는 스페인의 투우사처럼 자신의 역량의 120퍼센트를 표현해내는 사람이고요. 그 정열을 가득 담은 모습을 보면 날씬한 몸이 쓰러질 것처럼 휘청휘청하는 느낌이 납니다. 그에 비하면 도밍고는 레퍼토리가 풍부하고 연인 같은 부드러운 모습과 오페라극장에서의 카리스마가 특색이죠.

진중권 요즘은 이 3대 테너에 버금가는 성악가들로 누가 꼽히나요?

장일범 3대 테너보다는 목소리가 가늘지만 뻬루 출신의 후안 디에고 플로레스Juan Diego Flórez라는 테너가 있는데요, 벨칸토 오페라를 기계처럼 오차 없이 불러냅니다. 벨칸토 오페라는 로시니, 도니쩨띠, 벨리니 등 낭만주의 시기 초창기 오페라를 말하는데, 기교와 고음이 많아서 노래의 써커스라고 할 수 있죠. 연기도 길히고 모든 성역聲域이 잘 갖춰져 있는 테너입니다. 또 요즘은 독일 테너 요나스 카우프만 Jonas Kaufmann이 굉장히 인기가 높습니다. 예전의 3대 테너는 아주 아름답고 달콤하고 로맨틱한 목소리였지만 요나스 카우프만은 허스키하다는 것이 다른 점인데, 고음도 훌륭하고 얼굴도 굉장히 잘생겨서 폭발적 인기를 누리고 있습니다. (웃음)

이야기가 있는 음악회

진중권 라디오에 대해서도 이야기를 해봐야 할 것 같습니다. KBS 클래식 FM은 국내 유일의 클래식 전문 방송으로 광고 없이 하루 종일 음악과 해설이 함께하는 보물 같은 채널인데요, 평론가 장일범의 명성도 이 채널을 통해 쌓였다고 할 수 있습니다. 방송을 어떻게 시작하시게 되었나요?

장일범 월간 『객석』에서 기자생활을 할 때 선배에게 소개를 받아서 선배의 뒤를 이어 출연하기 시작했죠. 그후에 모스끄바 유학을 다녀왔는데, 다녀온 뒤에도 고맙게도 저를 잊지 않아주어서 일주일에 한번씩 게스트로 나가서 주제에 맞는 음악을 소개하는 코너를 진행했습니다. 하다보니까 이걸 방송에서만 하지 말고 음악회를 직접 꾸며봐야겠다 싶어서 '이야기가 있는 음악회'를 아트선재센터에서 하게 되었고요. 그러면서 두가지가 같이 톱니바퀴처럼 잘 굴러

갔던 거라고 생각해요. 그때는 KBS, MBC, SBS, EBS, 기독교방송, 평화방송, 불교방송에 다 고정 게스트로 나갔어요. 우스갯소리로 AFKN 빼고는 다 했다고. (웃음) 그렇게 게스트 생활을 오래 하다가, KBS에서 밤 12시 방송 진행자 자리를 제안해주셨어요. 청취율이 떨어지는 시간대인데 저를 투입해서 살려보려고 했던 거죠. 제 목소리가 또렷하다보니 밤에 듣기엔 부담스럽다는 분도 있었는데, 결국은 잘돼서 다음에는 낮 프로그램으로 옮겼습니다. 그래서 「장일범의 생생클래식」이라는 프로그램을 꽤 했고, 결국 「가정음악」이라는 아주 오래된 프로그램을 맡아서 「장일범의 가정음악」 진행자가 되었죠. 이제 5년이 넘었습니다.

진중권 해보니까 어떻습니까. 라디오 진행자의 매력이 있죠?

장일범 네, 엄청난 매력이 있는 직업이죠. 매일 생방송을 하는 게 굉장히 신날 때도 있고 컨디션이 안 좋을 때도 있지만, 최상의 컨디션을 유지하려 노력합니다. 그러다보니 컨디션 유지하는 방법이 저절로 체득되더라고요. 인터뷰에서 30년은 하겠다는 말도 했었는데 이제 5년이 지나니 '이야, 30년 할 수 있을까' 싶은 생각도 들고 그러네요. (웃음)

진중권 방송 준비는 어떻게 하나요?

장일범 전날 PD가 선곡을 보내주고, 작가의 오프닝과 코너 대본을 받고 읽어보면서 곡에 맞는 멘트를 생각하죠. 방송을 하면서 사연에 맞춰서 멘트를 다시 짜고요.

진중권 KBS 클래식 FM에서 추천하고 싶은 다른 프로그램이 있으신가요?

장일범 제가 좋아하는 프로그램 중의 하나는 오후 4시에 하는 「노래의 날개 위에」라는 프로그램인데요, 가곡, 오페라 등 성악곡들을 다양하게 들려줍니다. 저녁 8시에는 전세계의 공연실황을 전해주는 「FM 실황음악」이 있습니다. 전세계 악단의 레퍼토리와 귀한 실황들을 많이 들을 수 있고요. 밤 10시의 「당신의 밤과 음악」은 따뜻한 목소리로 음악을 소개하는 이미선 진행자의 솜씨가 아주 빼어납니다. 듣고 있으면 아주 기분이 좋아지는 방송이에요.

진중권 '이야기가 있는 음악회' 이야기를 하셨습니다만, 해설이 있는 공연의 선구자라고 할 수 있습니다. 아트선재센터, 삼성미술관 리움 등에서 미술관 음악회를 9년이나 진행했고, 그밖에도 다양한 프로그램을 선보였고요. 이런 형식이 외국에도 있나요?

장일범 제가 모스끄바로 유학을 떠나기 전 1996년에 뉴욕 현대미술관에 갔는데, 카페테리아에서 낮시간에 재즈 콘서트를 하는 거예요. 자유롭게 얘기도 하면서. 이런 공연도 가능하다는 걸 그때 처음 깨달았죠. 또 모스끄바에 가서는 뜨레찌야꼬프 미술관에서 열린 클라리넷 연주회도 봤고요. 지금도 공연 때마다 곡목을 이야기해주는 사람들이 있는데요, 사회자가 나와서 단순히 곡목이 뭐라고 하는 것만 들어도 왠지 울림이 있더라고요. 처음에는 왜 유치하게 곡목을 알려주나 싶었어요. 그런데 생각해보니까 팸플릿을 못 산 사람도 있고, 팸플릿을 읽지 못하는 사람도 있을 것 아니에요. 그러니까 공연장에 온 모두를 위한 것이라는 생각이 든 거죠. '다음 연주할 곡은 모차르트의 피아노 협주곡 23번입니다. 그중에서 1악장은 뭐고, 2악장은 뭐고, 3악장은 뭐고, 러시아의 인민예술가 누가 연주하겠습니다' 하고 한 여성이 마이크도 없이 육성으로 이야기하는데, 처음에는 희한했지만 갈수록 마음에 드는 거예요. 그래서 저도 이런 걸 해봐야겠다는 생각이 들어서 유학 마치고 한국에 와서 그걸 발전시켰죠. 곡목만 얘기하는 게 아니라 해설까지 붙여서요. 당시에 클래식을 알고 싶어하는 욕구가 커지고 있었는데 그런 콘서트가 없다보니 여기에 불이 확 붙은 거죠.

진중권 청중들이 어떤 층인지 궁금해요. 미술관의 기존 관객들이 주가 되었나요?

장일범 처음에는 그랬죠. 아트선재센터의 전시 프로그램이 좋았던 덕분에 고정 팬이 있기노 했고요. 그딘데 좋고 지렴힌 음익회는 끤꽤들이 알아보는 것 같아요. 그때는 1999년이라 인터넷 홍보도 어려운 때였거든요. 그런데 인상적이었던 일이, 음악회를 관람하신 분이 퇴장하자마자 줄을 서서 다음 회차를 예매하시더라고요. 감동적이었죠. 그걸 보면서 저도 의기양양하게 나올 수 있었고요. (웃음) 그 씨리즈가 인기를 끌게 되면서 로댕갤러리와 삼성미술관 리움의 목요 음악회 씨리즈까지 이어졌죠. 제가 복이 있었어요.

진중권 저는 미술관에서 음악회를 본 경험이 두번 있는데요, 한번은 토탈미술관에서 본 바로크 악기 연주였고, 또 하나는 피렌쩨에 있는 바르젤로 국립미술관에서 본 하프 연주입니다. 폐관시간이 얼마 남지 않은 시간이었는데 어떤 여자가 커다란 하프를 들고 들어오더니 다비드 상 앞에서 연주를 시작하더라고요. 다비드가 원래 하프를 연주하는 목동이었잖아요. 그래서 무척 인상 깊었습니다. 그런 기획도 괜찮을 것 같아요. 로댕갤러리에 있는 「지옥문」 앞에서 단떼와 관련된 음악작품을 연주한다든가요.

장일범 그래서 리스트의 「단떼를 읽고」Après une Lecture du Dante를 연주한 적이 있었죠.

진중권 이미 하셨군요?

장일범 네, 이미 했습니다. (웃음)

진중권 역시 내가 하는 생각은 남들도 이미 다 생각한 거군요. 저는 상당히 창의적이라고 생각했는데. (둘 다 웃음) '이야기가 있는 음악회'에서는 해설하실 때 어떤 면에 중점을 두시나요?

장일범 다양합니다. 제가 그 곡에서 느낀 감상이나 작품에 얽힌 에피소드를 얘기할 때도 있고요, 오페라는 줄거리를 짤막하게 이야기하기도 하고요.

진중권 대중들이 뭘 모르는지 알 수 없는 경우가 있지 않습니까. 어디부터 설명을 해야 눈높이를 맞출 수 있을지 고민이 되지는 않으시나요? 내가 전혀 재미없게 생각하는 걸 대중들은 너무 재미있어하고, 대중들이 너무 좋아하는데 나는 하나도 안 좋아할 수도 있잖아요. (둘 다 웃음)

장일범 그럴 수도 있지만, 오래 하다보니까 청중을 딱 보면 알 수 있는 것 같아요. 그래서 공연장에 들어섰을 때의 느낌에 따라서 애드리브를 많이 하죠. 모스끄바에서 공부할 때 참 특이하게 생각했던 건데, 모스끄바 음악원 콘서트홀은 불을 아주 환하게 켜놓거든요. 그래서 연주자들이 청중을 볼 수 있고 청중도 연주자들을 자세히 볼 수 있습니다. 반면에 우리나라는 되도록 어두운 분위기를 유지하거든요. 그런데 제가 해설을 하면서 보니까 청중과 눈을 맞출 때 훨씬 말이 잘 나와요. 어두우면 내가 누구한테 말하는지 잘 모르겠고, 말도 잘 안 나오고요. 역시 소통이 중요한 거죠. 눈과 눈을 마주쳐야 사람들이 내 말을 이해하고 좋아하는지 어떤지 알게 되고, 그게 해설이 있는 음악회의 성패를 많이 좌우합니다.

진중권 기억에 남는 관객이 있었습니까?

장일범 꼬마 때 엄마 손 잡고 왔던 아이가 대학생이 되어서 나타난 적이 있어요. 어머니랑 같이 와서 그때 너무 잘 들었다고 싸인 받고. 그런 청중들이 늘어나는 것이 정말 보람입니다.

클래식과 친해지고 싶은 당신을 위해

진중권 마지막으로 클래식과 친해지고 싶은 독자들을 위해 음반이나 DVD를 추천해주실 수 있을까요?

장일범 DVD를 보시면 클래식에 친숙해지는 데 도움이 많이 될 겁니다. 실제 공연하는 모습을 보면 음악을 더 잘 느낄 수 있으니까요. 미래의 세계 음악계를 짊어질 지휘자로 꼽히는 LA 필하모닉의 구스따보 두다멜Gustavo Dudamel의 DVD입니다. 엘 씨스떼마El Sistema라고 들어보셨지요?

구스따보 두다멜과 엘 씨스떼마

진중권 가난한 청소년들을 모아서 하는 오케스트라 말이죠?

장일범 그렇습니다. 1975년 베네수엘라 까라까스의 빈민가 아이들을 모아

서 시작한 오케스트라죠. 구스따보 두다멜 자
신이 바로 이 엘 시스떼마가 배출한 지휘자입
니다. 두다멜의 지휘 중에서 추천드리고 싶은
것은 두다멜과 씨몬 볼리바르 유스 오케스트
라가 함께한 2008년 잘츠부르크 페스티벌 실
황입니다. 이 DVD에는 말러 교향곡 1번「거

구스따보 두다멜과 엘 씨스떼
마의 쇼스따꼬비치 교향곡 10
번 2악장과 아르뚜로 마르께
스(Arturo Márquez)의 단쏜
(Danzón) 2번 연주.

인」의 리허설 장면이 실려 있는데요, 청중과 소통하면서 오케스트라를 이끌어가는 모습을 잘 보여줍니다. 앞서 말씀드린 끌라우디오 아바도의 말러 교향곡 9번 루체른 페스티벌 실황도 정말 감동적이죠.

진중권 영화나 드라마를 통해 클래식에 입문하는 법도 있을 것 같아요. 클래식에 관한 영화나 드라마가 그동안 꽤 만들어졌습니다.「밀회」「호로비츠를 위하여」… 추천하는 클래식 음악 영화가 있다면?

장일범 벨기에 영화인데 원제는 '음악교사'Le Maître de Musique이고 우리나라 제목은「가면 속의 아리아」입니다. 베이스 바리톤 조제 반 담José van Dam이 주인공으로 나오는데, 주옥같은 오페라 아리아들과 말러의「대지의 노래」, 교향곡 4번 3악장 등이 성악의 아름다움을 그대로 전해줍니다. 꼭 보시기를 추천해드리고요, 또 하나 추천하자면 베토벤이 쓴 편지의 주인공을 찾아가는 비서 신들러의 이야기를 통해 베토벤의 인생과 음악을 다룬「불멸의 연인」Immortal Beloved입니다. 제가 학교에서 음악사를 가르칠 때 교재로 사용할 정도로 엄청나게 훌륭한 작품이에요. 고전으로는「아마데우스」도 있죠. 밀로스 포먼 감독이 피터 섀퍼의 원작을 매우 잘 살린 작품입니다.

진중권 클래식 페스티벌도 클래식을 즐기는 좋은 방법 중 하나일 텐데요, 한국에서 즐길 만한 클래식 페스티벌도 추천해주실 수 있을까요?

(왼쪽)「가면 속의 아리아」(오른쪽)「불멸의 연인」

장일범 먼저 봄에는 서울 스프링 실내악 축제가 다양한 곳에서 열립니다. 실내악은 사람들이 가장 마지막에 즐기는 장르이기도 한데요, 웅장한 교향악이나 오페라를 듣다가 자신의 내면과 만날 수 있는 실내악으로 취향이 변해가는 경우도 있습니다. 규모는 작지만 작곡가의 내밀한 감성과 만날 수 있는 것이 실내악이죠. 이 페스티벌은 매년 인기를 끌어서 이제 10주년이 됐어요. 현대음악에 초점을 맞춘 통영국제음악제는 매우 뜻깊은 페스티벌이죠. 또 여름이 되면 유럽 각국에서 좋은 페스티벌이 많이 열립니다. 국내에는 대관령 국제음악제가 있고요. 산세 좋고 공기 좋고 시원한 곳에서 실내악을 즐기면서 여름을 시원하게 보내는 것도 좋겠죠.

진중권 요즘은 사람들이 외국으로도 많이 니가잖아요. 대표적인 해외 페스티벌은 어떤 것이 있나요?

장일범 잘츠부르크 페스티벌이 여름 페스티벌의 지존이라고 할 수 있죠. 오페라, 실내악, 성악, 오케스트라에 이르기까지 1천회가 넘는 공연이 열립니다. 8월부터 9월 중순까지는 교향악과 현대음악의 축제라고 할 수 있는 루체른 페스티벌이 열리고요. 상임지휘자였던 아바도 사후에는 리까르도 샤이Riccardo Chailly가 상임지휘를 맡았습니다. 한국에서도 봄에 예술의전당에서 열리는 교향악 페스티벌에 각 시도의 오케스트라들이 참여해서 경연을 펼치잖아요. 그런 것처럼 전세계 오케스트라들이 루체른의 호숫가에 모여서 매일 밤 최고의 공연을 펼칩니다. 또 바그너를 좋아하시는 분들은, 티켓 구하기는 힘들지만 바이로이트 페스티벌에 가시면 바그너 음악을 마음껏 즐길 수 있습니다.

진중권 그밖에 또 클래식 세계로 입문하고자 하는 분들에게 드리고 싶은 말씀이 있다면 해주시죠.

장일범 무엇보다 공연장을 많이 찾는 것을 추천합니다. 야구장도 찾아가서 응원하다보면 팬이 되잖아요. 공연장도 계속 가면서 내가 오늘 본 오케스트라의 오보이스트가 누군지, 플루티스트가 누군지 관심을 갖다보면 음악이 좋아지고 공연장도 좋아지게 되거든요. 시간 있을 때마다 예술의전당이나 가까운 공연장을 찾아서 보시면 의외로 괜찮다고 생각하시게 될 겁니다. 공연장을 안방처럼 즐겨보시라, 이런 말씀을 드리고 싶네요.

진중권 역시 그것밖에 없군요. 예전엔 저도 축구를 보러 축구장에 가고 싶다는 생각을 해본 적이 없거든요. 그런데 몇년 전 우연히 축구경기에 다녀온 이후로는 축구장에서 축구를 보고 싶은 마음이 종종 듭니다. 역시 음악도 마찬가지네요. 마지막으로 추상적인 질문인데요, 장일범에게 음악이란?

장일범 저에게 음악이란 피 같은 것이라는 생각을 해요. 피는 심장에서 끊임없이 공급해야 하는 거잖아요. 그처럼 저는 음악이라는 영양분을 계속 공급받기 때문에 행복하게 살 수 있지 않나 싶습니다. 심장 펌프가 멈추지 않는 한 계속 음악을 들으면서, 좋은 음악을 스스로 만들기 위해서 노래를 부르면서, 그렇게 살 것 같아요. 그리고 많은 분들에게 같이 음악을 듣고 행복해지자고 끊임없이 권하고 싶습니다.

진중권 내 심장을 뛰게 하는 것은 단지 피만이 아니라 음악이고, 그것이 나를 살게 한다… 다시 되새기게 되는 말입니다. 좋은 말씀 많이 해주셔서 너무나 감사합니다.

장일범 삼사합니다.

평론가는 예술적 소통에서 크게 두가지 역할을 하는 것으로 여겨진다.
하나는 창작자 혹은 실연자에게 수용자의 반응을 돌려보내는 '피드백'의 역할,
다른 하나는 작품을 수용자에게 이해시키는 '매개자'의 역할이다.
음악평론가로서 장일범이 하는 일도 다르지 않다.
얼마 전 그는 중국 피아니스트 윤디 리Yundi Li의 공연을 보고 이렇게 썼다.
"처음부터 음표를 빼먹고 치고 템포를 너무 당기고 하더니만 결국 사고가 터졌다.
윤디는 필사적으로 맞춰보려고 앞의 마디를 치는 등 재주를 부려봤지만
결국 오케스트라와 어긋난 박자는 맞춰지지 않아 괴상한 음악이 되고 말았다."
평론가의 피드백은 이렇게 작곡가나 연주자에게 다음 창작이나 실연을 위해
반드시 참고해야 할 지침이 되어준다.
나아가 평론가는 작품과 청중의 '매개자'로서 대중에게
작품이나 실연의 이해에 필요한 정보를 제공하고, 그들의 미적 감식안을 높여
그들로 하여금 예술을 비판적·비평적으로 수용할 수 있게 해준다.
사실 서양의 클래식 음악과 우리 사이에는
시대와 문화의 차이라는 거대한 간극이 가로놓여 있다.
이 해석의 간극을 극복하는 것 역시 매개자로서 평론가의 임무다.
'해설이 있는 음악회'라고 하면 금방 그의 이름이 떠오를 정도로
이 분야에서 장일범의 활약은 눈부시다.
나로 하여금 이리저리 돌리던 텔레비전 리모컨의 버튼을 멈추게 한 것도
그의 명쾌하고 재미있는 해설이었다. 이런 활동을 통해 예술의 수용자를 창출하고,
그들의 규모를 확장하며, 나아가 그들의 미적 수준을 유지하고 제고하는
역할을 하는 게 바로 평론가다. 그럼에도 불구하고 예술문화에서 이들의 역할은
상대적으로 과소평가되어왔다. 하지만 적어도 근대 이후 융성한
예술문화의 바탕에는 언제나 활발한 비평활동이 있었다는 사실을 기억해야 한다.
장일범과 같은 평론가들의 역할에 주목해야 하는 것은 그 때문이다.
그들은 창작자나 연주자와 더불어 한국의 클래식 음악계라는 의자를 떠받치는
제3의 다리라 할 수 있다.

OUTRO

1986 시나위 1집 『Heavy Metal Sinawe』

1987 시나위 2집 『Down and Up』

1988 시나위 3집 『Freeman』

1989 신대철 1집 『Corona』

1990 시나위 4집 『Four』

1991 자유 1집 『Old Passion』

1995 시나위 5집 『시나위 5』

1997 시나위 6집 『Blue Baby』

1998 시나위 7집 『Psychedelos』

2001 시나위 8집 『Sinawe Vol. 8』

2006 시나위 9집 『Reason of Dead Bugs』

바른 음악 소비를 위해　　신대철

I N T R O

흔히 신대철·김도균·김태원을 가리켜
'한국 록의 3대 전설적 기타리스트'라 부른다.
그가 결성한 '시나위'는 김태원의 '부활', 김도균의 '백두산'과 함께
한국형 헤비메탈이라는 거대한 산맥의 한줄기였다.
인터뷰를 앞두고 가벼운 긴장감을 느꼈다.
살아서 '전설'로 통하는 인물을 눈앞에서 보는 것은
아무에게나 허락되지 않는 영광이기 때문이다.
어느 인터뷰에서 그는 록의 정신을
"세상이 살라는 대로 살고 싶지 않은 것"이라 요약했다.
실제로 그는 '록'을 연주하는 것을 넘어 삶 자체로 록을 살아내왔다.
'전설'이라는 소리를 하도 많이 들어서 그랬을까?
스튜디오로 들어온 그의 모습에서 어떤 아우라가 느껴졌다.
인터뷰가 이루어진 것은 마침 신해철의 죽음을 접하고 분노한 그가
SNS에 '복수해줄게'라는 글을 올려 사회적 반향을 일으킨 직후였다.
그 이야기로 인터뷰를 시작했다.

진중권 요즘 근황이 어떠신지 궁금합니다. 최근에 「노유진의 정치카페」 「이 박사와 이 작가의 이이제이」 등 여러 팟캐스트에 출연하셨죠. 「이이제이」에서는 음주방송을 하셨다고요. (둘 다 웃음)

신대철 고故 신해철군 추모방송이었어요. 맨정신으로 못 하겠더라고요. 본의 아니게 진행자분들과 한잔하면서 방송을 했죠. 불쾌하게 느낀 분이 계셨다면 죄송합니다.

진중권 아마 청취자들도 같은 심정이었을 겁니다. 신해철씨 죽음을 전후로 SNS에 상당히 격한 글을 쓰셨어요. 각별한 인연이 있으셨나요?

신대철 아… 그렇다고 하면 그렇죠. 해철군하고는 꽤 오래전부터 알고 있었지만 3~4년 전부터 무척 친해졌어요. 서로 작업실 오가면서 음악 얘기도 하고 사회 얘기도 하고 잡담도 하면서 사이가 깊어졌고, 함께 이런저런 모색을 했죠. 음반을 준비하던 것도 있었어요. 제가 기타리스트로서 기타 음반을 만들고 싶은 욕심이 있었는데, 프로듀서로 가장 적절한 인물을 생각해보니 신해철이라는 이름밖에 생각이 안 나더라고요. 그래서 전화를 해서 '야, 내가 이런 걸 만들고 싶은데 네가 프로듀서 한번 해주라' 그러니까 당장 만나자고 해서 작업실로 갔죠. 데모 만든 걸 잔뜩 들고 가서 한동안 시간 날 때마다 틈틈이 작업을 같이 했었어요.

진중권 그게 언제 일입니까?

신대철 3년 정도 됐어요. 앨범을 발매하지는 못하고 중단됐죠. 각자 다른 활동이 있으니 좀 쉬었다 하자고 하고는 길이 엇갈렸달까요. 중간에 'DH 프로젝트'라고 실험적인 프로젝트도 했었어요. 저랑 해철이랑 이름이 비슷하잖아요. 대철의 D하고 해철의 H를 따서 지었죠. 제가 큰 대 자를 쓰고 자기가 바다 해 자를 쓰니까 대해大海가 아니냐고 그러더라고요. 그럴듯하다 싶어서 재밌게 만들어보자고 했죠. 공연도 두번 정도 했었어요.

진중권 공연을 위한 프로젝트라고 할 수 있나요?

신대철 그런 성격이었죠. 레퍼토리가 시나위 곡 반, 넥스트 곡 반. 상당히 재밌더라고요. 나중에 더 발전시켜보면 좋겠다고 생각했고, 최근에는 바른음원협동조합을 시작하면서 해철군하고도 같이 뭔가를 모색해보자는 의견도 나누고 있었어요. 항상 현재진행형으로 뭔가 이루어지고 있었거든요. 그러다가 그런 갑작스러운 죽음을 접하니까 정말 믿어지지가 않는 거예요.

진중권 그런데 이게 쉽지 않은 문제더라고요. 부검까지 했는데 대한의사협회가 발표문 낸 걸 보니까…

신대철 가재는 게 편이라는 말이 딱 들어맞죠. 저도 사실 텔레비전 보다가 자막으로 소식을 접했어요. 최초에 심정지가 왔다고 했을 때 매니저한테 연락을 해봤는데, 상태가 안 좋지만 잠깐 의식을 회복했다는 소식까지 듣고 곧 좋아질 거라고 생각했거든요. 그리고 사망하기 전 주 금요일이었나, 춘천에서 공연을 하고 있는데 매니저한테 문자가 온 거예요. 마지막 인사가 될지도 모르니 병원으로 오라고요. 도대체 이게 무슨 얘긴가 싶어서 공연 끝나자마자 바로 병원으로 달려갔죠. 중환자실까지 들어가서 한동안 옆에 있었어요. 의사가 눈에 불빛을 비추는 검사를 하더라고요. 의식이 있으면 동공이 반응하잖아요. 옆에서 보는데 반응이 없어요. 그때 돌이킬 수 없는 상황까지 간 걸 알게 됐죠. 지금 생각해도 어떻게 이런 일이 일어날 수 있는지 믿어지지가 않습니다. 해철군 정도면 병원에서 VIP일 것 아니에요. 아니, 이런 사람에게 이런 사건이 일어날 정도면 일반인은 정말 어떡하겠나, 생각이 거기까지 미치더라고요. 의료사고가 일어나도 환자는 절대 이길 수가 없겠다는 생각이 들고…

진중권 참 어처구니없는 사고죠. 사망에 이르게 되는 어떤 필연적인 경우가 있지 않습니까. 이건 그런 경우가 전혀 아닌데 말이죠. 사회적인 여론까지 형성되었는데도 쉽지 않은 싸움인 것 같습니다.

바른음원협동조합

진중권 처음부터 너무 무거워졌는데, 이야기를 돌려보겠습니다. 먼저 근황 얘기부터 해보죠. 작년(2014년) 7월부터 바른음원협동조합이라는 단체를 시작하셨어요. 대기업 중심의 음원 유통구조를 개선하기 위해서 만든 단체로 알고 있는데, 시민단체도 아니고 회사도 아니고 협동조합이에요. 어떤 활동을 하고 어떻게 운영되는지 궁금합니다.

신대철 사실 협동조합도 회사죠. 주식회사와는 다른 형태의 회사니까요. 만약에 제가 음악산업의 문제점과 불합리한 구조에 대해서 문제제기를 하고 이걸 바꿔보겠다면서 주식회사를 만들었으면 아무도 동의하지 않았을 겁니다. 단순히 문제제기 차원을 넘어서 대안적인 플랫폼을 만들어보자는 야심이 있었어요. 그러자면 회사 형태를 갖춰야 하는데, 가장 합리적인 형태가 협동조합이더라고요. 협동조합이라고 하니까 음악생산자 협동조합이냐고 묻는 분들도 계시는데, 음악을 만드는 사람과 듣는 사람 모두가 함께하는 협동조합을 만들자는 게 의도입니다.

진중권 그럼 소비자는 협동조합에서 어떤 역할을 맡는 건가요?

신대철 그게 저희도 많이 고민했던 점인데, 대안적인 플랫폼을 만드는 데 투자한다는 개념으로 받아들이시면 될 것 같습니다. 조합원은 수익의 일부를 가져갈 수 있으니까요.

진중권 이른바 착한 소비자이자 투자자군요.

신대철 그렇죠. 지금의 문제는 음악을 써비스하는 플랫폼들이 자신들의 몫을 지나치게 많이 가져간다는 것이거든요. 우리는 그렇게 하지 않는 대신 이익을 최대한 나누겠다는 겁니다. 음악을 만드는 생산자들과 음악을 사랑하는 소비자들에게 더 많은 이익을 주겠다는 거죠. 최근 우리나라에도 협동조합이 많이 생겨나지 않았습니까. 잘되는 경우도 있지만 안되는 경우도 많죠. 협동조합 중에서도 가장 성공적인 사례가 스페인의 몬드라곤Mondragon Corporation이라고 합니다. 스페인의 10대 기업 안에 꼽히고 고용인원이 10만명 가까이 되는데 순익 가운데 상당 부분을 조합원 배당금으로 적립하거든요. 이런 그림이 아니면 협동조합이 성공하기 힘들겠다는 생각을 했습니다. 저희가 협동조합을 만든다고 하니까 많은 분들이 후원의 개념으로 접근하시는데, 투자의 개념으로 생각해달라고 말씀드리고 있어요. 출자금이 투자금이 되는 개념이 자리잡았으면 좋겠다는 생각입니다.

진중권 몬드라곤의 사례는 책을 통해서도 많이 알려졌죠. 자본주의적 기업에 대한 대안적인 기업 형태로 받아들여지고 있는데, 생산자들도 많이 가입하는 추세인가요?

신대철 협동조합을 처음 만들 때 남궁연, 리아, 가리온 같은 분들이 많이 가입해주셨고, 이름 있는 분들이 계속 가입해주시고 있습니다. 가입자가 꾸준히 늘어서 지금은 조합원이 1500명에 육박하고 있고요.

진중권 빠른 속도로 늘어나고 있네요. 구체적으로 어떤 사업들이 진행되고 있습니까?

신대철 지금은 디지털 음원 써비스 플랫폼을 개발하는 중입니다. 많은 비용이 들어가죠. 개발 중이라 구체적으로 설명드리긴 어렵지만, 플랫폼이 덜 가져가는 구조를 만들어서 그만큼의 이익을 생산자와 소비자에게 돌려줄 수 있다는 것을 증명해보려고 합니다.

진중권 「무한도전」의 '토요일 토요일은 가수다' 음원이 100억 매출을 올렸다는 기사가 불가능한 이야기라고 일축하셨는데요, 보통 사람들은 히트곡이 나오면 작곡가나 가수가 음원 수익으로 떼돈을 버는 줄 알거든요. 실제로는 그렇지 않다는 얘기죠?

신대철 우리나라 음원시장의 불합리한 구조로 보았을 때 절대 나올 수 없
는 수치입니다. 계산을 해보면 금방 나오는데. (웃음) 이를테면 무
제한 스트리밍으로 100억 매출을 만들려면 16억 6600만회 이상 스
트리밍되어야 합니다. 불가능한 거예요. CD로 치면 100만장이 나
가야 하는데, 1990년대까지만 해도 그런 경우가 있었지만 지금은
불가능하죠. 데이터가 잘못됐거나 짐작으로 쓴 것 같아요.

진중권 기자들이 왜 그러는지 모르겠어요. 옛날에도 「디워」 매출이 2억
달러라는 기사가 난 적이 있는데, 상식적으로 연필 굴려보면 말이
안 되거든요. 산수를 안 하셨나. (웃음) 게다가 수익 분배에서도 현
재 음원 써비스사가 40퍼센트를 가져가고 음원 유통사에서 8.8퍼
센트, 제작사가 35.2퍼센트, 작사·작곡·편곡을 포함한 저작권자가
10퍼센트, 실연자가 6퍼센트를 가져갑니다. 그러니까 생산자가 가
져가는 건 합쳐봐야 16퍼센트거든요.

신대철 저희 생각은 이렇습니다. 가장 큰 문제는 5대 메이저 음원 써비스
사인 멜론, 벅스, 지니, 소리바다, 엠넷이 유통도 같이 하고 있어서
사실상 약 50퍼센트를 가져간다는 거예요. 그다음 제작인접권자가
제작사인데, 저희는 제작사도 권리자에 포함되어야 한다고 봅니
다. 제작사가 투자자로서 음반을 만드는 모든 비용을 대니까요.

또 문제는 무제한 스트리밍인데, 현재 무제한 스트리밍으로 음악을 들으면 한번에 6원 정도의 매출이 발생해요. 그중에서 60퍼센트가 권리자에게 돌아간다고 해도 3.6원입니다. 스트리밍이 100만회 발생해야 360만원이에요. 채산성이 아예 없는 거죠. 이 상태로는 도저히 할 수 없습니다. 음악가들뿐 아니라 제작자들도 빚만 지고 있는 상황이거든요. 시스템이 잘못된 거예요.

진중권 전에 인터뷰한 음악평론가 강헌씨는 김대중 정부가 IT산업 육성과정에서 음악산업을 희생시킨 것이나 다름없다고 했는데, 음모론적인 시각까지 섞어서 강하게 말씀하시더라고요. (웃음) 아버님인 신중현씨도 디지털이 음악을 죽였다고 말씀하셨어요.

> "국가경제와 가계경제가 동시에 무너지는 상태에서 가계에 만만치 않은 부담을 주는 비용을 인터넷에 쓰게 할 수는 없었겠죠. 여기에 불쏘시개 역할을 했던 게 공짜 음악이었다고 봅니다."
>
> 『진중권이 만난 예술가의 비밀』
> 강헌 인터뷰 중에서

신대철 강헌씨는 결과적으로 그렇게 됐다고 하신 거죠. 이제 와서 보면 당시에 지금과 같은 결과까지 예상할 수 있었을까 하는 생각이 들어요. 당시에는 경기부양책으로 그렇게 했던 거고, 전체적으로 보면 정보에 대한 접근권이 늘어난 면도 있죠. 그 과정에서 음악산업은 예상치 못한 피해를 입은 거고요.

진중권 음악계에서는 당시에 어떻게 생각했는지 궁금합니다.

신대철 당시에는 아무도 예측을 못 했던 것 같아요. 외환위기 때 음반업계
도 커다란 위기를 겪고 있었는데, 그때 벨소리와 컬러링이 구세주
와 같이 나타났잖아요. 그게 엄청난 매출을 가져오면서 음반산업
전체가 다시 살아나기 시작했거든요. 그 이후에 싸이월드 배경음
악으로 음원 매출이 또 성장하고요. 그래서 디지털이 우리를 살릴
수 있을 거라고 안이하게 생각한 면이 있죠. 그런데 결과적으로 요
즘은 컬러링, 벨소리 거의 안 하잖아요. 싸이월드도 그렇고요. 오로
지 멜론 같은 음원 플랫폼밖에 없는 거예요.

진중권 지금은 음악이 디지털 파일로 존재하는 매체가 되었잖아요. 최초
로 비물질화된 상품이 음악이기 때문에 가장 큰 피해를 본 거죠.
음악을 만드는 사람들에게도 음반시장의 변화가 직접적인 영향을
끼치지 않았습니까?

신대철 생각해보면 사람들에게 접근하는 방법이 지금과는 달랐던 것 같아
요. 1970년대, 80년대, 90년대까지만 해도 음악을 만드는 사람들은
스스로 작품을 만들려고 했었던 것 같습니다. 그래서 음반을 발표
했을 당시에는 반응이 없다가도 몇달 후에 뒤늦게 반응이 와서 굉
장히 성공한 경우도 많았고요. 그런데 음악이 디지털화되면서 음
악의 라이프사이클 자체가 굉장히 짧아졌어요. 지금은 길어야 이
틀, 사흘이고 언제 발표됐는지조차 알 수 없는 음악이 수두룩합니
다. 그러다보니 음악을 만드는 사람들도 치고 빠지는 식이 되고, 이

런 현상이 되풀이되는 거죠. 음악을 만드는 사람들은 '요즘 대중들은 이런 거 안 좋아해', 반대로 대중들은 '요즘 음악은 들을 게 없어', 이런 이상한 악순환이 계속되는 거예요.

진중권 음악시장의 추세가 다운로드에서 스트리밍으로 바뀌면서 대중들의 음악 체험방식도 변한 것 같습니다. 다운로드한다는 건 여러번 들을 수 있도록 소장하는 거지만 스트리밍은 말하자면 소장이 아니라 대여죠. 한번 듣고 끝내겠다는 거잖아요.

신대철 그냥 소비하는 거죠. 지금의 방식대로라면 음악은 정말 살아남기 어렵다고 생각합니다. 음악은 산업이기 이전에 하나의 예술이잖아요. 음악이 예술작품으로서 가치를 잃어가고 있다는 게 안타까워요. 옛날 홍콩영화의 몰락을 보는 느낌이 있어요. 저도 어렸을 때 홍콩영화에 열광했던 세대인데, 어느 순간 사라졌잖아요. 한국음악도 그렇게 되지 않을까 하는 걱정을 합니다.

진중권 스트리밍을 다운로드로 바꿔도 문제가 해결되는 건 아니지 않습니까?

신대철 다운로드가 우리나라에서 600원이에요. 600원도 세계에서 제일 싼 가격이거든요. 그런데 할인 묶음상품이라는 게 있어서 사실상은 600원도 안 됩니다. 30곡 다운로드에 무제한 스트리밍을 묶어서

6,000원에 팔아요. 30곡을 다운로드하면 18,000원이 되어야 하는데 10,000원도 안 되게 파는 거예요. 심지어 무제한 다운로드에 무제한 스트리밍도 10,000원 남짓한 가격에 팔아요. 다운로드가 사실상 의미가 없는 거죠.

진중권 해외의 경우는 어떻습니까?

신대철 미국의 예를 들면 1999년에 냅스터라는 무료 P2P 사이트가 생기면서 굉장히 문제가 되었어요. 우리나라도 2000년에 소리바다가 생겨나면서 비슷한 일이 있었죠. 그런데 미국에서는 애플의 아이튠스가 나오면서 나름 합리적인 가격을 산정해서 문제를 해결했어요. 한곡당 다운로드 가격을 0.99달러로 정하고 저작권자에게 70퍼센트를 정산해주는 시스템을 만든 겁니다. 반면에 우리나라에서는 멜론이 처음 나오면서 펼쳤던 논리가, 불법 다운로드 시장이 너무 크니까 저가정책을 통해 유료시장으로 이끌어내자는 거였어요. 그 논리가 10여년간 지속되어온 거죠. 음악계는 그래서 계속 어려워졌고요.

진중권 지하경제의 양성화군요. (웃음) 우리나라 음원시장을 미국식으로 바꾸기는 어렵겠죠?

신대철 지금의 시스템에 대중들이 이미 익숙해져 있으니까요. 음악은 돈

178

주고 사는 게 아니라는 인식이 아직까지 자리잡고 있는 것 같아요. 그 인식을 바꾸기가 쉽지 않겠죠. 게다가 스트리밍이 너무 간편하잖아요. 문제는 스트리밍 시장이 음악시장의 거의 전부를 차지하다보니 오히려 음악 구매층이 한정되어버린다는 점입니다. 지금 한국에서 음원 써비스 이용자가 500만명 정도 되거든요. 그건 사실상 음악을 구매하는 사람이 500만명이라는 얘기예요. 예전에는 전국민이 음악을 구매하던 시절이 있었잖아요. 집에 가면 아버지가 산 LP가 있고 형이 산 테이프가 있고 내가 산 테이프도 있었는데, 이제는 음악이 디바이스 산업에 종속되다보니까 기기에 익숙한 사람이 아니면 음원을 구매하는 것 자체가 어려워진 겁니다. 음반을 사고 싶어도 오프라인 음반사가 없잖아요. 오히려 대중이 축소된 거죠. 음악이 모든 사람이 즐기는 매체에서 일부 사람만 즐기는 매체가 된 겁니다. 안타까운 일이죠.

신중현, 아버지라는 이름

진중권 음악시장 얘기는 이 정도로 하고, 본격적으로 음악 얘기를 좀 해보겠습니다. 이렇게 말씀드려도 될지 모르겠지만, 이제는 신대철이라는 이름이 아버지 이름보다 더 유명해진 게 아닌가 하는 생각이 드는데요. 신중현의 아들이라는 수식어를 완전히 벗어난 것 같습니다.

신대철 그렇진 않아요. 음악적 업적으로 따지면 저는 아버지 근처에도 못 간 수준이죠. 제가 최근에 언론에 많이 나와서 그렇지 지금도 사람들 만나면 저는 몰라도 저희 아버지는 잘 압니다. (웃음)

진중권 사실 저도 그런 세대거든요. 아버님 노래는 제가 모르는 곡이 없더라고요. 직접 부르신 노래는 물론이고 다른 가수에게 준 노래도 다 알고 있거든요. 아버지에게 직접 기타를 배우셨죠?

신대철 아버지가 집에서 쉬실 때죠. 1970년대 중반에 이른바 대마초 파동으로 아버지를 비롯한 여러 유명 뮤지션들이 활동정지를 당했잖아요. 음악가에게 음악을 하지 말라는 것보다 큰 형벌은 없죠.

진중권 사실상 사망선고나 마찬가지죠.

신대철 어느날부터 집에 우두커니 앉아 계시더라고요. 희망을 잃어버린 사람처럼 먼 산만 바라보고 계시고. 지금 생각해보면 굉장히 힘드셨을 텐데, 저는 그때 아버지가 집에 계시니까 기타 좀 가르쳐달라고 졸랐죠. (웃음) 아버지 입장에서는 좋은 소일거리가 생기신 거죠. 그래서 열심히 배웠어요. 초등학교 4학년 겨울방학 때였는데, 일렉트릭 기타도 그때 처음 배우기 시작했고요.

진중권 아버님이 가르치면서 칭찬을 하시던가요?

신대철 웬만해선 칭찬은 안 하셨죠. 저도 그때 집안 분위기 때문에 일종의 우울증이 있었던 것 같아요. 슈퍼스타였던 아버지가 어느날 갑자기 범죄자가 된 거잖아요. 학교에서도 수군거리고 심지어 선생님도 저를 다르게 보시더라고요. 굉장히 힘들었습니다. 그때 유일한 탈출구가 기타 연주였어요. 기타 연주를 통해서 그런 상황을 잊을 수 있었고, 그래서 연주에 더 몰두하기도 했죠. 본의 아니게.

진중권 요즘 세대들은 잘 모르실 텐데, 당시 텔레비전에서 대마초를 피우고 환각상태에 빠진 사람들이 옥상에서 떨어지는 영상을 보여주면서 대마초를 마약 중에서 가장 위험한 마약으로 묘사하곤 했죠. 지금 생각하면 다 뻥인데. (웃음) 아버님이 어떤 식으로 기타를 가르쳤을지 참 궁금해요.

신대철 집요하게 가르쳐주셨던 것 같아요. 처음 배운 기타교본이 지금 봐도 꽤 어려운 내용이에요. 제가 만약 처음 기타 배우는 사람을 가르친다면 절대 그걸로 안 가르칠 거예요. 어렵고 지루하거든요. 그런데 그걸 아주 집요하게 가르쳐주시더라고요. (웃음)

진중권 연주법뿐 아니라 코드 진행 같은 이론 공부도 같이 했나요?

음악적 업적으로 따지면 저는 아버지 근처에도 못 간 수준이죠.
지금도 사람들 만나면 저는 몰라도 저희 아버지는 잘 압니다.

신대철 화성악도 같이 배웠죠. 그렇게 어린 나이에 화성악 배운 사람은 아마 없을 거예요. 그런데 아버지가 한번은 그런 말씀을 하시더라고요. '음악을 한다는 건 정말 아름다운 일이다. 다른 사람한테 해를 끼치지 않고 다른 사람도 행복하게 만들고 본인도 행복해지는 일이다. 그래서 음악은 위대하다.' 나중에 나이를 먹으니까 저도 그 생각을 이해하게 되더라고요.

진중권 결과적으로 아들 셋이 다 음악을 하게 됐잖아요. 이 사태에 대해서 부모님은 어떻게 생각하셨나요? (웃음)

신대철 어머니는 좀 싫어하셨죠. 누구 하나는 공부했으면 좋겠는데. (웃음) 그런데 저뿐만 아니라 동생들도 음악적 재능이 있었어요. 저는 아버지한테 두달 정도 레슨을 받았는데, 동생들은 레슨을 안 받았는데도 기타를 치더라고요. (웃음) 막내는 지금 우리나라에서 알아주는 드럼 연주자가 됐죠.

진중권 두달간 레슨을 받으신 다음에는 독학을 하셨어요. 어느정도 실력이 되었을 때는 아버님의 연주와 비교해보게 되지 않았을까요?

신대철 중학교 때 그런 생각을 했어요. '내가 훨씬 나은 거 같은데?' (둘 다 폭소)

신중현과 엽전들 1집(1974)

진중권 강헌씨가 그런 말씀을 하시더라고요. 신중현씨가 기타에 한국 전통악기 같은 느낌을 실어서 한국적인 연주기법을 정립하셨다고요.

신대철 저는 그땐 잘 몰랐죠. 나중에 어머니한테 들었는데, 아버지가 「미인」이라는 곡을 만들 때 시골을 다니면서 전통음악들을 채집하셨대요. 그 이야기를 듣고 나서 「미인」이 수록된 신중현과 엽전들 1집을 들으니 느낌이 다르더라고요. 이게 그냥 나온 게 아니라 발품을 팔아서 한국음악의 핏줄을 열심히 찾아다닌 결과물이구나, 가만히 앉아서 하는 음악과는 차원이 다른 음악이고 감히 누가 흉내낼 수 있는 게 아니구나 하는 생각이 들더라고요.

「미인」
신중현과 엽전들 1집 수록.

진중권 정말 대단하신 분입니다. 어떻게 그 시절에 그런 생각을 하셨는지.

신대철 「미인」이라는 곡이 굉장히 단순한 곡이잖아요. 어렸을 때는 몰랐는데 나이를 먹고 나서 들어보니 마치 조선백자 같다는 느낌이 들어요. 정제하고 정제해서 맑은 빛만 남은 백자 같죠. 미니멀리즘의 완성이랄까요.

진중권 얼핏 들어서는 그냥 입에 잘 달라붙는 유행가 같은데, 내부에는 엄청난 게 들어 있는 거죠. 겉으로 화려한 게 아니라 내공이 안으로 스며들어 있는 것 같은 느낌이에요.

신대철과 시나위

진중권 인터뷰를 준비하면서 1980년대 인기를 끌었던 쇼 프로그램 「젊음의 행진」에 출연한 영상을 찾아서 보았는데요, 다른 팀 공연 뒤에 시나위가 나오는데 실력 차이가 확 나더라고요. 신대철과 시나위는 음악적인 완성도나 활동으로 보면 전설입니다.

1987년 「젊음의 행진」 생방송 영상.

신대철 과찬이시구요. (웃음)

진중권 신대철씨의 어록 중에 "기타가 펜더면 뭐하냐, 손가락이 펜더여야지"라는 말이 전해옵니다. 명필은 붓을 안 가린다는 거죠. (웃음) 기타 연습을 얼마나 하셨는지 궁금해요. 그게 시간만 많이 투여한다고 되는 건 아니잖아요.

신대철 정말 좋아서 해야 되는 거죠. 좋아서 하면 시간을 투자하는 게 아깝지도 않고 힘들지도 않잖아요. 제가 정말 연습을 많이 한 건 중학교 때였던 것 같아요. 심지어 밥상에서도 기타를 가지고 있었으니까요. 그때는 손가락에서 피가 나더라고요. (웃음)

진중권 흔히 기타리스트들을 보면 특유의 퍼포먼스가 있지 않습니까. 기타 줄을 물어뜯는가 하면 곡예를 하듯이 기타를 돌리기도 하고요. 그런 퍼포먼스도 연습하셨나요? 비주얼도 중요하잖아요.

신대철 어렸을 때 많이 했죠. (웃음) 그런데 나이를 먹으면서는 음악을 대하는 태도가 좀더 진지하게 변하는 것 같아요. 화려한 퍼포먼스가 관객들이 볼 때 좋긴 하지만 그렇다고 연주가 훌륭하게 되는 건 아니잖아요. 물론 가만히 연주하는 것보다는 조금 액션이 있는 게 좋겠지만. (웃음)

진중권 다른 기타리스트의 연주 중에서 가장 뛰어나다고 생각하는 연주를 꼽자면 무엇일까요?

신대철 어려운데요. 셀 수 없이 많은 연주가 있지만, 제가
어렸을 때 정말 인상 깊게 들은 연주 중의 하나가
지미 헨드릭스의 마지막 공식 앨범인 『밴드 오브
집시스』Band of Gypsys에 있는 「머신 건」Machine Gun이라
는 곡이에요. 제가 기타를 시작하게 된 동기 중의
하나이기도 합니다. 베트남 전쟁을 은유적으로
비판하는 곡인데, 기관총 소리나 비행기가 폭격하는 소리를 기타
로 표현해내거든요. 기타로 이런 표현이 가능하구나, 하고 아주 충
격적으로 들었던 기억이 있습니다. 그외에도 굉장히 많은 연주가
있지만, 딱 하나만 꼽으라면 그거예요.

「**머신 건**」

지미 헨드릭스 『밴드 오브
집시스』(1970) 수록.

진중권 기타는 지미 헨드릭스가 최고라는 말은 저도 많이 들었는데요, 그
전에도 그 이후에도 탁월한 기타리스트가 많았는데 왜 하필 지미
헨드릭스일까요?

신대철 지미 헨드릭스 이전과 이후의 기타 연주가 다르죠. 기타가 이렇게
까지 화려하고 아름다운 연주를 할 수 있다는 걸 증명했다고 할까
요. 혁명적인 연주기법들을 많이 만들어냈기 때문에 그 이후의 기
타리스트들에게 상당한 영향을 끼쳤어요.

진중권 1980년대 상황에서 록, 그것도 헤비메탈 같은 장르를 한다는 건 지
금 생각하는 것과는 다른 느낌이었을 것 같습니다. 헤비메탈은 또

굉장히 거칠잖아요. 사회적 분위기도 지금과 달랐고, 당시엔 사전 검열도 심했지 않습니까.

신대철 가장 힘들었던 게 가사 사전심의였습니다. 마치 시험 보듯이 가사를 써서 보내면 빨간 줄이 그여서 돌아와요. 이건 무슨무슨 사유로 불가, 이건 통째로 불가… (웃음)

진중권 당시에 검열하던 사람들이 문학적 상상력이 참 민감했던 것 같아요. 아무 의미가 없는 것도 이상하게 은유적으로 생각을 하곤 했죠.

신대철 제5공화국 시절이었으니까요. 예전에 대학생들을 대상으로 록음악에 대해 강연을 한 적이 있어요. 록음악이 뭐냐고 묻길래 록음악은 일종의 저항이라고 했더니 어떤 학생이 시나위 가사에서 그런 정신은 찾아볼 수가 없는 것 같다는 겁니다. 그래서 제가 '너 5공 때 살아봤냐'고… (둘 다 웃음)

진중권 시나위 전에도 우리나라에 록은 있었지만 헤비메탈은 없었던 것 같습니다.

신대철 헤비메탈은 록음악의 하위장르잖아요. 록 중에서도 하드록이 있고 그중에서도 하드코어한 걸 헤비메탈이라고 하는데, 저희가 그런 전문 장르음악을 타이틀로 내걸고 시작한 거죠. 전에는 가요에 가

나이를 먹으면서는 음악을 대하는 태도가
좀더 진지하게 변하는 것 같아요.
화려한 퍼포먼스가 관객들이 볼 때 좋긴 하지만
그렇다고 연주가 훌륭하게 되는 건 아니잖아요.

까운 것도 있고 록에 가까운 것도 있었는데 앨범 전체를 헤비메탈
로 한 건 저희가 최초였을 거예요.

진중권 그래도 듣는 이들은 준비가 되어 있지 않았을까요? 해외의 헤비메
탈 음악을 접하고 있었을 테니까요.

신대철 해철군이 그 얘기를 하더라고요. 고등학교 때 시나위를 라디오에
서 처음 들었는데 다음날 학교에서 엄청난 화제였다는 거예요. 한
국에서도 드디어 헤비메탈이 나왔다고. 그 이후에 힙합 같은 본격
장르음악들이 나오기 시작했어요.

진중권 시나위 뒤에 백두산, 부활 같은 그룹들이 나오기 시작했죠. 당시 그

들과의 관계는 어땠는지요.

신대철 동시대에 활동하다보니 서로 말은 안 해도 라이벌 의식이 있었던 것 같아요. 말은 동료라고 하지만 공연 때 누가 헤드라이너를 하느냐를 두고 상당히 신경을 썼죠. 백두산 같은 경우는 나이가 제일 많다고 해서… (웃음)

진중권 당시에 강남에는 신대철, 강북에는 김태원이라는 말이 있었어요. 그때부터 김태원씨의 존재를 알고 계셨나요?

신대철 저는 사실 잘 몰랐고요, 김태원씨가 저보다 한 학번 위이시니까 제 소문을 들었던 것 같아요. 고등학교 때 축제에 많이 불려다녔으니까요. 그런데 이건 나중에 만들어낸 얘기 같아요. (웃음) 나중에 제가 시나위 앨범 내기 전에 공연을 몇번 같이 한 적이 있거든요. 그러면서 서로 알게 됐죠.

진중권 김태원씨가 자기가 국내 헤비메탈 1호를 하려고 했는데 시나위가 선수를 쳤다고 하더라고요. (둘 다 웃음) 그룹의 색깔 차이도 있지 않습니까. 그런 것도 의식하셨나요?

신대철 서로 좀 다르죠. 부활은 아주 소프트했죠. 헤비메탈이라고 하기는 어렵고 사실 가요에 가깝다고 할까요. (웃음) 백두산도 좋은 음악이 많았는데…

진중권 충분히 하드하지는 않았다?

신대철 제가 싫어하는 건 아니고요. (웃음)

진중권 신경전은 지금도 계속되고 있군요. (웃음) 공연 중에서 가장 기억에 남는 공연이 있다면요?

신대철 몇몇 공연이 있어요. 1996년인가 97년에 열렸던 '자유'라는 공연이 아직도 기억에 많이 남고요, 1986년 처음 데뷔앨범을 내고 나서 했던 공연도 기억에 많이 남아요. 우리 음악을 이렇게 많은 분들이 좋아했었나 하는 느낌이 들었던 게 지금도 생각납니다.

진중권 기억에 남는 공연이라는 건 역시 대중의 호응이 뜨거운 공연들인가요?

신대철 그런 것도 있지만 반응이 너무 없어서 기억에 남는 공연도 있어요. 처음 시나위라는 이름으로 공연했을 때 관객이 다섯명이었거든요. 그때 우리 밴드가 다섯명이었어요. (둘 다 웃음) 그 공연도 기억에 많이 남아요.

진중권 1집의 「크게 라디오를 켜고」가 크게 히트하면서 일찍 스타가 되었지만 돈은 못 버셨다고 들었는데요, 그때부터 음반산업에 문제가 많았던 것 같습니다.

「크게 라디오를 켜고」
시나위 1집 「Heavy Metal Sinawe」 수록.

신대철 네. 데뷔앨범이 나오고 크게 성공한 케이스였는데, 왜 인세를 안 주느냐고 물었더니 인세가 없다는 거예요. 계약서도 없어요. 앨범을 제작한 음반사 사장님이 전근대적인 방식으로 회사를 운영한 거죠. 나중에 2집도 하자고 하시길래 인세도 안 주는데 어떻게 하느냐고 했더니 차를 한대 사주겠다고… (웃음) 그래서 뭐 벤츠라도 사주는 줄 알았더니 조그만 신형차를 사준다고 하더라고요. (웃음)

진중권 그럼 그냥 음반 내준 것밖에 없는 거잖아요.

신대철 그렇죠. 음반 내줘서 유명해졌으니 먹고사는 건 알아서 하라는 거예요. 당시에는 음반사에서 음반을 내면 가수들은 음반을 발판으로 밤무대 나가서 돈을 버는 구조였죠.

진중권 인터뷰집 『뛰는 개가 행복하다』에서도 음악을 하려는 젊은 학생들에게 계약서를 잘 쓰라는 충고를 하셨던데요.

신대철 계약서가 중요하거든요. 제가 실용음악과에서 꽤 오랫동안 강의를 했는데, 가끔 학생들이 "선생님, 계약했어요!" 하면서 자랑스럽게 계약서를 보여주는데 들여다보면 완전 노예계약인 거예요. 그런데 그게 왜 노예계약서인지도 모르는 학생들이 너무 많습니다. 그래서 학생들한테 누가 계약서를 들이밀면 좋다고 싸인하지 말고 우선 나한테 가져오면 변호사한테 보여주겠다고 했죠. 한 사람 인생이 계약서 한장으로 10년 이상 망가지기도 하거든요.

진중권 시나위라고 하면 한길만 걸어간 외골수 같은 이미지가 있지만, 밴드의 역사를 보면 무척 다양한 실험을 했습니다. 초기의 하드록, 헤비메탈에서 싸이키델릭, 블루스를 거쳐서 6집에서는 당시 최신 조류였던 그런지 스타일도 보여줬고요. 새로운 음악적 조류에 대한 거부감은 없는 것 같습니다.

신대철 없어요. 음악은 계속 진화하잖아요. 클래식에서도 바로크 시대 음악은 신의 완벽함을 표현하는 것이었기 때문에 철저하게 수학적이어야 했죠. 그런데 시대가 변하면서 다 깨졌잖아요. 클래식 화성에서는 병행 8도, 병행 5도는 쓰면 안 된다고 했는데 지금은 흔하게 쓰고 있고요. 요즘도 음악을 듣다보면 이런 것도 되는구나 하고 새로운 걸 발견하게 됩니다. 예전에 없었던 문법이 계속 생겨나고 있어요. 만약 제가 지금까지도 1980년대 스타일을 고수하고 있다면 사람들이 욕할 거예요. 아직도 저걸 하고 있느냐고. 새로운 걸 받아

시나위 6집 『Blue Baby』(1997)

들이고 새로운 문법을 찾아내고 새로운 걸 만들어내는 게 의미가
있다고 생각합니다.

시나위를 거쳐간 인물들

진중권 임재범, 김종서, 김바다 등 당대 최고라고 할 보컬들이 시나위를 거
쳐갔습니다. 그런데 밴드에서 보컬이 자주 바뀐다는 건 치명적인
일 아닌가요?

신대철 사실 그게 안타까워요. 저희가 워낙 장르음악에 몰두하다보니까
멤버들의 생계를 챙겨주는 게 어려웠거든요. 어렸을 때는 견딜 수

있지만 나이가 들어가면서는 마땅히 먹고살 방법이 없으니까 멤버교체가 잦아질 수밖에 없었죠. 그런 경제적인 문제도 있고, 또 지금 생각해보면 제가 참 못됐던 것 같아요. 누가 뭐라고 하면 "알았어, 나가" 그러기도 했고. (웃음)

진중권 보컬에 따라 밴드의 색깔이 크게 좌지우지되는 면이 있는데, 신대철씨가 생각하기에 가장 시나위다운 보컬은 누구였다고 보십니까?

신대철 임재범씨, 김종서씨, 김바다씨 모두 당대의 내로라하는 보컬리스트였죠. 각자 당시의 시대상황에 맞게 최선을 다한 것 같아요. 물론 그 사람의 색깔이나 성향에 따라서 변화는 있었던 것 같아요. 그 사람들이 바꾸는 것보다 제가 바꾸는 게 편하니까요. (웃음)

진중권 보컬은 자주 바뀌었지만 시나위의 정체성을 지키는 것은 나였다, 이렇게 답하실 줄 알았는데. (둘 다 웃음) 본인이 직접 노래를 해야겠다는 생각은 안 하셨나요?

신대철 생각한 적은 있어요. 그런데 제가 노래를 잘 못 해서 일찍이 포기했죠. 노래 잘하는 사람들 보면 부러울 때도 있어요. 제가 노래를 잘했으면 기타를 안 쳤을지도 몰라요.

진중권 시나위를 거쳐간 보컬 중에서도 임재범씨를 만난 일화가 아주 독특하던데요.

신대철 임재범씨와는 고등학교 동창이죠. 저는 문과였고 임재범씨는 이과여서 건물이 달랐어요. 임재범이라는 친구가 노래를 엄청 잘한다는 소문만 들었고 얼굴은 몰랐죠. 그러다 나중에 시나위를 만든 뒤에 본격적으로 활동을 준비하던 때였는데, 이태원의 록월드라는 상설공연장 대기실에서 혼자 연습하고 있는데 처음 보는 사람이 쓱 들어와서 제 앞에 앉더라고요. 다른 밴드 멤버인가보다 했죠. 해가 어둑어둑해질 때 「레인보우 아이즈」Rainbow Eyes라는 곡을 연주하는데, 그 사람이 기타에 맞춰서 노래를 부르는 거예요. 그런데 너무 잘하는 거죠. 노래가 끝나고 한동안 정적이 쫙… (둘 다 웃음) 그래서 같이 나가서 조그만 슈퍼에서 소주 한병하고 삶은 달걀 까놓고 얘기를 시작했어요. 어디서 뭐 하시는 분입니까, 물어보니까 갑자기 이 사람이 "대철아, 나 모르겠니? 나 임재범이야" 이러는 거예요. (웃음) 그날로 바로 의기투합했죠.

진중권 임재범씨는 거기 공연하러 왔던 건가요?

신대철 아니요, 그냥 온 거예요. 지금 생각해보면 아마도 저를 찾아온 것 같아요. 그래서 오디션 아닌 오디션이 돼버린 거죠. 그래서 그뒤로 같이 활동하면서 1집을 녹음했고요.

진중권 아무튼 이분도 개성이 엄청난 분이잖아요. 많이 충돌하셨을 것 같은데. 공연 잡아났는데 갑자기 군에 입대했다는 일화도 있던데요.

신대철 아, 그게 좀 황당한 기억이죠. 앨범 나오고 석달쯤 됐었나, 매니저가 와서 이번 달 스케줄을 브리핑하는데 갑자기 할 얘기가 있다는 거예요. 뭐냐고 물었더니 "나 내일 군대 가"라고… (둘 다 웃음) 그러고 진짜 가더라고요. 난리가 났죠. 지금 생각해보면 말도 안 되는 일이지만. (웃음)

진중권 보컬이 빠지면 타격이 크지 않습니까?

신대철 타격이 크죠. 그래서 급하게 주위의 다른 노래하는 친구를 섭외해야 했어요.

진중권 시나위의 곡은 거의 대부분 신대철 작사 작곡으로 알고 있는데, 임재범씨랑 작곡한 곡도 있더라고요.

신대철 제가 대부분 작곡한 것은 아니고요, 공동작곡이 많이 있어요. 임재범씨와 같이 만든 곡도 꽤 많고요. 당시에는 밴드들이 공동작곡을 많이 하고 또 즐겼어요. 밴드들이 잼을 하다보면 즉흥적으로 생각나는 것들이 있거든요. 요즘은 공동작곡이라고 하면 저작권 지분을 따지는 경우가 많은데 그때는 그러진 않았습니다. 그냥 5 대 5 로 나눴죠. 물론 혼자서 만든 곡도 있지만, 밴드의 장점이 혼자 만드는 음악과는 다른 걸 만들어낼 수 있다는 점인 것 같아요. 다른 데서 느낄 수 없는 희열이 있죠.

진중권 각 멤버들이 다른 사람이 낼 수 없는 아이디어를 내서 그게 합을 이뤘을 때죠.

신대철 그럴 때가 밴드가 아주 잘됐을 때죠. 그렇게 안 됐을 때는 싸움 나죠. 욕하고. (웃음)

진중권 4집에서 서태지를 만났습니다. 고등학생인 서태지의 재능을 첫눈에 알아보고 베이시스트로 기용하셨는데, 연주를 그렇게 잘했나요?

신대철 재능이 보였어요. 연습하는 걸 우연히 봤는데 자꾸 눈길이 가더라고요. 호기심이 생겨서 연습 끝나고 물어왔더니 나이가 굉장히 어려요. 고등학생인데 머리를 어떻게 기르고 다니느냐고 했더니 학교는 그만뒀다고 하고요. 그때부터 알게 돼서 같이 한번 해보자고 제안을 했죠. 남다른 센스가 있었던 것 같아요. 처음에는 몰랐는데 나중에 보니까 춤을 또 그렇게 잘 추더라고요. 깜짝 놀랐어요.

진중권 서태지가 시나위를 떠난 이유가 또 대단하던데요. (웃음)

신대철 우리가 연습하던 곳 바로 위층에 담뱃가게가 있었어요. 서태지한 테 담배 한갑만 사오라 했더니 이 친구가 나가서 안 들어오는 거예 요. 한참 있다가 들어오긴 했는데 담배를 안 사왔어요. 그래서 어 디 갔다 왔냐고 물었는데 얘기를 안 해요. '얘가 왜 담배를 안 사오 지?' 하고는 제가 가서 사왔죠. (웃음) 그 이후에 시간이 한참 지나 서 갑자기 팀에서 나가겠다고 그러길래 이유가 뭐냐고 물었더니, 자기 아버지도 안 시키는 담배 심부름을 내가 시켰다는 거예요. 그 래서 "그래, 잘 가라" 하고 보냈죠. (둘 다 웃음)

진중권 서태지가 음악적으로도 혁명적이었지만 담배 심부름에도 반기를 들었었군요. (웃음) 비슷한 시기에 시나위에서 나간 김종서와 서태 지는 엄청난 대중적 성공을 거뒀습니다. 김종서씨는 예능에도 많 이 나오고, 서태지씨는 말할 것도 없고요. 같이했던 사람이 나가서 잘되면 만감이 교차하지 않나요? 붙잡아놨어야 하나 싶기도 하고.

신대철 솔직히 말하자면 부럽다는 생각을 했던 적도 있어요.

「은퇴선언」
시나위 6집 「Blue Baby」 수록.

진중권 시나위 6집의 「은퇴선언」이란 곡의 가사가 참 재미있는데, 서태지를 풍자하는 노래잖아요.

"어제 나는 은퇴했었지 / 수많은 사람들이 모인 자리에서 / 난 눈물 흘렸었지 / 나의 연극 (너를 위한 무대) / 너는 관객 (나를 위한 성공) / 나의 연출 (너를 위한 이별) / 너의 동의 / 멋진 말들로 연설을 했었지 / 젖은 눈으로 기다림을 약속하면서." 이 곡 때문에 서태지 팬들에게 상당한 공격을 받았다고요.

신대철   생명의 위협까지 느꼈어요. 한번은 편지가 엄청나게 온 거예요. 팬레터인 줄 알고 드디어 성공했구나, (둘 다 웃음) 그러고 열어봤더니 혈서가 있질 않나, '너 죽는다'부터 시작해서 개새끼 소새끼, 이런 내용으로 가득 찬 편지들이 엄청나게 와 있더라고요. 또 한번은 공연을 하는데 뒤에 고등학생쯤 되는 여학생들 한 무리가 교복을 입고 피켓을 들고 서 있는 거예요. 와, 우리에게 오빠부대가 저렇게 많았구나, 하다 자세히 보니까 그게 아닌 거예요. (둘 다 웃음) 굉장히 공격을 많이 받았죠.

진중권   저도 비슷한 경험이 있는데, 축구선수 기성용씨가 쎄리머니를 잘못해서 문제가 있었을 때 제가 코멘트를 한마디 했거든요. 그랬더니 여고생들이 트위터에 들어와서 오십 먹은 아저씨한테 "야, 인마, 네가 뭔데 우리 오빠 욕해." (둘 다 웃음)

음악의 미래를 위해

진중권 후배 뮤지션들과도 꾸준히 교류하시는 것으로 알고 있는데요, 인터뷰에서 마음에 드는 후배 뮤지션이 있는지 물었더니 관심 있는 사람이 없다고 잘라 말씀하셨더라고요. (웃음) 지금 록밴드를 하는 후배들 상황은 어떻습니까. 신대철씨가 걸어온 그 길을 후배들도 따라 걸어야 할 텐데요.

신대철 안타까운 게 많죠. 저희 세대는 나름대로 영광을 누렸어요. 그런데 지금 세대는 그러기가 힘들죠. 텔레비전 오디션 프로그램처럼 특별하게 만들어진 기회가 아니면 본인의 존재를 알리기조차 어렵고요. 또 음악이 히트를 쳐도 수익으로 연결되기까지 난관이 많죠. 안타까운 경우를 많이 봅니다.

진중권 후배 뮤지션 중에서 내 취향은 아니지만 기량이 탄탄하다 싶은 후배는 없나요?

신대철 굉장히 많죠. 제가 몇년 전에 「톱밴드」라는 프로그램에서 심사위원을 하면서 깜짝 놀랐어요. 어떻게 이런 표현을 할 수 있을까 싶을 만큼 놀라운 발상을 보여주는 밴드가 많거든요. 그게 무엇인지 아는 사람들이 얘길 해줘야 하는데 그냥 지나치는 경우가 많습니다. 그래서 그런 밴드들이 잘 부각되지 못하고 일종의 또라이처럼 취급받고 말아요. (웃음) 그런 걸 보면 백남준 선생 같은 분이 한국에 계속 계셨으면 어떻게 됐을까 싶어요.

진중권 이름이 없었겠죠. (웃음)

신대철 또라이 하나 있다, 이런 정도였을 거예요.

진중권 저도 가끔 가다 씨니컬하게 얘기하거든요. 사람들이 자꾸 백남준을 한국이 낳은 천재적인 예술가라고 하는데, 맞아요. 한국이 낳았죠. 낳기만 했죠. (둘 다 웃음) 저도 오디션 프로그램을 보면 한편으로는 새로운 재능을 발견하는 즐거움도 있지만 다른 한편으로는 경쟁을 보는 게 무척 불편합니다.

신대철 저도 불편해요. 다른 방법도 있으면 좋겠는데. 오디션 프로그램의 장점이 실력 있는 사람들을 모아서 한번에 볼 수 있다는 거잖아요. 그래서 재능 있는 사람들이 두각을 나타낼 수 있고, 미처 발견하지 못한 사람을 재발견할 수도 있고요. 그런데 한편으로는 소위 '악마의 편집'에 희생당하는 친구들도 있죠. 안타까워요.

진중권 마치 뮤지션들을 원형경기장에 모아놓고 황제가 손가락 하나로 생사를 가르는 것 같아서 불편한 느낌이 있죠. 그래도 그런 프로그램을 보면서 실력 있는 사람들이 이렇게 많구나 하는 생각도 합니다.

어떻게 이런 표현을 할 수 있을까 싶을 만큼
놀라운 발상을 보여주는 밴드가 많거든요.
그게 무엇인지 아는 사람들이 얘길 해줘야 하는데
그냥 지나치는 경우가 많습니다.

그런데 최근에는 인디밴드 붐도 시들한 것 같아요. 홍대 자체가 시들한 것 같기도 하고.

신대철 홍대가 각종 유흥산업들이 들어오다보니까 임대료 등의 조건이 너무 안 좋아졌어요. 어려워진 클럽도 생기고 문 닫는 곳도 생기고. 클럽들도 음향장비나 조명 등에 계속 재투자를 해야 하는데, 제반 환경이 어려워지니까 그러기는커녕 출연자들에게 정산도 제대로 못 하는 경우도 있죠. 악순환인 것 같아요.

진중권 공연 인프라도 그렇죠. 한때 록 페스티벌 열풍이 불기도 했는데 요즘은 다시 식은 것 같기도 합니다. 미국이나 일본은 지방에도 공연시설이 잘 갖춰져 있어서 지방 음악 씬도 탄탄하지 않습니까. 우리나라는 그렇지 않죠.

신대철 그렇죠. 우리나라는 언더그라운드 씬이라고 하면 홍대밖에 없어요. 지방 대도시에 가면 클럽이 몇군데 있긴 한데 정말 열악하고요. 홍대의 제일 후진 클럽도 지방의 가장 좋은 클럽보다 더 나은 정도죠. 지방에서 열심히 음악 하면서 음악가로서 자립하고자 하는 열망이 있는 친구들도 있지만 현실적으로 힘들어하는 것 같습니다. 실마리가 잘 안 풀리는 일이에요.

진중권 조금 큰 질문이지만, 한국 음악시장의 미래를 위해서 생산자와 소비자가 각자의 위치에서 생각해야 할 점들이 있을 것 같습니다. 신대철씨가 당부하고 싶은 게 있다면 무엇인지.

신대철 굉장히 거대한 얘기네요. (웃음) 무엇보다 한국사회가 저작권에 대한 인식이 부족한 것 같아요. 독일의 경우는 저작권 문제에 아주 민감해서 P2P 사이트에서 콘텐츠를 다운받는 사람도 처벌한다고 하더라고요. 근데 독일 통계를 보니 10건 중에 8건이 한국 유학생이래요. (둘 다 웃음) 진 교수님이 쓴 책을 오늘 출판했는데 내일 복제해서 배포하고 있으면 화가 나지 않겠습니까.

진중권 실제로 그런 경우가 있었습니다. 소송을 걸까 하다가 말았는데. (웃음)

신대철 불법시장은 항상 존재해왔죠. 예전에도 있었고 앞으로도 있을 거예요. 계속 해결해나가야 할 문제입니다. 내가 남의 권리를 보호해주지 않는데 내 권리를 침해당했을 때 보호해달라고 할 수 있을까요. 그런 인식만 달라지면 지금보다 좋은 환경이 되지 않을까 해요. 지금 가장 안타까운 건 합법적인 시장에서조차 음악이 제대로 된 가격을 받지 못하고 불합리하게 덤핑으로 유통되고 있다는 건데, 이 문제를 계속적으로 사람들에게 알려나가다보면 좋은 환경이 되지 않겠나 하는 생각을 하고 있습니다.

진중권 음악을 덤핑된 가격으로 사서 들으면 결국 덤핑 음악만 듣게 되는 거거든요. 제대로 된 값을 주고 들어야 나중에 듣는 음악의 질도 높아진다는 생각을 가져야 할 것 같습니다. 오랜 시간 감사합니다. 가장 최근에 낸 시나위의 씽글이 2014년 3월에 나온 『밤이 늦었어』입니다. 시나위는 언제 다시 돌아올까요?

신대철 준비는 하고 있는데, 제가 지금 바른음악협동조합을 하고 있는 건지 음악을 하고 있는 건지 모를 때가 있어서… 바른음악협동조합 활동은 정말 음악을 하고 싶어서, 음악을 잘할 수 있는 환경을 만들어보자는 뜻으로 시작한 건데 그것 때문에 시나위 활동을 못 하게 되고. (웃음) 모르겠습니다. 조만간 앨범이 됐든 씽글이 됐든 발표를 하고 싶어요.

인터넷을 통해 우연히 신대철·김도균·김태원이 함께 만나 합주를 하는
2011년의 영상을 뒤늦게 보게 되었다. 그 만남의 과정을 기록한 영상은
세 사람이 작곡을 하는 과정을 보여주는 것으로 시작한다.
김도균이 노트북과 스마트폰으로 곡을 만들고,
김태원은 떠오르는 악상을 아날로그 녹음기에 녹음한다면,
신대철은 연필로 오선지를 꾹꾹 눌러가며 음표를 그리고 있다.
'스피릿 오브 밴드'라는 이름으로 이루어진 3인의 즉흥연주는 누구 말대로 이들이
괜히 전설이 아니라는 것을 보여준다. 합주를 하기 전에 3인은 이례적으로
각각 다른 그룹의 곡을 교차해 연주했는데, 이때 김도균은 부활의 「희야」,
김태원은 시나위의 「그대 앞에 난 촛불이어라」, 그리고 신대철은 백두산의
「업 인 더 스카이」를 골랐다. 원래 이 노래를 불렀던 백두산의 보컬 유현상은
후에 트로트로 전향함으로서 많은 사람을 놀라게 한 바 있다.
최근 신대철은 이에 대해 "배신감을 느꼈다"고 토로하면서도
"하지만 어쩔 수 없는 선택"이었을 것이라며 안타까움을 드러냈다.
1980년대 시나위, 부활, 백두산의 화려한 시절을 기억하는 이들이라면,
그 이후에 한국의 대중음악에 무슨 발전이 있었는지 회의할지도 모르겠다.
외국에서라면 록의 전설이 굳이 트로트 가수나 '국민 할매'가 되지 않았어도
될 것이다. 그가 '바른음원협동조합'을 시작한 것은 아마 이 때문일 것이다.
그가 끝까지 록의 '전설'로 남아줘서 고맙다. 그에게 감사해야 할 일이 또 하나 있다.
여러 정당의 당사가 모여 있는 여의도 거리에는 아직도 '콜트콜텍'이라는
이름의 천막이 세워져 있다. 2007년에 해고당한 기타 제조사 콜트악기 노동자들의
농성장이다. 그는 3년 전부터 연대의 콘서트를 통해 이들의 싸움에 동참해왔다.
3년 전 별생각 없이 어느 공연에 출연 약속을 했다가,
공연의 주최자가 노동자를 해고한 회사임을 뒤늦게 알았으나
이미 체결된 계약을 취소할 수 없어 출연을 강행한 것이 계기였다.
그 일이 해고노동자들에게 주었을 상처를 만회하기 위해 시작한 일이라 한다.
그의 음악은 이렇게 기타에 대한 관심만이 아니라
그것을 만드는 이들에 대한 관심까지 품는다.

O U T R O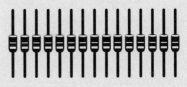

1997	차이꼽스끼 국제 청소년 콩쿠르 최연소 2위
2004	금호음악인상 수상
2006	한국예술종합학교 졸업
2011	차이꼽스끼 국제 콩쿠르 준우승 및
	모차르트 협주곡 최고연주상, 위촉작품 최고연주상 수상
2012	난파음악상 수상
2014	문화체육관광부 '오늘의 젊은 예술가상' 수상
2015	『하노버에서 온 음악 편지』 출간

음반

2004	『Chopin Etudes』
2008	『Chopin: Nocturnes For Piano And Strings』
2009	『Harmonia Mundi presents Yeol Eum Son』
2012	『Yeol Eum Son: Piano』
2016	『Modern Times』

냉정과 열정 사이   손열음

INTRO

이 자리가 마련되기 직전에 마침 잡지 『여성중앙』을 위해
그를 인터뷰할 기회가 있었다. 화보 촬영을 위해 밝은 옷으로 갈아입고
나타난 그녀는 다른 세상에 살다가 온 요정 같았다.
누구라도 그와 몇마디 말을 섞어보면, 소녀 같은 천진난만한 용모와 언어 뒤에서
빼어난 음악적 감수성과 넘치는 지적 호기심이 조용히,
그러나 강렬하게 발산되는 것을 느낄 수 있을 것이다.
인터뷰를 위해 유튜브를 뒤져 연주 영상들을 찾아보고,
그의 첫 책인 『하노버에서 온 음악 편지』도 따로 구입해 읽었다.
『중앙SUNDAY』에 연재했던 칼럼들을 묶은 책인데,
읽어보면 문체에 대한 감각 역시 보통이 아니라는 것을 금방 알 수 있다.
출간기념회에서 그는 이렇게 말했다고 한다.
"글쓰기에서 최고의 영감은 마감시간인 것 같아요."
이 비밀을 알아차리다니, 글쓰기에도 벌써 이력이 생긴 모양이다.
열한살의 어린 나이로 혼자 모스끄바행 비행기를 타고,
언젠가 토마스 아퀴나스Thomas Aquinas의 『신학대전』을 읽고 싶다고 말하는
이 당찬 '소녀'와 며칠 만에 다시 마주 앉았다.

진중권 손열음씨는 2011년 차이꼽스끼 국제 콩쿠르 등 세계적인 콩쿠르에서 뛰어난 성과를 거둔 한국의 대표적인 피아니스트입니다. 손열음 씨를 더욱 유명하게 만들어준 사실 중 하나가 순수 국내파라는 점인데요, 원주에서 자라신 것으로 알고 있습니다. 여섯살 때부터 서울을 오가면서 피아노를 배우기 시작했는데, 손열음씨의 재능을 제일 먼저 발견한 게 누구인가요?

2011년 차이꼽스끼 국제 콩쿠르 실황 영상. 까뿌스찐의 변주곡 Op. 41을 연주하는 모습.

손열음 원주의 피아노학원 선생님이 제가 절대음감이 있는 걸 보고 권하셨어요. 선생님도 절대음감을 본 적이 없었는데 제가 가지고 있으니까 신기하게 보셨고, 제가 진도가 무척 빠르니까 1년을 가르치다가 서울에 있는 아는 선생님께 저를 소개해주셨어요. 그분도 가르치다가 본인의 스승님께 저를 소개해주셨고요. 그분이 김용숙 선생님이었고 그다음이 김경록 선생님, 그리고 김경록 선생님의 스승이신 이남주 선생님께 배웠어요. 초등학교 6학년부터는 김대진 선생님께 배웠고요.

진중권 클래식에도 여러가지 악기가 있는데 그중에서 피아노를 치게 된 특별한 이유가 있었나요?

손열음 특별한 이유는 없었어요. 집에 어머니가 쓰시던 피아노가 한대 있어서 제가 잘 갖고 놀았거든요. 제가 워낙에 하나를 시작하면 다른 데 눈을 잘 안 돌리는 성격이에요. 식당도 한군데 다니면 다른 데는 잘 안 갈 정도로요. 그래서 다른 악기는 생각해보지 못했습니다. 실은 바이올린을 너무 좋아해서 초등학교 5, 6학년 때는 바이올린을 하고 싶었는데 기회가 안 됐어요.

진중권 상상해보신 적은 있어요? 피아노가 아니라 바이올린을 했으면 어 땠을지.

손열음 바이올린을 배웠으면 정말 못했을 것 같아요. (웃음) 제 생각에 바이올리니스트는 집요하고 치밀한 성격이 있어야 하는데 저는 독한 것과는 거리가 멀거든요.

진중권 그런데도 바이올린을 좋아하는 이유가 뭔가요?

손열음 가장 본능적이고 원초적인 악기라고 해야 하나, 그래서 확 와닿는 느낌이 있어요. 피아노는 사실 이지적인 악기잖아요. 그런데 바이올린은 직접적으로 얘기하는 느낌이 나서 좋아해요.

진중권 성악은 어때요?

손열음 너무 좋아하죠. 모든 기악 연주자는 노래처럼 연주하는 게 꿈이거든요.

진중권 칸타빌레cantabile, 노래하듯이네요. (웃음) 어머님의 인터뷰를 보니 손열음씨의 재능을 언제 처음 알았느냐는 질문에 아주 어릴 때 친지 결혼식에서 바그너의 음악을 듣고 슬프다고 했을 때라고 하셨더라고요.

손열음 그때가 말을 할락 말락 할 때였던 것 같아요. 신부입장 할 때 나오는 「결혼행진곡」 있잖아요. 그게 바그너의 오페라에 나오는 곡인데 스토리상 슬픈 곡이에요. 그걸 듣고 제가 슬프다는 말을 했다고 하더라고요. 저는 당연히 기억이 안 나는데. (웃음)

바그너의 오페라 「로엔그린」
제3막 중 「결혼행진곡」.

진중권 기억이 날 나이가 아니잖아요. 최초의 기억이 네살 무렵에 시작한다고 하니까요. 그럼 본인 스스로 음악에 재능이 있다고 느낀 건

216

언제인가요?

손열음 곰곰이 따져보면 꽤 늦었던 것 같아요. 저는 예술중학교를 안 나오고 원주에서 일반 학교를 다녔기 때문에 제가 뭘 어떻게 하고 있는지도 몰랐거든요. 심지어 초등학교 저학년 때는 국내 콩쿠르에 나가면 맨날 떨어지니까 재능이 없는 줄 알았어요. 그러다 중학교 입학과 동시에 한국예술종합학교 예비학교에 들어가보니까 내가 못하는 것 같진 않다 싶었고, 대학교에 입학해서 제가 남들보다 악보를 빨리 본다는 걸 알고는 그때 처음 느꼈어요.

진중권 동네 피아노학원에서 감당할 수 있는 수준이 아니라는 건 아주 어릴 때 이미 드러났잖아요. 그런데도 자기 재능을 몰랐던 거군요.

손열음 너무 어려워서 미치겠다, 안된다, 이런 느낌이 없기는 했어요. 그래도 저는 다들 저보다 잘 치는 줄 알았죠. (둘 다 웃음)

진중권 장자끄 루쏘Jean-Jacques Rousseau가 어렸을 때 온갖 언어를 다 배웠다고 합니다. 자기 집에 수많은 사람들이 드나들었는데 어떤 이는 영어, 어떤 이는 프랑스어, 어떤 이는 독일어를 말하니까 모든 사람들이 자기만의 언어를 갖고 있는 줄 알았다고 해요. 마찬가지로 열음씨도 모든 사람이 다 자기 정도는 치는 줄 알았던 건가요. (웃음)

차이꼽스끼 콩쿠르에서 최연소 2위를 하다

진중권 1997년 초등학교 5학년 때 차이꼽스끼 국제 청소년 콩쿠르에서 최연소 2위를 했습니다. 해외 콩쿠르에 나갈 생각은 어떻게 하셨어요?

손열음 엄마의 지론이 무조건 선생님의 말을 따르는 거라서, 뭐든지 선생님이 하라고 하면 하고 하지 말라고 하면 안 했어요. 그래서 이남주 선생님이 나가라고 하시니까 집안 형편이 안 좋았는데도 굉장히 무리를 해서 나갔죠. (웃음)

진중권 어렸을 때 국내 콩쿠르에서 매번 낙방하다가 세계적인 콩쿠르에서 인정받은 거잖아요. 이해가 잘 안 됩니다. 국내 콩쿠르가 문제가 있는 거 아닐까요? (손열음 웃음)

손열음 잘 모르겠지만 국내 콩쿠르는 많이 하는 레퍼토리나 틀에 박힌 방향이 있었던 것 같아요. 저는 그런 식으로 공부하진 않았거든요.

진중권 다른 참가자들도 많이 보셨을 텐데, 느낌이 어땠어요? 전세계에서 내로라하는 사람들이 다 온 거잖아요.

손열음 솔직히 아무 느낌이 없었어요. 나랑 완전히 다른 애들이라고 생각했거든요. 누가 1등 하러 나왔다, 모스끄바에서 누가 나왔다, 이런 얘기를 들어도 저랑 아무 상관 없는 얘기라고 생각했고요. 저는 정말 참가에 의의를 두고 온 거였으니까요. (웃음)

진중권 그런데 덜컥 2위를 하셨습니다.

손열음 그때도 발표하는 분이 제 이름을 잘 발음하지 못해서 잘 못 알아들었어요. 이상하게 들리겠지만 정말 아무 느낌이 없었어요. 콩쿠르에 나가면 늘 떨어졌었으니까, 그때도 왜 1차에서 안 떨어지고 2차에서 안 떨어지고 3차까지 가는지 전혀 이해를 못 했어요. 그런데 그 생각은 나요. 2등이 저랑 공동이었는데 저는 저랑 같이 2등 한 친구가 1등보다 더 잘 치지 않았나 해서 이상하다고 생각했거든요. (웃음)

진중권 그후에 수많은 콩쿠르에서 입상을 했죠. 반면 「콩쿠르에 목숨 거는 사회」라는 글에서는 콩쿠르의 장단점에 대해서 말씀하셨습니다. 콩쿠르라는 것이 굉장히 중요한 제도이긴 하지만 콩쿠르에 안 나갔다거나 상을 못 받았다 하더라도 훌륭한 연주자가 있을 수 있는 거잖아요.

> "스포츠는 최소한 누가 이기는지, 누가 먼저 결승 지점에 도착하는지, 그도 아니면 어떤 경우에 가산점과 어떤 감점을 받는지 모두의 눈으로 확인할 수 있지만, 이 세계는 당연히 그 기준조차 없다. (···) 그래서 종종 그 누구의 비위도 건드리지 않은 가장 안전한 연주를 한 사람이 우승자가 되는 것이다. 콩쿠르 우승자와 예술성은 거리가 멀다는 통설이 여기서 나온다."
>
> 「하노버에서 온 음악 편지」 중에서

손열음 충분히 그럴 수 있죠. 사실 콩쿠르의 폐단이 커요. 자로 재는 것처럼 등수를 매길 수 있는 게 아닌데 순위를 정해야 하니까, 0에서 시작해서 마음에 드는 것 하나씩 1점을 주고 2점을 주고 해서 점수를 가장 많이 얻은 사람이 상을 탄다기보다 10에서 시작해서 하나씩 깎아내리는 거예요. 그래서 가장 무난하게 연주해서 감점이 적은 사람이 높은 점수를 얻는 일이 많아요. 예술성과 상반된 결과가 나올 수 있는 거죠.

진중권 안전하게, 몸을 사려야 하는 거죠. (웃음)

손열음 네, 정말 정답. (웃음) 그래도 저는 콩쿠르의 순기능도 많다고 보는 사람이에요. 제가 어렸을 때 콩쿠르에 나갔던 게 좋은 기억으로 남아 있기 때문인데요, 콩쿠르에서 떨어지고 나서 편한 마음으로 다른 친구들의 연주를 관람하는 게 정말 재미있었거든요. 그렇게 많은 사람들이 필사적으로 준비해서 연주하는 걸 비교해서 들을 기회가 흔치 않잖아요.

진중권 차이꼽스끼 콩쿠르에서 4위에 오른 바이올리니스트 클라라 주미 강 씨의 인터뷰를 보면 연주할 기회가 없어서 콩쿠르에 나갔다는 얘기가 나오거든요. 콩쿠르에서 입상을 할 정도면 엄청난 실력자일 텐데 그렇게 연주 기회가 드문가요?

손열음 그런 경우가 종종 있죠. 전문 연주자로 활동하려면 표를 팔 수 있
는 정도의 인지도가 필요한데, 티켓파워가 들쭉날쭉하거나 아직
이름이 덜 알려진 연주자들은 콩쿠르로 기회를 얻으려는 경우가
종종 있어요.

진중권 그런데 손열음씨는 더이상 콩쿠르에 나가지 않을 생각이라고 들었
거든요. 다 이루었노라, 이런 겁니까? 예수님처럼? (웃음)

손열음 그건 아니지만, 어렸을 때부터 콩쿠르에 많이 나갔고 꿈의 대회였
던 차이꼽스끼 콩쿠르에도 나갔기 때문에 더이상 나가고 싶은 욕
심이 없어요.

손열음을 만든 사람들

진중권 지금의 손열음이 있기까지 지대한 공헌을 하신 분들이 있습니다.
김대진 선생님과 아리에 바르디Arie Vardi, 그리고 어머니죠. 어머니는
올해(2015년) '예술가의 장한 어머니상'을 받으셨습니다. 음악은 본
인의 노력과 재능도 필요하지만 부모님의 희생이 적지 않은 역할
을 하는데, 부모님이 어떠셨는지 참 궁금해요.

손열음 저희 어머니는 정말 독특하신 것 같아요. 굉장히 방임형이거든요. 요즘도 제가 어디 있는지 잘 모르실 정도예요. 어렸을 때부터 저를 동등한 인격체로 존중해주셨던 것 같아요. 부모라고 해서 본인의 의지대로 끌고 다니지도 않으셨고요. 축복이었죠. 음악계나 예술계에는 아주 열성적인 부모님이 많은데 저희 부모님은 전혀 그렇지 않았습니다. 다만 그런 건 있었어요. '하루에 정해진 양만큼 못할 거면 그냥 하지 마라.' (웃음)

진중권 여러 선생님들 중에서도 특히 아리에 바르디 선생님은 음악적으로 꿈을 이뤘다고 말할 정도로 큰 영향을 받으셨다고요. 어떻게 알게 되셨나요?

손열음과 아리에 바르디의 협연. 모차르트 「네 손을 위한 알레그로 G장조, K.357」.

손열음 워낙 유명한 선생님이세요. 제가 유학을 어디로 갈까 고민을 많이 했고 김대진 선생님도 어디로 가고 싶으냐고 많이 물으셨는데, 그분이 제일 유명하니까 뭔가 있겠지 하면서 찾아갔어요. 대학교 3학년 때 가서 레슨을 했는데, 10분 만에 완전히 반했어요. 그래서 무조건 이분한테 배워야겠다 생각하고 어렵사리 말을 꺼냈더니 너무 좋다고 하셔서 대학을 졸업하고 가게 됐습니다. 2006년 2월에 졸업하고 9월에 입학을 했어요.

진중권 그때 처음 받은 레슨이 어땠는지 궁금한데요.

손열음 여름에 선생님이 하시는 마스터클래스 과정에서 네다섯번 정도 레슨을 받았는데, 그때 내용은 제가 영화로 만들라고 해도 만들 수 있을 정도로 정말 생생하게 기억해요. 저는 그때 제 음악의 당위성을 찾고 싶었다고 해야 하나, 제가 이 부분은 크게 할 수도 있고 작게 할 수도 있고, 작곡가가 작게 하라고 써놨으면 사실 작게 하면 그만이지만 무엇 때문에 작아야 하는지 그런 이유들을 찾고 싶었거든요. 그런 의문에 대해서 논리적이고 구조적으로 접근하는 걸 접해보지 못해서 누군가 이걸 나한테 설명해주고 접근방식을 알려줬으면 좋겠다는 생각을 어렴풋이 가지고 있었는데, 그분이 완전히 그런 분이신 거예요. 그래서 어떻게 이렇게 꿈에 그리던 분이 있을 수 있을까 싶었어요.

진중권 음악에 대한 생각을 명료하게 만들어주는 거죠. 그걸 그분이 딱 해주시니까 마치 내 표현을 얻은 것 같은 느낌이 들고요.

손열음 네, 맞아요.

진중권 음악교육에 대한 생각은 어떠세요? 지금 대관령국제음악제의 멘토 프로그램에서 어린 피아니스트들을 가르치시잖아요.

손열음 솔직히 아직은 가르치는 것에 대해서는 잘 모르겠어요. 저도 배우고 서로 가르치는 자연스러운 분위기면 좋겠는데, 기본적으로 내가 누굴 가르친다는 게 싫고 그럴 만한 위치도 아닌 것 같아요. 그래서 레슨을 할 때면 항상 뭘 알고 싶으냐고 먼저 물어봐요.

진중권 그걸 모르는 거죠. (웃음) 그걸 알면 이미 답은 나오는 거니까.

손열음 맞아요. 정말 대답을 잘 못 해요. (웃음) 그래서 아직 저는 역량이 없는 것 같아요.

진중권 어린 아이들 중에 이른바 손열음이 섞여 있는 거잖아요. 그걸 발굴하는 재미도 있지 않을까요?

손열음 물론 제가 더 해주고 싶게 만드는 애들이 있어요. 눈이 막 빛나는 친구들이 있긴 한데, 그래서 더 좋은 선생님들에게 배울 수 있지 않을까… (둘 다 웃음)

진중권 어쨌든 본인은 좋은 선생님은 아닌 것 같다는 말이네요.

손열음 네, 아직은. (웃음) 사실 가르치는 것에 대해 꿈이 딱 하나 있다면, 실내악 코칭을 해보는 거예요. 한국에서는 실내악 교육 기회가 많지 않거든요. 모두 쏠리스트가 되기 위한 교육을 시키니까요. 솔직히 한국 출신의 뛰어난 바이올리니스트나 성악가가 많은 데 비해

제가 음악을 이끌어나가려면 그전에 아주 치밀하게 생각해야 하고,
그래야 무대에 올라갔을 때 정말 뜨거운 연주가 되는 것 같아요.

서 오케스트라는 그렇게까지 세계적인 악단이 많지 않은 것도 실내악 교육이 잘 안 되어 있기 때문이라고 생각해요. 제가 어렸을 적부터 실내악을 좋아하고 관심이 있으니까, 실내악 코칭을 할 수 있지 않을까 싶습니다.

진중권 「대한민국 음악교육의 현실」이라는 글에서 한국 음악교육의 문제점에 대해서도 말씀하셨어요. 대학교수의 개인지도를 금지하는 법이 음악 영재를 키우는 데 많은 장애가 된다고 하셨는데, 이걸 허용하면 또 문제가 있지 않을까요.

손열음 그렇죠. 다른 대안이 생길 수 있으면 좋겠는데, 사실 저는 답을 전혀 모르겠어요. 예를 들어서 한국예술종합학교에는 예비학교라는 과정이 있어요. 제가 다녔던 곳이기도 하고 지금은 예술영재원이라는 이름으로 바뀌었는데, 중학교를 다니면서 일주일에 한번씩 수업을 듣고 대학 과정을 미리 체험할 수 있거든요. 그러면서 대학 교수님들과 레슨도 할 수 있었는데, 한국예술종합학교는 특수한 면이 있어서 용인이 되었던 것 같고, 그걸 다른 학교에 적용하기에는 현실적으로 여러가지 무리가 있겠죠.

손열음의 레퍼토리

진중권 손열음씨의 장점 중 하나가 다양한 레퍼토리예요. 레퍼토리에 대한 욕심이 많다고 들었습니다.

손열음 제가 요새 그 생각을 많이 했어요. 나는 왜 이렇게 하고 싶은 게 많을까. (웃음) 그런데 얼마 전에 그 이유를 찾았어요. 저는 음악회 프로그램을 짤 때 제가 할 수 있는 곡보다는 제가 듣고 싶은 곡을 고르거든요. 관객들이 듣기 좋은 구성이 무엇일지, 먼저 애호가 입장에서 생각하는 거죠. 물론 제가 하는 것도 재미있지만 듣는 걸 정말 좋아하기 때문이 아닌가 생각합니다.

진중권 청중이 좋아하는 레퍼토리는 또 따로 있잖아요. 레퍼토리 선정할 때 고려를 하시겠죠?

손열음 고려하죠. 아주 많이 알려진 명곡들도 섞고, 안 알려졌지만 가치 있는 곡을 소개하고 싶기도 하고요. 그런데 찾다보면 재밌는 게, 알려지지 않은 곡들은 대개 이유가 있어요. (둘 다 웃음) 그러니 이래서 명곡이구나, 하는 경우도 많고요.

진중권 하긴 듣는 귀가 얼마며 연주하는 귀가 얼마인데 훌륭한 곡이 안 알려졌을 리가. (웃음) 대중과의 소통을 위해서 클래식 음악가가 대중음악이나 재즈를 연주하는 경우도 있죠. 거슈윈George Gershwin 처럼 아예 재즈를 끌고 들어오는 경우도 있고요. 크로스오버에 대해서는 어떻게 생각하세요?

손열음의 거슈윈
「써머타임」 연주.

손열음 저는 퀄리티만 확보된다면 좋다고 생각합니다. 그런데 높은 퀄리티가 나오기가 쉽진 않은 것 같아요. 이질적인 두 장르가 충돌하는 작업이기 때문에 아무리 같은 음악이라 해도 쉽사리 섞이기가 어렵고, 정말 치밀하게 연구하고 악보 하나하나 연구하듯이 작업을 해야 좋은 결과가 나올 수 있을 것 같아요.

진중권 아도르노가 재즈를 싫어했잖아요. 재즈에 대해 온갖 악담을 퍼부었습니다. 가령 재즈의 즉흥성은 규범화한 것이고 재즈의 개성이란 것도 실은 사이비 개성이며, 일탈을 허용하는 것 같지만 실제로는 음악을 컨베이어벨트 시스템으로 만들어 일탈의 가능성을 아예 제거해버린다, 따라서 재즈만큼 체제순응적인 음악도 없다는 거죠. 재즈에 대한 편견이라고 비판도 많이 받았지만, 재즈도 결국은 대중음악이죠. 저도 철학을 하고 있지만 대중독자를 위한 책은 다르게 생각하거든요.

손열음 쓰실 때부터요?

진중권 네. 그러다보니 답답한 게 있죠. 솔직히 내가 쓰고 싶은 걸 쓰면 독자층이 10분의 1로 줄어들고. (둘 다 웃음) 열배를 팔려면 손발이 오그라드는 표현도 쓰고, 한가지 새로운 이야기를 열번 반복하기도 해야 하니까요. 예컨대 클래식을 하는 입장에서는 재즈라는 것 자체가 덜 발달한 음악이 아니냐는 편견 혹은 견해를 가질 수 있지 않을까요?

손열음 저는 그렇게는 생각 안 해봤어요. 잘 알지는 못하지만 워낙 재즈를 좋아하기도 하고요. 물론 저도 누가 클래식을 좋아하는데 잘 모른다고 하면 아실 필요 없다고 늘 얘기하긴 해요. (웃음) 재즈도 꼭 잘 알아야 한다고 생각진 않지만 무척 좋아합니다. 그런데 재즈는 마니아층이 클래식보다 더 얇다고 하더라고요. 대중음악도 아니고 클래식도 아닌 중간적인 위치에 있는 음악이라는 얘기를 들은 적이 있어요.

진중권 저도 잠깐 재즈피아노를 배우려고 학원에 등록했다가 네번 나가고 그만둔 적이 있거든요. 보통 Cm, Dm, G7 등 진행할 수 있는 코드가 있는데, 쓸 수 있는 코드가 하나가 아니라 굉장히 많더라고요. 조합할 수 있는 경우의 수가 굉장히 많아요. 그러다보니 클래식 음악과 논리가 아주 다르고, 아주 즉흥성이 강한 것이 재즈의 특징이죠. 클래식 음악에도 즉흥연주가 있나요?

손열음 재밌는 게, 바로크 시대에는 즉흥연주가 필수였어요. 모차르트만 해도 당연히 즉흥연주를 했을 거라고 예상될 정도로, 악보에 있는 것만 하면 너무 썰렁하거든요. 그런데 베토벤을 거치면서 연주자의 재량이 줄어들고 작곡가의 지위가 격상되면서 작곡가가 쓴 그대로 하는 시대가 된 것 같아요. 그런데 재즈에서 다시 즉흥연주가 부각되는 걸 보면 역사가 돌고 돌듯이 음악사도 돌고 도는 게 아닌가 싶습니다. (웃음)

진중권 모차르트의 경우는 연주자가 내 곡을 가지고 즉흥연주를 할 수 있다는 걸 염두에 두고 가능성을 열어둔 거군요. 재즈에 와서는 연주자에게 아예 맡겨버리는 거고요. 재즈 작곡가들은 어떻게 보면 작곡이 편할지도 모르겠네요. 크게만 짚어주면 알아서 연주하니까. (웃음)

손열음 음, 저도 안 해봐서 모르겠네요. (웃음)

진중권 해외 페스티벌도 많이 가시겠지만, 매년 여름 열리는 대관령국제음악제에 꾸준히 참여하고 계십니다. 국내에 오셨을 때는 또 느낌이 다를 것 같아요.

손열음 음악 페스티벌이 전세계적으로 굉장히 많죠. 가보면 하나하나 특색이 있어요. 어떤 페스티벌은 오케스트라 위주로 초청하고 어떤 페스티벌은 실내악 위주로 하고. 대관령은 실내악과 오케스트라를 같이 하는 콘셉트인데, 10년 넘게 이어지면서 대한민국의 대표적인 음악제로 자리잡은 것 같아서 자랑스럽게 생각하고 있습니다.

진중권 대관령까지 음악 들으러 가시는 분들은 대단한 열정이신 것 같아요. (웃음) 올해(2015년) 공연에서는 이제까지와 달리 「골드베르크 변주곡」을 피아노가 아닌 하프시코드로 연주했습니다. 하프시코드는 피아노의 조상쯤 되는 악기라고 할 수 있죠. 쳄발로라고도 하고요.

손열음 네. 하프시코드는 18세기부터 19세기 초반까지 쓰이던 악기예요. 그러다 피아노라는 더 나은 악기로 발전하면서 더이상 굳이 연주할 필요가 없는 악기가 되었다고 할 수 있죠. 그런데 바로크 시대에 하프시코드를 위해서 작곡된 곡들은 하프시코드로 연주하면 색다른 본연의 맛을 느낄 수 있는 경우가 많거든요. 그렇게 그 곡이 작곡된 시대의 악기를 써서 연주하는 걸 시대악기 연주라고 하는데, 저도 이번에 그걸 시도해본 거예요. 저는 사실 시대악기 연주에 큰 관심이 있는 편은 아니었는데, 「골드베르크 변주곡」을 꼭 하프시코드로 연주해보고 싶어서 과감하게 도전해본 거였거든요. 무척 재미있었어요.

진중권 피아노는 망치로 줄을 때리지 않습니까. 그런데 하프시코드는 줄을 뜯는 방식이죠?

손열음 네, 하프시코드는 현을 잡고 있다가 떼면서 소리가 나요. 기타나 하프 같은 발현악기라고 생각하시면 될 것 같아요.

진중권 저도 연주회에서 들어본 적이 있습니다. 피아노는 '땡' 하고 명료한 소리가 난다면 이건 '찰찰찰찰' 하고 흩어지는 소리라고 해야 하나…

손열음 네, 음 사이가 연결이 안 되고 한 음이 지속되지도 않는 한계가 있습니다.

진중권 그렇다면 예를 들어 피아노 3중주나 4중주에서는 피아노가 중심적인 역할을 하는데, 그 당시에는 건반의 역할이 좀 달랐을 것 같아요.

손열음 그럴 것 같아요. 지금의 피아노처럼 내용이 있는 악기, 깊이 있는 악기라기보다는 장식적으로 쓰였던 것 같아요.

진중권 「골드베르크 변주곡」이 본래 불면증이 있던 카이절링크 백작의 수면음악으로 작곡되었다고 하죠. 피아노로 연주하는 걸 들어보면 잠이 잘 안 올 것 같은데, 하프시코드 연주라면 확실히 효과가 있겠네요. (둘 다 웃음) 그런데 피아노는 강약의 표현이 있잖아요. 하프시코드를 위해서 작곡된 곡이라면 원래 악보에는 그런 표현이 없겠네요?

손열음 그렇죠. 어디서 크게 치고 어디서 작게 쳐야 하는지 지시가 없어요.

진중권 그럼 나중에 피아노로 연주하는 사람들은 그걸 알아서 하는 겁니까?

손열음 그렇죠. 사실 하프시코드를 위해서 쓰인 음악을 피아노로 연주하는 것은 거의 재창조에 가깝다고 생각하면 될 것 같아요.

진중권 하프시코드로 연주하는 게 답답하지는 않았나요? 피아노로 연주할 때와 비교해보면 느낌이 어떠세요?

손열음 너무너무 답답하죠. (웃음) 음량을 제 마음대로 조절하지 못하고 변화는 오로지 타이밍으로만 조절해야 하니까 굉장히 힘들었어요. 게다가 제 악기가 아니었거든요. 저는 당연히 악기가 없으니까 다른 분께 빌렸는데, 남의 악기다보니까 신경이 많이 쓰였어요. 하프시코드가 굉장히 예민한 악기거든요. 얼마나 예민하냐면, 조율을 해놓고 무대 조명을 켜면 다시 조율을 해야 돼요.

진중권 온도 때문에요?

손열음 네. (웃음) 그리고 위치를 조금이라도 옮기면 다시 조율해야 하고. 사람보다 더 예민한 악기여서 너무 힘들었습니다.

진중권 과거의 소리를 되살린다는 건 곧 작곡가의 원래 의도에 충실하겠다는 뜻이기도 할 것 같습니다. 이것은 수백년 전에 작곡된 곡을 연주하는 클래식의 특성과도 연관이 있을 것 같은데요, 시대악기 연주의 의미를 어떻게 보시나요?

손열음 솔직히 말씀드리면 저는 시대악기 연주를 듣는 건 너무 좋아하지만 직접 하고 싶은 마음이 그렇게 크진 않아요. 만약에 바흐나 헨델이 지금 살아 있다면 피아노를 보고 굉장히 행복해했을 것 같거든요. "이런 악기가 진작 나왔으면 좋았을 텐데!" 하면서요. (웃음) 또 이번에 느낀 점은 바흐를 대하는 사람들의 태도가 무척 다양하다는 거예요. 관악기나 성악을 하는 분들은 바흐를 물 흐르듯이 자연스러운 음악으로 받아들이는 반면에 현이나 피아노를 하시는 분들은 구조적이고 딱딱한 음악으로 받아들이는 것 같아요. 바흐의 음악이 그만큼 스펙트럼이 넓다는 얘기도 되지만 악기별로 받아들이는 채널이 다른 것 같다는 생각을 했습니다. 그래서 하프시코드로 바흐를 연주해보고 싶었고요. 시대악기로 연주하면 확실히 훨씬 더 자연스럽게 물 흐르듯이 되는 면은 있는 것 같아요.

더 좋은 연주를 위해

진중권 드라마 「밀회」에서 김희애씨가 손열음씨에 대해서 했던 대사가 굉장히 유명하잖아요. "손열음이 대단한 건 뜨거운 걸 냉정하게 읽어내서야. 그래야 진짜 뜨거운 게 나오지." 그런데 그게 무척 어려운 일인 것 같습니다. 아주 냉정하면서도 계산적이지 않고 뜨겁게 느껴진다는 거잖아요.

손열음 그게 진짜 어려운 균형인 것 같아요. 클래식 음악의 가장 큰 특성이 현장성 혹은 무대에서의 즉흥성이라고 할 수 있는데요, 무대에서 무슨 일이 일어날지 모르기 때문에 철저하게 계산하고 올라가지 않으면 완전히 주객전도가 되어서 연주가 저를 끌고 가는 일이 벌어질 때가 있어요. 그래서 제가 음악을 이끌어나가려면 그전에 아주 치밀하게 생각해야 하고, 그래야 무대에 올라갔을 때 완전히 편안하고 자유로워져서 정말 뜨거운 연주가 되는 것 같아요.

진중권 하이데거^{Martin Heidegger}가 그런 말을 했죠. "Die Sprache spricht", 말이 말을 한다. 그것처럼 '연주가 연주를 한다'고 해야 할까요.

손열음 맞아요, 맞아요.

진중권 흔히 말하는 '그분'이 오신 것처럼 무아지경에서 연주하는 것과 스스로 연주를 통제하는 것, 훌륭한 연주가 되려면 아무래도 후자인가보죠.

손열음 제가 지금 그 단계여서 그런지도 모르겠지만, 저는 그렇게 느껴요. 저는 제 연주를 꽤 자주 모니터링하는 편이거든요. 그러면서 디테일하게 계속 고쳐나가고요. 그러다보니 너무 분석적이 되는 것 같아서 한동안은 안 하기도 했어요. 계속 도정을 해나가는 느낌이 싫었거든요. 날것의 느낌이 퇴색되는 것 같아서. 결국 균형이 필요한 것 같아요.

진중권 도정이라는 말이 참 재밌습니다. 연주라는 것도 살아 있는 생명체라 지나치게 분석적으로 접근하면 생명력을 잃어버리죠. 각 나라별로 청중들의 특징에 대해서 책에 쓰기도 하셨어요. 러시아에서는 악장이 끝났는데 막 박수를 치더라고요. 사실 한국에서 그러면 야만인 취급 받거든요. (둘 다 웃음) 손열음씨는 어떻게 생각하세요?

손열음 저는 사실 쳐주시면 고마워요. 그만큼 못 참아서 박수를 쳤다는 얘기니까요.

진중권 근데 몰라서 칠 때도 있잖아요. (웃음)

손열음 그것도 좋고, 전 객석의 반응은 다 좋아요. (웃음) 사실 모차르트 시대에는 초연을 할 때 예를 들어서 바이올린 곡에서 빠른 패시지가 나오면 청중들이 박수를 쳤다고 해요. 요즘 가수들이 고음을 오랫동안 끌면 박수가 나오는 것과 똑같이 말이죠. 그러니까 지금의 관람 매너가 전통적인 건 아닌 거예요. 악장 사이에 박수를 치지 않는 관습만 해도 19세기 중후반에 생겼다고 하니 그래봤자 150년 정도밖에 안 된 거죠.

진중권 옛날에는 음악을 듣는 사람들이 상류층이었잖아요. 그들에게는 음악이 곧 엔터테인먼트였겠죠. 그러다 클래식이 고상한 문화가 되면서 존중을 한답시고 변화한 것 같습니다. 재밌네요. 현대에도 클래식 작곡가가 많지만 사실 연주자의 레퍼토리는 고전이나 근대에 머물러 있습니다. 특히 20세기 중후반 이후에 나온 음악은 대중들에게는 거의 알려져 있지 않아요. 창작이 되고 있지만 어떤 면에서는 정지해 있다고도 볼 수 있죠. 물론 이런 이야기도 있습니다. 현대미술 초기에는 큐레이터들이 전시회 끝나면 가장 먼저 하는 일이 작품에 묻은 침을 닦아내는 거였대요. (웃음) 하지만 몇십년이 지나자 현대미술은 이해하는 관객이 생겼습니다. 그런데 음악은 좀 다른 것 같아요. 20세기 중후반 이후의 동시대 음악에 대해서는 어떻게 생각하시는지 궁금합니다. 대중음악에 종사하는 분들은 백년 전의 음악은 거의 연주하지 않지만 클래식 음악은 주로 몇백년 전의 음악을 연주하잖아요.

손열음 저는 현대음악에 관심이 많은 편이기는 해요. 대학교 다닐 때 작곡
과 학생들의 곡을 연주하는 수업이 있어서 일주일에 한번씩 작곡
과 친구들 워크숍에 들어가서 작업을 했었는데 굉장히 좋았거든
요. 돌이켜 생각해보면 제가 현대음악을 사랑해서라기보다는 작곡
가와 같이 공동작업을 하는 것이 재미있어서 그랬던 것 같아요. 베
토벤이나 모차르트하고는 같이 작업을 할 수가 없으니까요. 그 사
람들이 뭘 원하는지 맥을 찾아가는 느낌이 재밌었어요. 현대음악
에 대해서는 저를 포함한 모든 분들이 다양한 생각을 가지고 있을
것 같아요. 시간이 좀 지나봐야 평가가 되지 않을까 생각합니다.

진중권 고전음악은 화성이 있으니까 외우기 편할 것 같은데 현대음악은
굉장히 어렵겠습니다.

손열음 맞는 말씀이에요. 암보暗譜라는 게 손으로도 외우고 귀로도 외우지
만 논리로도 외우는 거거든요. 그야말로 맥락을 이해해서 내용을
외우는 건데, 그 논리가 완전 알아들을 수 없는 외국어로 쓰여 있
는 것과 마찬가지라고 보시면 돼요. 아예 모르는 언어는 우리말로
독음을 써서 외운다고 해도 쉽지 않잖아요.

진중권 만약에 악보를 까먹었을 때는 어떻게 합니까? 정말 난감할 텐데.

238

손열음 말씀드린 것처럼 악보를 논리로도 외우기 때문에 논리로 지어내는 거죠. (웃음) 아는 대로 지어내서 쫓아갈 때도 있고, 잘 외운 경우에는 사소한 실수를 몇번 해도 손이 까먹으면 귀가 역할을 해준다든지 해서 다시 귀를 쫓아서 하게 돼요. 사실 저는 실수를 꽤 많이 하는 편인데, 어렸을 때는 실수에 대해서 관대했어요. 그것보다 훨씬 중요한 게 있다고 생각했거든요. 그런데 요즘은 거꾸로 실수를 줄이고 싶은 생각이 많이 생겼어요. 한편으로는 실수에 너무 연연하다보면 더 큰 걸 놓치게 될까봐 두려움도 있고요.

진중권 2000년 전에 씌어진 『숭고론』이라는 책에 나오는데, 위대한 시인은 더러 실수나 오류가 있을 수 있지만, 오류가 없는 시를 쓰는 시인은 그 때문에 위대해지지 못한다고 합니다. 숭고해지려면 사소한 데 너무 집착하지 말라는 얘기죠. 그런데 연주회에서 보면 옆에서 악보를 넘겨주는 사람이 있잖아요. 실제로 그 악보를 보고 연주하나요, 아니면 단지 잊어버렸을 때를 대비한 안전장치인가요?

손열음 둘 다이긴 한데요, 경험상으로는 악보를 보고 할 때는 아무래도 곡을 쫓아가게 돼서 제가 휩쓸려간다는 느낌이 있는데 외워서 하면 더 멀리 볼 수 있어요.

진중권 쏠리스트는 독주회를 하지 않으면 다른 연주자나 오케스트라와 협연을 하잖아요. 어떤 쪽을 선호하시나요?

손열음 저는 진짜 반반이에요. (웃음) 오케스트라랑 할 때는 치고받는 재미가 있고, 혼자 할 때는 제가 모든 걸 관할하는 매력이 있죠. 저는 둘 다 포기 못 할 것 같아요. (웃음)

진중권 제일 신날 때가 그때일 것 같아요. 오케스트라가 연주하다가 딱 멈춰주잖아요. 그때 확 들어가는 그 순간!

손열음 네, 맞아요. 그게 굉장히 의미있어요.

진중권 보는 사람도 신나는 순간이죠. 수많은 연주자, 오케스트라와 협연을 하셨는데 가장 인상적인 연주자나 오케스트라가 있다면 누굴 꼽겠습니까?

손열음 근래에 제가 가장 많이 협연한 지휘자는 발레리 게르기예프Valery Gergiev인데요, 3~4년 동안 열번 정도 같이 했어요. 음악적으로도 독특하고 성정도 너무 특이하신 분이어서 할 때마다 재밌습니다. 오케스트라는 게르기예프가 상임으로 계시는 마린스끼 오케스트라가 먼저

> **발레리 게르기예프**
> 러시아 출신의 지휘자. 현재 마린스끼 극장의 예술감독이자 런던 씸포니 오케스트라와 뮌헨 필하모닉의 수석지휘자를 맡고 있다. 2010년 『타임』 선정 '세계에서 가장 영향력 있는 인물 100인'에 선정되기도 했다.

떠오르네요. 한번은 로테르담 필하모닉과 협연을 하러 네덜란드에 간 적이 있는데요, 게르기예프가 지휘하는 행사였는데, 로테르담

의 실력이 뛰어나서 한동안 다른 오케스트라에 가면 아쉬웠던 기억도 있네요. (웃음)

『하노버에서 온 음악 편지』

진중권 지난 5월에 칼럼집 『하노버에서 온 음악 편지』를 내셨습니다. 5년 동안 연재했던 칼럼을 묶은 책인데요, 작곡가의 특징을 포착해 설명하거나 음악에 대해 묘사하는 능력, 클래식에서 사람들이 궁금해하는 요소를 짚어내는 능력 등등 글솜씨가 예사롭지 않습니다. 어떻게 칼럼을 쓰게 되셨나요?

손열음 그게 참 우연한 기회였어요. 제가 2007년에 음악회 프로그램 책자에 해설을 쓴 적이 있는데, 그걸 본 어떤 기자분이 제게 직접 쓴 거냐고 물으셔서 그렇다고 했더니 기억하고 계시다가 나중에 칼럼을 제안하셨습니다. 그때 2회를 제안해주셔서 2회를 쓰고 혹시 조금 더 써줄 수 있겠냐고 하셔서 조금 더 쓰고 조금 더 쓰고 이렇게 9회, 12회 되다가…

진중권 그러다 5년 동안 썼군요. (둘 다 웃음) 페이스북을 보니 책을 내고 독자들을 만나는 순간이 깨기 싫은 꿈 같았다고 쓰셨는데, 어떤 점이 그렇게 감동적이었나요? 저는 오히려 본업인 연수가 너 삼봉석일

『하노버에서 온 음악 편지』

것 같은데요.

손열음 사실 클래식 음악회라는 게 아주 딱딱하잖아요. 관객과 음악이 분리되어 있는 느낌이에요. 말을 건네거나 하는 교류가 전혀 없이 오로지 음악으로만 대화하는 형식이잖아요. 그런데 북콘서트에서 여러 분들과 대화를 나누고, 질문도 받고 대답도 드리는 게 너무 새로웠어요. 저는 제 책을 읽으시고 칼럼도 관심있게 보는 분들이 계신 줄 정말 몰랐거든요. 너무 감동받았습니다.

진중권 굉장히 보기 힘든 글이에요. 우리가 아는 음악 칼럼은 대개 이론적인 이야기가 많고 딱딱한데, 음악을 깊이 이해하는 사람이 일상적인 말로 이야기를 풀어놓는 느낌이랄까요. 글을 쓰기 위해서 따로 공부를 하신 건가요?

손열음 글을 어떻게 잘 쓸까 하는 공부는 안 했는데, 칼럼을 쓰다보니 음악 공부를 많이 한 것 같아요. 책도 많이 찾아 읽게 되고, 그래서 배우는 것도 정말 많고요. 그래서 저한테 도움이 되겠다는 약간은 이기적인 생각으로 하는 면도 있어요.

진중권 전기적인 내용을 쓰려면 기본적인 자료도 많이 필요하잖아요. 슈만처럼 뛰어난 음악평론을 쓰고 싶다는 욕구를 비치기도 하셨습니다. 지금도 칼럼을 쓰고 계시지만, 평론을 하실 계획은 없으신가요?

> 작곡가이자 연주자였던 로베르트 슈만은 1834년 『신음악지』 (Neue Zeitschrift für Musik)를 창간해 신인 작곡가를 소개하고 전시대의 작곡가들을 재조명하는 등 음악평론가로도 활발히 활동했다.

손열음 안 될 것 같아요. (웃음) 어렸을 적에는 꿈을 꾸기도 했어요. 그런데 깜짝 놀란 것이, 제가 다른 음악가나 공연에 대해서 짤막한 단상이라도 얘기를 하면 어떤 분들은 '너는 그렇게 연주하지 않을 거니까 그런 얘기를 하는 거 아니냐'는 식으로 말씀하시더라고요. 저는 저의 연주나 저라는 음악가와는 별개로 음악애호가로서 생각하고 말한 건데 그렇게 해석을 하시니 굉장히 조심해야겠다고 생각했어요.

진중권 원래 평론이라는 게 창작자들끼리 서로 씹는 거였잖아요. 르네상스 때 보면 '야, 그걸 그림이라고 그렸냐' 이러면서 서로 씹고. 그러다 18세기 들어오면서 창작과 평론이 분리가 되어서 평론은 아마추어들이 합니다. 그래서 창작자들은 평론가들이 창작도 못하면서 씹기만 하는 기생충 같은 놈들이라고 비난하죠. 그래서 대개 창작자는 평론가랑 사이가 안 좋은데, 평론을 해보고 싶은 마음이 있다니 독특합니다.

손열음 생각해보면 평론에 대한 꿈이 있었던 건, 다시 불러올 수 없는 공연 현장의 광경을 생생하게 전달하고 싶은 욕구가 있었기 때문인 것 같아요.

진중권 저도 영화평론도 하고 미술평론도 하지만 영화 만들 줄 아는 사람도 아니고 그림 그릴 줄 아는 사람도 아니거든요. 저는 그래서 평론이 작품과 아무 상관 없는 놀이, 별개의 문학이라고 생각합니다. 그러다보니 예를 들어 어떤 영화가 나왔다고 하면 봉준호 감독이 그 영화에 대해 평가한다거나, 어떤 연주회가 있다면 평론가가 아니라 다른 연주자나 작곡가가 거기에 대해서 이야기하는 걸 보고 싶은 마음이 있어요.

손열음 네. 상상 속에서는 재미있을 것 같은데 순수하게 받아들여지지 않는 것 같아요.

진중권 그런 문화가 좀 있었으면 좋겠습니다. 왜냐하면 우리 같은 사람들은 평론을 보면서도 많이 배우거든요. 이런 비판이 가능하구나, 이런 반박이 가능하구나 하는 걸 보면서 어디에 주목해서 보거나 들어야 할지 알게 되니까요. 저는 그래서 과감하게 평론을 해보셔도 좋지 않을까 하는 생각이 들어요. 좀 전에 얘기하신 것처럼 안 받아도 될 비판을 받기도 하겠지만, 그래도 기대해보겠습니다.

손열음 노력해보겠습니다. (웃음)

진중권 작곡 욕심은 없으세요? 슈만이나 리스트, 라흐마니노프 같은 사람들은 피아니스트인 동시에 작곡가였잖아요.

손열음 네, 전혀 없어요. 작곡은 제 재능이 진짜 아닌 것 같아요. 클래식 음악의 독특한 점이 음악적 재능이 무척 들쭉날쭉하다는 거예요. 대중음악도 그런지 모르겠지만 클래식 음악은 예를 들어 솔리스트로서의 역량이 큰 사람이 있는 반면 실내악에서 뛰어난 사람이 있고, 또 어떤 분야는 잘하는데 어떤 분야는 전혀 그렇지 못한 사람이 있거든요. 이를테면 루빈스타인Artur Rubinstein 같은 피아니스트는 정말 안 쳐본 레퍼토리가 없는 사람이었는데 즉흥연주는 못했다고 해요. 그걸 보면 재능이라는 게 참 다르다는 생각을 하게 돼요. 저도 딱 그런 식이어서, 제 것이 아닌 선 전혀 못합니다. (웃음)

진중권 책에 실린 글 중에서 하노버에서 만난 동료 왕샤오한王笑寒에 대한 글이 인상 깊었습니다.

손열음 왕샤오한은 제가 살면서 유일하게 '내가 저 친구처럼 할 수 있을까' 생각한 사람이에요. 스스로 잘났다고 생각해서가 아니라 저는 원래 경쟁심이 별로 없거든요. 그런데 이 친구를 보면서는 시샘까지는 아니지만 저랑 너무 달라서 놀랐고, 너무너무 많이 배웠어요. 특히 음악을 하는 자세에 대해서요. 그 친구는 스스로에게 무척 냉정하고 엄격해서 스스로를 인정하지 않는 음악가거든요. 저는 클래식 음악이라는 것은 연주자가 전달해주지 않으면 죽은 음악이기 때문에 연주자의 모든 것이 투영되어야 작곡가의 의도를 최상으로 전달할 수 있다고 생각하는데, 그 친구는 저와 다르게 자기 자신에 대한 프레임이 전혀 없다고 해야 하나, 그래서 초점이 훨씬 더 음악 쪽으로 많이 가고 작곡가가 의도한 바가 무엇인지, 더 좋은 음악이 무엇인지만 연구하는 사람이에요.

> "그에게 음악은 마치 끝없이 엮인 퀘스트 같은 것이었다. 작곡가가 의도한 바, 그로 인해 추구되어야 하는 소리, 그로써 구현되어야 하는 철학… 누군가의 눈에는 거의 쓸데없다 여겨질 만큼 그는 본질만을 추구했다."
>
> 「하노버에서 온 음악 편지」 중에서

진중권 벤야민이 좋은 독일어를 쓰는 방법에 대해서 얘기하면서 문장에서 ich(나)를 다 빼라고 했던 게 생각나네요. 그밖에도 연주자들을 많이 만났을 텐데, 특히 인상적인 사람이 또 있었나요?

손열음 굉장히 많은데, 책에도 썼지만 야꼬프 까스만^{Yakov Kasman}이라는 친구가 있어요. 저보다 나이가 훨씬 많은데 지금은 미국 앨라배마 주에서 대학교수로 지내고 있어요. 러시아 출신 유대인인데, 러시아 음악을 너무 사랑해서 차이꼽스끼를 자기 아버지만큼 사랑하는 사람이거든요. 그 순수한 열정을 제가 너무 동경하고, 지금도 러시아 음악을 하다가 막히는 부분이 있으면 가장 먼저 SOS를 치는 사람이에요. 예를 들어서 라흐마니노프의 이 부분은 네가 봤을 땐 어떤 상상력인 것 같으냐고 물으면 정말 잘 설명해주죠.

진중권 자기가 연주해서 보내주는 것도 아니고 말로 설명해주는 거죠? 언어를 받아서 연주로 푸는 거군요. 기호 간 번역이라고 할까, 재밌네요. 그밖에도 음악에 관한 흥미로운 이야기가 책에 굉장히 많습니다. 비전문인인 저로서는 절대음감과 상대음감에 관한 이야기가 특히 흥미로웠는데요, 보통 사람들은 절대음감은 음악성이 있고 상대음감은 음악성이 없다고 생각하는데 그게 아니란 말이죠.

손열음 절대음감이 음악적인 재능인 건 맞는 것 같아요. 물론 음악가가 아닌 분들 중에도 절대음감을 가진 분이 있지만 그런 경우는 저걸 뭐에 쓸까 싶고, (웃음) 음악가에게는 절대음감이 굉장히 편한 점이 많죠. 그렇지만 상대음감을 가진 분들 중에서도 음악적 재능이 아주 뛰어난 분을 많이 보게 되고, 역사적으로도 유명한 분들이 많아요. 슈만이나 베버 같은 작곡가들, 루빈스타인 같은 피아니스트를 이 상대음감이었다고 하고요. 악기에 따라서도 조금씩 달라요. 성악가들 중에서는 절대음감이 편하지 않다는 분들도 계시고요. 그래서 책에도 썼지만 가장 중요한 건 사전적인 의미의 음감, 즉 음에 대한 감수성이지 절대음감이냐 상대음감이냐는 그다지 중요한 것 같지 않아요.

진중권 성악가는 왜 절대음감이 불편할까요. 악기와 자기 목소리가 안 맞아서 그런가요?

손열음 그것도 있고, 노래를 할 때는 음 사이의 간격이 더 중요하잖아요. 목소리로 그 간격을 조절해나가는 거니까요. 그래서 첫 음이 조금 흔들렸으면 다음 음을 맞춰서 내면 되는데, 절대음감이면 하나하나의 음감이 분리되니까 불편할 수 있을 것 같아요.

진중권 그렇군요. 제가 군대 있을 때 내무반 기타를 조율하느라고 통신병 시켜서 집에 전화를 걸어서는 동생한테 "A 좀 눌러봐" 해서 그걸 듣고 조율을 했었거든요. (손열음 웃음) 그런데 정말 멍청한 게, 수화기를 들 때 나오는 뚜― 소리가 A랍니다. (웃음) 그걸 알고는 역시 저는 절대음감이 될 수 없다는 걸 깨달았죠.

모든 것이지만 아무것도 아닌

진중권 피아니스트가 되길 잘했다고 느끼는 순간도 있을 테지만 이걸 괜히 했다고 후회하는 순간도 있었을 것 같은데, 어떤가요.

손열음 후회까지는 당연히 안 해요. 다른 걸 잘할 자신이 전혀 없거든요. 이게 제가 잘하는 거고 좋아하는 거니까 그냥 행복하게 해요. 그렇지만 힘들 때는 있죠.

진중권 어떨 때가 가장 힘든가요? 슬럼프를 겪을 때도 있겠죠?

손열음 슬럼프는 종류가 다양한데요, 실력이 늘지 않고 계속 제자리걸음이라는 느낌이 들 때도 있고, 내가 왜 이렇게까지 해야 하나 싶은 때도 있어요. 사실 클래식 음악이 연주의 작은 차이까지 선뜻 구별할 수 있는 분들이 그렇게 많은 분야가 아니잖아요. 그러다보니까 무엇을 위해서 이렇게 연구를 하나 싶은 생각이 들었던 때도 있어요. 지금은 그렇지 않지만요.

진중권 세계적인 지휘자 다니엘 바렌보임Daniel Barenboim은 『뉴욕 리뷰 오브 북스』에 기고한 글에서 이렇게 말했습니다. "우리가 자연현상이나 인간 존재의 가치, 또는 신이나 다른 영적 경험과의 관계를 이해하려 한다면, 음악을 통해 많은 것을 얻을 수 있을 것이다. 음악이 내게 중요하면서도 흥미로운 이유는 그것이 모든 것인 동시에 아무 것도 아니기 때문이다." 손열음에게 클래식 음악이란 어떤 의미인가요?

손열음 너무 소중하지만, 정말 솔직히 말씀드리면 말썽 피우는 자식 같은 느낌이 있어요. (웃음) 다니엘 바렌보임의 말을 인용하셨는데, 저도 음악을 하면서 그런 걸 느낄 때가 있어요. 이게 나한테는 모든 세계고 나는 음악 없이는 못 사는데, 도대체 이 세계의 인구 중에 몇 명이나 클래식 음악을 알고 내가 이걸로 사회에 어떤 이바지를 하나, 그런 생각이 들죠. (웃음)

진중권 클래식 팬들이 많긴 하지만 대중음악에 비해서 크게 부족하죠. 대중음악을 100이라고 하면 클래식 음악은 5라고 할까, 아마 그것도 안 될 겁니다. 그러다보니까 어떤 것이 잘하는 연주인지 구분할 수 있는 귀를 가진 사람도 많지 않은 것 같아요. 그런 일화도 있잖아요. 2007년에 바이올리니스트 조슈아 벨Joshua Bell이라는 사람이 길바닥에서 연주를 했는데 아무도 못 알아봤다고요.

손열음 네, 저도 들었어요.

진중권 어떻게 그럴 수가 있나요. 제가 독일 유학 중에 길을 가다가 길바닥에서 노래하는 사람을 봤는데 노래가 너무 훌륭해서, 거리의 가

수 수준이 아니다 싶어서 그때 돈으로 5마르크를, 유학생으로서는 엄청난 돈을 준 적이 있거든요. 바이올린도 들으면 느껴지지 않을까요? 그런데 그렇게 많은 사람 중에서 알아보는 사람이 없다는 건 좀…

손열음 그러게요. 말씀하신 것처럼 구별하기가 힘든 것 같긴 해요. 그만큼 전문성을 필요로 하는 데 비해서 장벽은 너무 높고요. 그러잖아도 제가 요즘 많이 생각하는 건데, 아마추어분들이 많이 생겼으면 좋겠어요. 악기를 한번이라도 다뤄본 분들이 아무래도 조금 더 쉽게 접근하실 수 있는 것 같거든요. 진중권 교수님도 어렸을 때부터 음악을 많이 듣고 자라셨으니까 감각이 훨씬 살아날 수 있었던 것 같고요. 물론 제 생각에는 타고나신 게 더 많은 것 같지만. (둘 다 웃음) 어쨌든 듣기만 하는 것보다 직접 해보면 느낄 수 있는 감각대가 더 넓어지지 않을까 싶습니다.

진중권 클래식 음반이 과거만큼 잘 나가는 시대는 아니지만, 여전히 리코딩은 클래식에서 중요한 부분을 차지하는 것 같습니다. 카를로스 클라이버Carlos Kleiber 같은 지휘자는 리코딩을 거부한 반면 글렌 굴드Glenn Gould 같은 피아니스트는 리코딩에 공을 쏟았는데요, 리코딩에 대해서는 어떻게 생각하시는지 궁금합니다.

손열음 그게 저한테는 딜레마예요. 왜냐하면 저는 정말 음반광이어서 어렸을 때부터 안 들어본 음반이 없을 정도로 다 찾아 들었거든요. 그런데 음악가로서는 리코딩이 너무 힘들어요. 현장의 묘미가 없 다보니까 벽에 대고 이야기하는 기분이 들거든요. 물론 음악은 지 나가면 사라져버리는 시간예술이기 때문에 저장해두는 것이 가치 가 있다고 생각하지만, 할 때는 정말 힘들어요.

진중권 약간 이해가 될 것도 같아요. 저도 가끔 인터넷 강의를 하면 아무 도 없고 카메라만 있으니까 정말 난감하거든요.

손열음 똑같은 것 같아요. (웃음)

진중권 음반광이라고 하셨으니, 마지막으로 음반 하나 추천해주실 수 있 을까요?

손열음 좋은 음반이 너무 많은데, 아까 재즈 얘기를 했으니까 거슈윈의 피 아노 협주곡 F장조를 추천할게요. 김연아 선수가 피겨스케이팅 할 때 사용했던 음악인데, 얼 와일드Earl Wild라는 피아니스트가 협연한 음반이 있습니다. 1970년대에 나온 음반이에요. 또 바흐 얘기도 했 으니까 생각해보면, 「골드베르크 변주곡」도 좋은 연주가 많은데 글렌 굴드는 유명하니까 많은 분들이 들어보셨을 것 같고요. 제가 좋아하는 알렉시 바이센베르크Alexis Weissenberg라는 피아니스트가 있 어요. 1960년대와 80년대 두가지 버전이 있는데 저는 60년대 버전

(왼쪽) 얼 와일드, 아서 피들러, 보스턴 팝스 오케스트라 『The Great Gershwin』
(오른쪽) 알렉시 바이센베르크 『J. S. Bach: Goldberg Variations』

을 더 좋아합니다.

진중권 「골드베르크 변주곡」 하면 글렌 굴드가 워낙 유명해서 다른 연주
가 상상이 안 될 정도인데, 저는 열음씨의 연주부터 듣고 싶습니다.
(웃음) 오늘 함께해주셔서 감사합니다.

내게 음악을 듣는 귀와 소리를 언어로 옮기는 능력이 있다면 얼마나 좋을까?
사실 음악은 가장 추상적이면서도 원초적이어서 기호 간 번역이 어려운 장르에
속한다. 그러니 주제를 넘어가며 어설픈 얘기를 늘어놓는 것보다
그의 연주를 직접 들어보라고 권하고 싶다. 유튜브에 들어가
검색창에 '손열음'을 넣으면 '검색결과 약 24,000개'라 표시된다.
그중에서도 가장 눈길을 끄는 것은 차이꼽스끼 콩쿠르의 실황영상들이다.
2라운드의 연주곡인 리스트의 「스페인 광시곡」은 드라마 「밀회」의 삽입곡으로
유명하다. 거기서 주인공 선재는 혜원에게 자신이 연주한 이 곡의 녹음을
들려주고는, 깊은 감동을 받아 눈물을 흘리는 혜원에게 손열음의 연주에 반해서
이 곡을 외워서 연습했노라고 말한다.
2라운드의 또다른 연주곡인 까뿌스찐의 변주곡은 재즈풍의 경쾌한 곡인데, 마지막
음을 누름과 동시에 자리에서 벌떡 일어나는 장면이 강렬한 인상을 남긴다. 유감스
럽게도 이 영상들은 화질과 음질이 좋지 못하다.
2라운드의 마지막 곡인 모차르트 피아노 협주곡 21번의 연주 영상은 다행히
비교적 고화질로 올라와 있다. 여기서 손열음은 연주하는 내내 입을 벌려
뭔가 혼잣말을 하는데, 그 모습이 마치 피아노를 어루만지며 대화를 나누는 것처럼
느껴진다. 이 곡의 2악장은 어지간히 음악에 문외한인 사람이라도 한번쯤은
들어봤을 것이다. 독자들께 특히 이 영상을 보라고 권하는 이유는
이 무딘 감성을 뚫고 마음에 깊은 감동을 새길 정도로 연주가 매력적이기 때문이다.
게다가 모차르트는 그가 제일 좋아하는 작곡가이기도 하다.
"모차르트 연주는 바로 머리를 안 써도 될 정도로 편안하게 돼요."
그밖에도 다양한 레퍼토리의 곡들을 동영상으로 접할 수 있다.
하지만 그 조그만 동영상들이 연주회에 가서 실연을 보는 감동을
대체할 수 없다는 것은 굳이 말할 필요도 없다.

O U T R O

경 계 를   넘 나 드 는   소 리 꾼   이
자
람

INTRO

그를 처음 접한 것은 우연히 채널을 돌리다 보게 된 EBS의 어느 프로그램에서였다.
노래도 독특했지만, 의자에 걸터앉아 눈을 지그시 감고
마치 중얼거리듯이 노래하는 모습이 매우 인상적이었다.
지금 와서 생각해보니 그게 바로 '아마도이자람밴드'였던 것 같다.
그로부터 한참 후 어떤 계기에선가 트위터를 서로 팔로우하면서
그녀와 가끔 DM을 주고받는 사이가 되었다.
정확히 기억은 나지 않지만 그의 무대를 처음 접한 것도
아마 그 인연을 통해서였을 것이다.
브레히트의 서사극을 판소리로 바꿔놓은 그 무대를 보고,
나는 단박에 그의 열렬한 팬이 되었다.
그 작품이 바로 「억척어멈과 그 자식들」을 번안한 판소리 「억척가」다.
유감스럽게도 국내는 물론이고 해외에서 가장 큰 반향을 일으킨
판소리 「사천가」는 아직까지 볼 기회를 잡지 못했다.
그저 궁금증에 유튜브를 뒤져 토막토막 올라온 해외공연 영상의
단편들만을 보았을 뿐이다. 그 아쉬움을 뒤로한 채
좁은 스튜디오 안에서 그와 마주 앉았다.

진중권 어느 분이 트위터에 이렇게 말씀해주셨더라고요. '피겨스케이팅 에 김연아가 있다면 공연예술계에는 이자람이 있다.' 한국을 대표 하는 소리꾼 이자람씨 나오셨습니다. 오랜만에 뵙습니다.

이자람 안녕하세요.

진중권 제가 이자람씨의 무대를 처음 본 건 브레히트Bertolt Brecht의 작품을 토대로 한 창작 판소리 「억척가」입니다. 그 작품에 깊은 인상을 받 고 판소리에 대해 더 알고 싶다는 생각이 들어서 이자람씨를 이 자 리에 모셨습니다. 저는 사실 판소리에 대해서 잘 알지 못합니다만, 오늘 이자람씨의 안내를 따라서 판소리의 매력에 빠져보고 싶습니 다. 아무래도 판소리는 보통 사람들이 접근하기 쉬운 장르는 아닌 것 같습니다. 어떻게 시작하면 좋습니까? 무작정 들어야 하나요?

이자람 그러게요. 만약에 저보고 클래식 음악을 무작정 들으라고 하면 안 들을 것 같아요. 저는 어느 장르든 좋아하는 예술가가 생겼을 때 그 장르를 좋아하게 되거든요. 소설이라면 어떤 작가의 소설에 감동을 받거나 저와 코드가 맞았을 때 그 사람의 소설을 통해서 그 나라 소설을 찾아 읽는다든가 하는 식이에요. 마찬가지로 판소리도 자신과 맞는 소리꾼과의 만남이 가장 중요하다고 생각합니다. 그런데 그런 기회조차 별로 없죠. 그래서 공연을 접할 수 있는 기회가 많아져야 한다고 생각해요.

진중권 저는 이자람씨 공연을 보고 판소리를 들어야겠다는 생각을 했거든요.

이자람 그렇다면 정말 좋은 작용을 한 거죠.

진중권 판소리 다섯마당 가운데 「춘향가」와 「적벽가」를 이수하셨습니다. 판소리 이수는 어떤 절차로 이루어지는지 궁금한데요.

이자람 네, 「동초제 춘향가」와 「동편제 적벽가」를 이수했습니다. 일단 인간문화재 선생님께 직접 사사師事를 받아야 하고, 여러 선생님들을 모신 공식적인 자리에서 발표를 해서 통과하면 이수증이 나오는 거죠. 그런데 형식은 관례적인 거고, 대부분은 선생님이 때가 됐다 판단하시면 발표를 시키고, 그 자리에 서면 거의 다 받는 거예요.

진중권 판소리의 기원에 대해 여러 설이 있다고 알고 있습니다. 빈중창작이라는 설도 있고요.

이자람 제가 아는 건 크게 무가기원설과 사회기원설 두가지예요. 무가기원설은 무당이 굿을 할 때 부르는 무가巫歌에서 기원했다는 건데, 무가 안에「심청가」사설도 있고 여러가지 사설이 있거든요. 그리고 사회기원설로 설명하자면, 지금 우리가 판소리 다섯마당이라고 하는「춘향가」「심청가」「적벽가」「수궁가」「흥보가」가 다양한 형식의 서사문학으로 존재하잖아요. 이 이야기들이 당시 사람들에게는 가장 유행하던 히트작이었던 거죠. 그러다가 재능 있는 누군가가 여기에 곡조를 붙여서 부르기도 하고, 그러면서 점점 판이 되었겠죠. '그 동네의 노래 잘하는 누가 그 얘기를 글쎄 소리를 붙여서 하는데 그렇게 잘해. 목구성이 좋잖아.' 이런 식으로 삼삼오오 듣기 시작하고, 그러면 옆 동네 사람이 '아, 저 사람은 이야기를 이렇게 구성해서 이런 목을 썼구먼. 나는 그럼 내가 잘하는 이 목을 붙여볼까' 하고 더 만들어나가고요. 이렇게 개개인이 각자의 예술적 재능과 문학적 재능을 마구 덧붙여서 백년을 살아온 장르가 판소리예요.

진중권 그렇다면 판본이 다를 수가 있겠네요. 똑같이「춘향가」를 이수했다고 해서 동일한 게 아니라요.

이자람 네, 다르죠. 그래서 아까 제가 뭘 이수했느냐는 질문에「동초제 춘향가」라고 했던 거예요.

진중권 그럼 배운 것 외에 애드리브를 넣는다든가 하는 건 가능한가요?

이자람 가능하지 않은 분위기예요. 일단 선생님을 잘 흉내내는 것이 판소리의 기본이거든요. 그런데 어제 공연 뒤풀이에 광주에 계신 명창 윤진철 선생님이 오셔서 이런 말씀을 하셨어요. 예전에는 '더늠'이라고 해서 사람들이 자신만의 소리를 만들기 위해 정말 열심히 노력했는데, 지금은 심사를 하러 가면 다 스승의 소리를 똑같이 하고 그 똑같음에 대해서 점수를 매긴다고요. 그게 잘못됐다는 거예요. 제가 하고 있는 작업과도 맥이 닿는 얘기라서 해주신 말씀 같습니다. 무형문화재라는 제도가 원형을 잘 보존하는 것을 목적으로 하기 때문에 선생님을 잘 따라하는 것이 중요하고 그것만 하기도 바빠요. 그럼에도 불구하고 그런 다음에는 자기를 세워야 동시대의 소리꾼으로서 소리를 이어나갈 수 있는 힘이 생기지 않을까, 그런 생각을 어제 했습니다.

진중권 옛날에는 그렇지 않았는데 지금은 원형을 보존하는 데 치중하다보니까 얼마나 똑같이 하느냐에 가치를 두고 있다는 거군요. 그러다보면 판소리의 원래 정신은 훼손되는 측면이 있겠습니다.

이자람 그래서 어떤 전통이든 원형 보존과 새로운 창작 두가지가 같이 가야 하는 것 같아요. 기본적인 철학과 기술에 대한 탐구를 바탕으로 자신만의 것을 찾는다면 가장 멋지겠죠. 그런데 판소리라는 장르가 기본을 해내는 것조차 징글징글하게 어려워서 쉽지 않은 것 같아요.

진중권 1999년 「동초제 춘향가」 완창으로 기네스북에 오르셨습니다. 최연소, 최장시간 완창이죠.

이자람 네, 「동초제 춘향가」가 가장 긴 버전이라 여덟시간이 걸립니다.

진중권 그럼 그전에는 「동초제 춘향가」를 완창하신 분이 안 계셨나요?

이자람 아니요, 돌아가신 저의 스승님이신 오정숙 선생님께서 완창을 하셨었어요. 그런데 기네스북에 등재되려면 먼저 신청을 해서 심사를 받아야 하는 거래요. 저는 제 공연이 기네스 세계기록에 신청된 줄 몰랐었는데 알고 보니 저희 아버지께서… (진중권 웃음) 오정숙 선생님이 등재 신청을 하셨더라면 먼저 최장시간 기록을 가지셨겠죠.

진중권 완창을 하면 목에 무리가 가지는 않나요? 가수들도 공연을 하면 목이 쉬던데, 판소리는 어떻습니까?

이자람 목이 쉬죠. 제가 엊그제 끝난 공연 덕분에 일주일을 소리 연습을 못 했습니다. 원래 매일 한시간 넘게 소리를 하는데 그때는 지금보다 조금 더 걸걸한 편이에요. 그 상태로 계속 연습을 한다는 건 내 목이 어떤 상태라도 소리를 낼 수 있는 기본을 갖추는 일이거든요. 목이 쉰 상태에서도 음들이 다 나오느냐가 소리꾼의 수준을 가늠하는 척도예요. 목이 쉬는 건 그렇게 중요한 일이 아닙니다. 20년을 꾸준하게 쉬어온 목과 갑자기 한달 연습해서 쉰 목은 다르거든요.

진중권 판소리는 완창에 큰 의미를 두는 것 같아요. 누가 어떤 판소리를 완창했다는 기사를 종종 보는데, 완창이 갖는 의미는 무엇인가요?

이자람 일단 전통 판소리에서 완창 말고는 의미를 두고 뉴스를 내보낼 거리가 별로 없는 것 같아요. 다른 어떤 걸 내세워도 대중들이 알아듣기 쉽지 않으니까 완창이라는 것에 주목하는 것 같고요. 또 다른 측면으로 사실 완창에는 그보다 훨씬 큰 의미가 있습니다. 소리꾼이 하나의 판본을 완창한다는 것은 스승에게 그것을 온전히 사사한 다음 몇년에 걸쳐 자기 것으로 체화했다는 이야기거든요. 그렇기 때문에 관객에게 완창을 선보인다는 것은 소리꾼에게 자신을 시험대에 올리는 굉장히 중요한 일이죠. 판소리 역사적으로도 완창은 어떠한 판본의 보존 상황을 눈으로 확인하는 자리이기 때문에 의미가 있고요.

진중권 소리꾼으로서의 능력을 입증하는 자리이기도 하군요.

이자람 그렇죠.

진중권 옛날에는 판소리를 지금과 같은 공연 형식이 아니라 이를테면 마을 사람들이 모인 곳에서 자유로운 형식으로 했을 텐데, 그때도 완창을 했을까요?

이자람 아니요. 완창을 처음 하신 게 박동진 선생님이세요. 그전에는 명창 선생님들도 주요 대목을 중심으로 연창連唱을 하셨죠. '오늘 저녁에는 소리꾼들 모인 자리에서 「적벽가」 새타령 한번 해야지' 하면서 갈고닦는 거예요. 그렇게 연창회가 서면 관객들 앞에서 다들 소리 한자락씩을 선보이는 거죠.

진중권 판소리에 관한 신화 같은 것도 있죠. 소위 '득음'과 관련된 전설들인데, 득음할 때 똥물을 마신다거나 피를 토한다거나 하는 이야기가 진짜인가요?

이자람 그런 오해가 있죠. 득음은 말 그대로 음을 얻는다는 건데, 저는 그걸 어떤 몸 상태에서도 관객 앞에서 음을 제대로 구현할 수 있는 상태, 그만큼 연습이 많이 된 상태라고 생각합니다. 저야 지금 소리 연습을 한시간밖에 안 하지만 옛날 사람들은 몇시간을 했다는

데, 한시간만 연습해도 온몸에 힘을 주고 긴장을 하기 때문에 근육부터 뼛속까지 온몸이 아프거든요. 그런데 과거의 소리꾼들은 돈이 있는 것도 아니고 밥 한끼 먹기도 어려운 사람들이었으니까, 보약 대신으로 재래식 화장실에 대나무를 꽂아서 대나무 막과 막 사이에 고인 물을 마셨답니다. 그걸 마시고 밤새 땀을 흘리면서 자면 독소가 배출된다는 이야기예요.

진중권 일부러 독성 성분을 섭취한다는 거군요.

이자람 그렇죠. 조선시대에나 가능했을 이야기이고, 지금은 절대 하지 말아야 하는 거죠. 피를 토했다는 것도 전설인데, 득음을 하기 위해서 연습을 많이 하면 당연히 목에 무리가 가고 염증도 생길 수 있잖아요. 그래서 간혹 피가래가 나올 정도로 연습을 많이 했다는 것이 와전되어서 피를 토했다는 이야기가 되지 않았을까 생각합니다. 그밖에도 전설이야 다양해요. 누구는 대금 한바탕을 불 때마다 고무신에 모래알 하나를 넣어서 나중에는 신발을 모래알로 가득 채웠다거나, 이동백 명창 선생님이 소나무를 뽑았다거나 하는 것도 그런 과장된 전설이죠.

창작 판소리, 판소리의 현재화

진중권 2007년 브레히트의 희곡 「사천의 선인」을 원작으로 만든 「사천가」를 시작으로 활발한 작창作唱을 하고 계십니다. 굉장히 중요한 작업이라고 생각합니다. 아까도 말씀하셨듯이 판소리를 잘한다는 건 기본적으로 선생님을 모방하는 것인데, 어떻게 서구의 문학을 바탕으로 창작 판소리를 하게 되셨나요?

「사천가」

21세기 한국을 배경으로 주인공 '순덕'이 '착하게 살라'는 명제 앞에서 자신의 삶의 모순과 싸우며 물음을 던지는 이야기.

이자람 일단 중고등학교 때 판소리를 하는 사람으로 사는 것이 외로웠어요. 친구들이 제가 하고 있는 게 뭔지 잘 모르고, 저는 멋있어서 판소리를 하는데 친구들은 제가 우리 문화를 지키기 위해서 하는 걸로 알고 기특해하는 것이 부당하다는 느낌이 들었고요. 나야 운 좋게 판소리의 멋을 알았지만, 사람들이 판소리가 멋이 없다고 느끼는 데는 이유가 있을 거라고 생각했죠. 그래서 내가 좋아하는 멋은 어떤 것들이 있을까 싶어서 다른 장르의 공연을 많이 보러 다녔습니다. 현대무용을 좋아하니까 현대무용 페스티벌이 있으면 모든 티켓을 끊어서 보기도 하고, 연극도 많이 보러 다니면서 제가 멋있다고 느끼는 지점이 뭔지 고민했어요. 그랬더니 물론 내가 할 수 없는 굉장한 테크닉, 무대에서의 재능도 멋있었지만 그것보다도 저와 통하는 접점을 발견했을 때, 저의 내면을 건드려서 속이

다 시원하게 울고 웃을 수 있게 해줄 때 관객으로서 가장 기쁘더라고요.

그렇다면 판소리는 사람들이 멋있지 않다고 느끼는 점이 무엇일까 생각해보니, 나를 바로 건드려주지 않는다는 거였어요. 사실 판소리에 대해서 알면 접점이 생기는데 처음 접할 때는 옛날이야기니까 바로 다가오지 않는 거죠. 그렇다면 지금 내가 하고 싶은 이야기는 무엇일까 고민하다가 여러 대학의 훌륭하다는 극작 수업을 찾아서 청강을 하면서 브레히트를 읽었어요. 브레히트가 누군지도 모르면서요. 그런데 브레히트의 「사천의 선인」에 나오는 셴테가 저랑 너무 닮았다고 느꼈습니다. 착하게 살고 싶은 욕망이 있으나 착하게 사는 게 뭔지조차 아무도 알려주지 않고…

진중권 사회가 허락하지도 않고.

이자람 네, 그리고 착하다는 이유로 억압당하고, 결국 살아남기 위해서 악을 선택하는데 선과 악이 비슷해지는… 그래서 당시 함께 작업하기로 한 남인우 연출에게 「사천의 선인」 이야기를 했더니 바로 동감하더라고요. 한마디로 지금 이 시대에 하고 싶은 얘기를 찾다 「사천의 선인」이라는 희곡을 발견했고, 제가 가장 잘할 수 있는 도구인 판소리로 그것을 다시 이야기한 거죠. 그랬더니 난리가 났습니다. 브레히트를 판소리로 만들었다, 완벽한 만남이다, 찬사를 너무 많이 들었죠. 그런데 사실 저는 그때까지도 브레히트에 대해서

「사천가」의 한 장면

잘 몰랐습니다.

진중권 저도 정말 절묘한 만남이고 판소리의 돌파구라는 생각이 들었습니다. 판소리의 원형을 보존하는 것도 중요하지만 현재 삶과의 간극을 어떻게 극복할 수 있을까 늘 의문이었는데, 이자람씨의 창작 판소리에서 돌파구를 찾은 느낌이었어요.

사실 브레히트가 연극사에서 서구 연극의 전통을 깬 사람이거든요. 저도 이자람씨 공연을 보고 나서 『씨네21』에 글을 쓴 적이 있습니다만, 브레히트의 서사극이라는 게 근대 연극 이전의 고대 그리스 서사시적인 요소를 활용한 것이거든요. 브레히트는 연극에 정치적인 내용을 많이 담고 싶었는데, 드라마 형식 가지고는 잘 안 되니까 서사적인 걸 도입한 거죠. 제 생각에는 그리스의 서사시인들이 우리나라의 판소리꾼과 같았던 것 같아요. 관찰자 입장에서 스토리텔링을 하다가 자기가 배우가 되어서 연기도 하니까요. 그런 의미에서 브레히트를 소환한 건 정말 기막힌 한수라는 생각을 했습니다. 「사천가」 다음에도 브레히트를 원작으로 「억척가」를 하셨는데, 브레히트의 어떤 점에 매료되신 건가요?

이자람 그것도 오해를 풀어드릴게요. (웃음) 사실은 브레히트와 판소리의 만남이라는 찬사를 너무 많이 받는 바람에 5년 동안 도망을 다녔었어요. 브레히트가 아닌 다른 작가의 작품을 하고 싶어서요. 그런데 자꾸 「억척어멈과 그 자식들」이라는 희곡이 레이더에 걸려서 덜거덕거리더라고요. (진중권 웃음) 그래서 셰익스피어로도 어디로도 갈 수가 없었고 결국 그 작품을 하게 됐죠.

진중권 텔레비전 다큐멘터리에서 「사천가」에 대한 프랑스 현지의 반응을 봤는데, 프랑스 사람이 '우리가 스토리텔링하는 법을 다시 배워야겠다'는 말을 하더라고요. 그걸 보니 유럽 사람들이 어떤 맥락에서 열광하는지 알 것 같았습니다. 이자람

2011년 빠리 아베스 극장 「사천가」 공연과 현지 인터뷰.

씨는 자신의 작업에 대해서 판소리의 '서구화'가 아니라 '현재화'라는 말씀을 하셨는데, 어떤 차이인가요?

이자람 「사천가」와 「억척가」가 흔히 말하는 큰 성공을 거뒀어요. 프랑스의 빠리시립극장에서 세번 연속 아시아인을 초대한 게 제가 처음이고, 2010년 폴란드 콘탁트 국제연극제에서 최고여배우상도 받고, 또 제가 무척 존경하는 프랑스의 연극평론가인 빠트리스 빠비스 Patrice Pavis가 「억척가」에 대해 애정이 듬뿍 담긴 칼럼을 써주기도 했습니다. 그런데 그 글에서 딱 하나 마음에 걸리는 것이 '판소리의 훌륭한 서구화'라는 표현이었어요. 반감이 들더라고요. 아까 말했듯이 저는 브레히트와 판소리를 만나게 하려던 게 아니라 다만 사는 얘기를 하려고 한 것이고, 전세계 사람들이 모두 비슷한 시대를 살다보니 유럽에서도 공감을 샀다고 생각하거든요. 그런데 마치 동양 아이가 브레히트로 판소리를 잘했다는 식으로 이해되는 것이 제 작업에 대한 평가절하처럼 느껴졌습니다. 그래서 꼭 서구에서 좋아하지 않더라도 한국에서 충분히 가능한 현재의 이야기라는 뜻으로 서구화가 아닌 현재화라고 한 겁니다.

진중권 그렇군요. 그런 반감이 들 만합니다. 「사천가」는 외국 작품을 원작으로 하기두 했지만 형식적으로도 여러가지가 섞여 있는데요, 전통 판소리와의 차이에 대해서 좀 설명해주시죠.

이자람 밖에서 안으로 들어가면서 설명해보겠습니다. 먼저 의상과 조명이 다르고, 굉장히 많은 악기들이 등장하고, 한 사람의 서사자가 있긴 하지만 중간중간 배우들도 등장하고 기존의 판소리보다 볼거리가 많습니다. 요즘은 많은 사람들이 볼거리를 우선시해서 볼거리가 다양해지는 것을 컨템퍼러리니 퓨전이니 하죠. 하지만 볼거리는 저에게 우선순위가 아니었어요. 만약에 조선시대에 촛불 이상의 빛이 있었다면 그걸 켰겠죠. 또 만약에 조선시대에 기타라는 악기가 있었다면 판소리꾼이 '내가 「심청가」 할 건데 기타 좀 쳐봐' 했을 거예요. 다만 없었을 뿐이죠. 만약 판소리가 꼭 원형 그대로 보존되지 않고 개인에 의해서 자유롭게 창작되어왔다면 다양한 악기들이 더 편입되었을 거예요. 저는 정형화된 판소리를 배운 세대인 동시에 드라마를 돕는 여러가지 효과들을 경험하며 자란 세대이기 때문에 자연스럽게 그런 장치를 넣은 거예요. 볼거리가 아니라 드라마를 돕기 위해 새로운 의상이 필요했고 조명이 필요했던 거죠. 더 안으로 들어가자면, 결국 제가 놓치지 않으려고 했던 건 서사자가 이 이야기에 대해서 어떤 관점을 가지고 관객과 무엇을 나누려고 하는가였어요. 결국 판소리의 원형적인 힘을 일순위로 끌어오고 싶었던 거죠. 제가 생각하는 판소리의 본질은 서사자가 무대에서서 자신의 철학으로 하나의 이야기를 관객과 나누는 거예요. 이 본질을 탄탄히 받쳐주는 것이 전통으로 이어져온 기술들, 아직 저로서는 절반도 못 이룬 기술들이고요.

진중권 판소리라는 게 모든 것을 노래로 듣고 장면을 머릿속으로 상상하게 만드는 거잖아요. 조선시대 판소리가 계속해서 변화했다면 연극적 요소를 강화하는 방향으로 발전했을 거라고 생각하시는 건가요?

이자람 아니요, 연극적으로 발전했을 거라기보다는 관객의 상상을 돕기 위해 다양한 장치를 동원했을 거라고 생각하는 거죠.

진중권 창작 판소리라고 하면 과거에도 임진택 선생의 계보가 있지 않았습니까. 제가 처음 들은 창작 판소리가 김지하의 「똥바다」였거든요. 대학교 1학년인가 2학년 때였죠.

이자람 직접 보셨어요? 부럽습니다.

진중권 지금은 그 공연이 전설이 됐죠. 그럼에도 불구하고 외국 작품을 현대 언어로 만든 파격적인 시도는 「사천가」가 최초인 것 같아요. 혹시 전통 판소리계에서 비판 같은 건 없었나요?

이자람 비판을 듣지는 못했어요. 하지만 우려는 있었죠. 혹은 아예 저를 전통 판소리 하는 사람이 아닌 걸로 생각을 하거나요.

진중권 그건 일종의 파문破門이잖아요.

이자람 그렇죠. 오랜만에 만난 분들은 "소리도 좀 해" 이런 말도 하세요.

물론 매일 소리 연습을 하고 있지만 겉으로 보이는 건 없으니까요. 그래도 많은 분들은 제 작업 덕분에 많은 것들이 좋아지고 있다고 격려해주세요.

진중권 '네 활동도 나름대로 의미가 있지만 기본에 충실해라'라는 충고 군요.

이자람 그렇죠. 늘 듣는 말이에요.

진중권 앞에서도 말씀드렸듯이 「사천가」 다음으로 만든 작품이 「억척가」 인데, 「사천가」와는 또 다른 고민이 있었을 것 같습니다.

이자람 네, 우선 무슨 얘기를 해야 할지가 문제였어요. 「사천가」는 하고 싶은 얘기가 정말 절절했거든요. '나는 왜 사는 게 힘들까', 이런 20대 후반의 고민이 있었는데, 「억척가」 때는 '하고 싶은 얘기가 없는데 어떡하지?'가 고민이었죠.

진중권 두 작품이 주제가 좀 다르잖아요. 「억척가」는 현실세계의 본질을 설명한다는 느낌이죠.

이자람 그렇죠. 그런데 「억척어멈과 그 자식들」이라는 텍스트가 제 마음에 계속 남더라고요. 이것이 왜 내 마음의 레이더에 걸렸을까, 그 이유를 찾는 것이 작업의 본질이고 그걸 잘 풀어냈을 때 좋은 작업이 되는 것 같아요. 그래서 한번은 포털사이트에서 '억척'이라고 검색을 해봤더니, 웬걸, 내 또래의 수많은 사람들이 자신이 오늘도 억척스럽게 살았다고 글을 올렸더라고요. 모두가 억척스럽게 산다고 느끼는구나, 왜 그럴까, 거기서부터 시작된 거예

요. 그래서 먼저 제목부터 '억척가'로 정하고 질문을 했죠. 우리는 어떻게 살고 있나, 왜 이렇게 살고 있나, 그런 질문에 대한 답을 찾아가는 과정이었습니다.

진중권 「억척가」 역시 해외에서 굉장한 호평을 받았습니다. 여러가지 반응을 접하셨겠지만, 아까도 말씀하셨듯이 판소리가 서구화된 동양적 전통이 아니라 마치 우리가 클래식을 받아들일 때처럼 창조적인 현재의 예술 장르로 수용될 수 있어야 할 텐데요, 그러기 위해서는 무엇이 필요할까요? 이자람씨 같은 창작자들도 많이 나와야겠지만 동시에 평론이나 관객의 문화도 있어야 할 텐데요.

이자람 진짜 어려운 질문이네요. 이 질문에 잘 대답할 수 있으면 저는 진짜 잘해나갈 텐데… (진중권 웃음) 「사천가」 「억척가」가 모델이 되었으니 그것에 대한 비판과 수용을 통해서 다른 작품들이 계속 자라날 거라고 봅니다. 저는 그 과정에서 관객을 많이 길러내는 것이

포털사이트에서 '억척'이라고 검색을 해봤더니, 웬걸,
내 또래의 수많은 사람들이 오늘도 억척스럽게 살았다고 글을 올렸더라고요.
모두가 억척스럽게 산다고 느끼는구나, 왜 그럴까, 거기서부터 시작된 거예요.

중요하다고 생각해요. 좋은 것을 봐줄 줄 아는 관객이 늘면 장르는 성장합니다. 판소리는 심미안을 가진 관객이 너무나 절실한 상황이에요. 양적 팽창도 물론 반갑죠. 하지만 만약 판소리를 처음 접하는 관객이 형편없는, 철학 없는 판소리를 만난다면 그 사람은 다시는 판소리를 찾지 않을 거예요. 우선은 양적 팽창이 절실하지만, 질적인 성장도 꼭 필요합니다.

진중권 많이 보다보면 수많은 관객 중에서 제대로 된 관객이 생겨나겠죠.

이자람 맞아요. 그래서 먼저 공연이 많이 늘어나야 하고, 그래서 관객도 늘어야겠죠. 그런 다음에 훌륭한 작품이 나올 수 있을 거예요. 그걸 디딤돌 삼아서 또다시 좋은 작품들이 나오고.

진중권 제가 기억나는 게, 30년 전쯤에 활발하게 활동하던 연극애호가들의 모임이 있었어요. 연극 평을 모은 회지도 펴냈었는데 제목이 '추임새'였거든요. 관객의 적극적인 평가가 공연하는 사람들에게 추임새가 된다는 의식이 분명한 거죠. 당시에는 그렇게 연극에 대해서 나름대로 무척 정교하고 정성스럽게 글을 쓰는 문화와 팬덤이 있었던 건데, 판소리계에도 그런 문화가 생겼으면 좋겠습니다.

이자람 지금 공연계에서 뮤지컬은 관객이 많이 늘어난 덕분에 그런 문화가 좀 생긴 것 같습니다. 평론가 못지않은 평들도 많이 나오고요.

때로는 그것이 공연하는 사람들을 힘들게도 하죠. 관객의 말이 다 맞는 건 아니니까요. 그럼에도 불구하고 공연을 보고 평가하는 누군가가 생겼다는 건 정말 좋은 일인 것 같아요. 판소리에도 그런 분들이 굉장히 귀해요.

진중권 어떻게 보면 판소리를 처음 접하는 사람들의 반응이 주의 깊게 새길 만한 가치가 있겠네요.

이자람 그렇죠. 대한민국 사람 중에서 판소리를 본 경험이 있는 사람은 0.01퍼센트 정도고, 나머지는 판소리를 본 적이 없는 사람들이니까요. 양쪽의 의견을 다 잘 수렴하면서 가는 것이 숙제입니다.

진중권 최근에는 또다른 종류의 창작 판소리 「추물/살인」을 진행하고 계신데, 주요섭의 단편소설 「추물」과 「살인」을 기반으로 한 작품입니다. 저도 소식을 듣고 「추물」을 다시 한번 읽어봤는데, 문장이 무척 맛깔스러워서 그대로 판소리로 옮길 수 있을 것 같았습니다. 「살인」도 그런가요?

이자람 「살인」은 전혀 달라요. 「추물」은 한 사람의 삶을 서사적으로 그린 작품인데다 내용도 형식도 판소리로 만드는 작업이 그리 어렵지 않았어요. 제가 해오던 데서 더 잘하려고 노력하면 되는 정도였죠. 반면에 「살인」은 인물의 내면의 변화를 따라가는 서정적인 이야기

라고도 할 수 있어요. 한 창부가 어느날 지식
인으로 보이는 남자를 사랑하게 되면서 자신
의 삶을 돌아보고 포주 할미를 죽인다는 게 이
야기의 전부거든요. 연출자가 이 작품을 권했
는데, 처음에는 못 하겠다고 했어요. 그런데
생각해보니 이런 판소리는 지금까지 없었고
앞으로도 나오기 힘들겠더라고요. 그래서 한

「살인」

가난한 형편 때문에 몸을 팔게
된 주인공 '우뽀'가 사랑을 통해
삶을 다시 마주하게 되는 과정
을 이야기한다. 소리꾼 이승희,
악사 김홍식, 이향하, 신승태.

번 해보고 싶었어요. 인물 내면의 변화를 판소리의 소리와 리듬에
어떻게 잘 담아낼 수 있을까 고민했고, 그래서 무척 독특한 작품이
되었습니다.

진중권 시에 비유하면 「추물」은 외재율이고 「살인」은 내재율이 되는 거네
요. 마르께스Gabriel García Márquez의 단편소설 「대통령 각하, 즐거운 여
행을」도 「이방인의 노래」라는 판소리로 만드셨습니다. 그 작품은
어떤 맥락에서 선택하셨나요?

이자람 「추물/살인」은 제가 무대에 선 게 아니라 후배들을 위해서 만든 거
였어요. 그후에 통영국제음악제에서 공연 요청이 왔는데, 제가 창
작을 해도 되느냐고 물었더니 뭐든 마음대로 하라는 거예요. 이런
기회가 어디 있어요. 공연자에겐 정말 행복한 기회거든요. 그래서
놓칠 수 없다 싶어서 소설을 계속 읽었죠. 「억척가」 「사천가」는 너
무 길고 부담스러워서 단편을 찾았습니다. 그러다가 평소에 좋아

하던 마르께스의 오래된 단편집 중에서 이 작품을 발견했어요. 아름다운 소설이었죠. 읽고선 낮잠에 들었다 일어났는데, '이 아름다운 소설을 판소리로 만들기란 정말 어려울 거야. 그러니까 내가 한번 해봐야겠다' 하고 결심이 서더라고요. (진중권 웃음) 정말 많은 소설과 희곡을 읽었지만, 재미있게 읽고 나서도 금방 지나가는 게 있는가 하면 계속 마음에 남는 작품이 있거든요. 거기엔 분명 이유가 있다고 생각합니다. 그 이유를 찾아가는 것이 제 작업의 과정이에요.

진중권 와서 꽂히는 것, 이른바 '푼크툼'punctum이라고 하죠. 수많은 작품들 중에서도 특별히 나를 아프게 하거나 불편하게 하는, 뭔가 있는 작품 말입니다.

이자람 네, 맞아요.

진중권 말씀을 듣다보니 「추물/살인」처럼 판소리도 작가와 공연자가 따로 있는 식으로 발전할 수 있겠다는 생각도 듭니다. 앞으로도 계속 작창을 하실 생각이죠? 혹시 지금 봐두신 작품이 있나요?

이자람 네, 두 작품이 있어요. 하나는 셰익스피어의 「로미오와 줄리엣」. 다들 격정적인 사랑 이야기로만 알고 있지만 실은 두 가문 사이의 굉장히 정치적인 싸움을 그린 작품이거든요. 하지만 낭상은 어렵고

10년짜리 프로젝트가 될 것 같아요. 또 하나는 아직 저도 희곡 원문을 읽어보지는 못했는데, 손턴 와일더Thornton Wilder의 「우리 읍내」라는 작품입니다. 한태숙 연출의 연극을 굉장히 아름답게 본 적이 있어요. 그때는 생각을 못 했었는데 얼마 전에 갑자기 내가 왜 이걸 판소리로 안 만들었지 싶더라고요.

진중권 기대해보겠습니다. 「사천가」나 「억척가」도 「심청가」나 「춘향가」처럼 일종의 고전이 되어서 후배들이 하게 되진 않을까요? 또 그렇게 되어야 하지 않을지요.

이자람 불과 2년 전까지도 그렇게 되길 바랐어요. 그런데 지금 다시 드는 생각이, '고작 그 정도 퀄리티로 만들어놓고 그런 걸 바라다니 나도 참…'(웃음) 사실 「추물/살인」을 한 소리꾼들이 「사천가」를 이어받았어요. 하지만 동시대의 누구든 「사천가」를 하면 이자람의 그늘 때문에 괴로울 수밖에 없어요. 물론 그걸 넘어서는 게 그들의 몫이겠지만, 굳이 그들을 힘들게 하고 싶지 않더라고요. 그래서 작가로서 「추물/살인」을 그들만의 작품으로 써준 거죠. 지금도 「사천가」나 「억척가」의 자료를 원하는 분들이 굉장히 많아요. 대본을 달라, 음원을 달라, 영상을 달라… 하지만 아무한테도 안 주고 있습니다. 어떻게 전수를 할지 고민 중이에요.

진중권 하지만 「사천가」「억척가」를 새롭게 해석해서 또다른 작품으로 만드는 건 새로운 소리꾼들의 몫이겠죠.

이자람 네, 그때가 오겠죠. 결국 전수를 시작하는 사람은 제가 될 텐데, 아직 제가 스승이 되고 싶진 않아요. 언젠가는 후배들이 자유롭게 모자란 부분을 완성하도록 맡겨서 백년 뒤에 더 훌륭한 작품이 되게 해보고 싶습니다.

아마도이자람밴드

진중권 '아마도이자람밴드'라는 인디밴드 활동으로도 이름을 많이 알렸습니다. 판소리뿐 아니라 무척 다양한 관심과 취향을 가지고 계신데, 주로 어떤 음악을 듣고 좋아했나요?

이자람 어렸을 때부터 록을 잘 듣긴 했는데, 둘째 언니의 영향인 것 같아요. 둘째 언니가 미술을 하는데 록음악을 굉장히 많이 들었거든요. 저는 옆에서 듣고 시끄럽다고만 했는데, 어느날 갑자기 너바나Nirvana의 음악이 귀에 꽂히더라고요. 그래서 언니가 가지고 있는 음반을 하나씩 듣기 시작했고, 그게 고등학생 때였어요. 당시에는 R.E.M., 펄잼Pearl Jam 등 얼터너티브 록을 많이 듣고 본 조비를 좋아했고요. 그러다 언니를 따라서 지금은 없어진 '태권브이'라는 홍대 클럽에 가서 라이브를 처음 보고는 대학을 가면 홍대 클럽에서 공

연을 하겠다고 결심했죠. 너무 멋져 보였어요. 그래서 대학에 가자
마자 기타가 보이는 동아리에 날름 들어가서 기타를 배우기 시작
했는데 거기가 '메아리'였어요.

진중권 그런 취향이 자연스럽게 밴드 결성으로 이어진 거군요. 메아리는
제가 다닐 때만 해도 운동권 노래 부르던 동아리였는데요.

이자람 저희 때부터 인디 문화나 문화혁명, 포스트모더니즘, 이런 것들을
공부하고 그랬어요.

진중권 모던에서 포스트모던으로 넘어가는 바로 그 시점이었군요. 홍대
인디 씬에는 어떻게 발을 담그게 됐나요? 듣는 것과 직접 밴드를
하는 건 다르잖아요.

이자람 제가 한번 내뱉은 말은 꼭 하는 성질이어서요.
대학에 들어가자마자 무작정 홍대 앞에 갔어요.
당시 '드럭'이라는 클럽의 밴드들이 자주 드나
드는 아지트 같은 까페가 있었거든요. 크라잉넛,
노브레인, 옐로키친, 코코어 같은 밴드들이 활동
하던 때였습니다. 그러다 오디션을 봐야겠다는
생각에 자작곡인 「슬픈 노래」로 클럽 '빵'에서 오디션을 봤어요.

「슬픈 노래」
아마도이자람밴드 1집 「데뷰」
수록.

진중권 판소리 하는 사람들 쪽에서 보면 밴드 활동이 일종의 일탈이나 외도로 받아들여질 수 있지 않나요? 그때만 해도 확실히 국악계에 속해 있다는 의식이 없던 때였는지요.

이자람 그런 생각은 별로 안 했어요. 그때도 저희 어머니 말씀에 어차피 학교를 국악과가 아니라 메아리과를 다녔기 때문에… (진중권 웃음) 특별히 다른 장르로 외도를 했다고 생각한 적은 없고, 그냥 제가 꽂히는 걸 열심히 하는 삶을 산다고 생각해요. 그때는 메아리에서 공연을 만드는 데 꽂혔었기 때문에 그걸 위해서 인디음악도 많이 듣고 그랬던 것 같아요.

진중권 아마도이자람밴드의 음악을 들어보면 약간 쉰 듯한 판소리 느낌의 발성이 베이스로 깔려 있다는 느낌도 드는데요, 판소리 발성과 대중음악의 발성이 달라서 힘들진 않나요?

이자람 그렇진 않아요. 저도 그 차이를 잘 설명하기 어렵지만, 예를 들면 그냥 스위치를 전환하는 기분이거든요. 판소리 스위치를 켜면 판소리에서 말하는 좋은 소리를 내는 데 집중해서 필요한 근육들을 자연스럽게 쓰게 되고, 또 밴드 음악을 할 때는 제 소리보다는 밴드의 합에 집중하게 되고요. 밴드 음악이 아니더라도 일상과 판소리 사이에도 모드 전환이 있고, 일상과 밴드도 마찬가지인 것 같아요.

아마도이자람밴드

진중권 한편으로는 판소리를 한다는 게 밴드에서 노래할 때 장점이 될 수
도 있지 않나요? 판소리 발성이 묘한 매력이 될 수도 있잖아요.

이자람 별로 그렇지 않아요. 심지어 밴드 하는 5년 동안은 노래를 너무 잘
하는 걸 지양하자는 마음에 일부터 투박하게 부르기도 했어요. 그
보다는 무대 근육을 기르는 데 판소리에서 도움을 빈은 깃 같아요.
무대에 섰을 때 힘이 달리면 노래도 잘 안 되고 기타 코드도 잘못
짚고 멘트도 잘 안 되거든요. 그런데 판소리 덕분에 저는 준비만
잘되면 무엇을 하든 준비한 대로 잘하고 내려올 수 있는 근육은 있
는 것 같아요.

진중권 그렇군요. 공연할 때 관객들의 분위기도 다를 것 같은데 어떤가요?

이자람 일단 무대에 섰을 때 관객들보다 제가 달라져요. 판소리는 한시간 이건 두시간이건 제가 제 100퍼센트를 발휘해서 관객들과 같이 흘러가야 하는 막중한 책임이 있어요. 무대에 서기 전의 부담이 이루 말할 수 없죠. 밴드도 물론 떨리고 부담스럽고 어떤 멘트를 해야 할지 너무 고민이 되지만, 그래도 약속된 노래가 있어서 그걸 정성껏 잘 연주하면 되는 면이 있어요. 판소리에도 약속된 노래가 있지만 제가 서사자로 무대에 서는 것이기 때문에 어떤 마음으로 말하느냐에 따라서 공연이 달라지거든요. 반면에 밴드 음악은 어쨌거나 스코어 안에서 정해진 가사만큼 열심히 하면 나머지는 정해진 대로 시간이 흘러가더라고요. 저한텐 너무 편하죠.

진중권 이렇게 이해하면 될까요. 판소리는 관객이 작품을 형성하는 요소로 들어와 있기 때문에 관객과 같이 가야 하고, 밴드 공연은 사실 노래 자체가 완성된 작품이어서 그만큼 관객이 들어올 여지가 적은 거죠.

이자람 네, 맞아요.

진중권 밴드 활동 외에도 최근에는 뮤지컬 「서편제」로 여우주연상을 받으셨습니다. 판소리와 뮤지컬은 엄연히 다른 장르인데, 처음에 제안을 받았을 때 망설이거나 하진 않으셨나요?

이자람 처음에 이지나 연출이 제게 국악감독과 트레이닝, 가능하면 배우까지 맡아주면 좋겠다고 제안해주셨는데 제가 고사했어요. 뮤지컬은 저한테는 너무 큰 장르였거든요. 그런데 저를 설득하시기를 '네가 하고 있는 작업은 대중을 개발해야 하는 작업이다. 뮤지컬을 잘하면 도움이 될 거다'라는 거예요. 그래서 저는 거꾸로 트레이너는 싫고 국악감독은 일단 해보겠지만 그보다는 배우를 해보고 싶다고 했죠. 연기 욕심이 좀 있었으니까요.

진중권 그럼 뮤지컬이라는 장르 자체에 대해서도 매력을 느끼셨나요? 처음에 뮤지컬이라는 데 부담을 느꼈다고 하셨잖아요.

이자람 뮤지컬이 분명히 아름다움이 있어요. 음악에 인간의 목소리를 채워서 드라마를 만들어내는 장르잖아요. 그런데 그것이 제가 좋아하는 아름다움인지는 아직 모르겠어요. 제가 본 뮤지컬 중에서는 「벽을 뚫는 남자」가 제일 좋았거든요. 브로드웨이에서 본 「시카고」도 놀라웠고요. 그런데 어떤 뮤지컬들은 드라마가 아니라 겉으로 보이는 것이 주가 되어서 '이쯤에서 관객들을 깜짝 놀라게 해줘야

해', 이런 의도가 뻔하게 보여요. 그럴 때는 거부감이 들죠.

진중권 관객의 감정을 조작하려는 의도가 보이는 거죠.

이자람 그렇죠. 너무 무례한 거예요. 관객은 그렇게 멍청하지 않거든요. 자극이 넘치는 뮤지컬을 몇번 보고서는 너무 실망했어요.

진중권 뮤지컬에도 매뉴얼이 있나봅니다. 요즘 영화도 이때쯤 어떤 장면이 들어가야 한다는 식으로 공식에 따라서 만들어지잖아요.

이자람 그런 게 너무 속상해요. 하지만 분명 아까 말한 것처럼 정말 아름다운 뮤지컬도 있기 때문에 장르 자체를 불신하지는 않아요. 여건이 안 되니까 자꾸 성공할 수 있는 매뉴얼을 찾는 것일 테죠. 제작자나 창작자들이 그런 여건이 되어서 아름다운 뮤지컬을 계속 만들면 좋겠다는 생각이 드네요.

진중권 최근에 제 누나이기도 한 진은숙씨가 인터뷰에서 이런 얘길 했습니다. "이자람 공연을 본 뒤 판소리 등 한국식 창법으로 노래하는 사람과 함께 이제껏 한번도 한 적이 없는 장르의 음악을 해보고 싶은 마음이 생겼다. 그런데 그것을 하려면 엄청나게 공부하고 노력해야 한다." 사실 제가 권했거든요, 이자람이라는 사람이 있는데 공연을 꼭 보라고.

이자람 맞아요. 그래서 입국하신 날이라고 들었는데 공연을 보러 오셨더라고요.

진중권 현대음악 쪽에서 같이 작업을 하자고 하면 할 의향이 있으신가요?

이자람 진은숙 선생님이라면요. 왜냐하면 제 작업을 본 현대음악 작곡가는 진은숙 선생님밖에 안 계시니까. (웃음) 작업을 보고 그런 마음이 든 분이라면 저는 믿고 따라갈 수 있겠죠. 요즘 많은 예술가들이 어떤 장르에 어떤 사람이 이름이 났다더라 하면 그 사람의 작업보다는 그 사람을 만나고 싶어해요. 저는 그게 요즘 예술계의 문제라면 문제라고 생각해요. 그런데 사람이 아니라 작품을 보고 작업을 해보고 싶다는 건 정말로 무언가 느꼈다는 이야기고 제가 거기에 기여를 했다는 거니까, 같이 해보고 싶다는 마음이 들죠.

진중권 아까 말씀하신 것 중에 '판소리의 서구화가 아니라 현재화다'라는 말에 아마 진은숙씨도 동감할 겁니다. 아시아 작곡가가 현대음악을 하면 신기하게 생각하고 주목하는 분위기가 현대음악계에도 있으니까요. 그래서 판소리에 관심을 가졌다는 게 어떻게 보면 의외인데, 이자람씨에게 굉장히 깊은 인상을 받았나봅니다. 지금까지 많은 장르를 섭렵해오셨는데, 그밖에도 도전하고 싶은 장르가 있으신가요?

이자람 영화를 해보고 싶어요.

진중권 연기에 관심이 있다고 하셔서 그렇잖아도 물을까 말까 했는데. (웃음) 영화를 하고 싶다는 생각을 하신 이유는요?

이자람 두가지 이유가 있어요. 첫번째는 개인적인 욕망이기도 한데, 제가 연기하는 걸 저는 본 적이 없어요. 사람들이 저보고 무대에서 어떻다 하는데 본 적이 없으니까, 영화로 연기하는 제 모습을 보고 싶은 욕망이 있죠.

진중권 나도 편히 앉아서 내 연기 좀 보고 싶다는 건가요. (웃음)

이자람 내 눈이 어떻게 움직이는지, 내 얼굴이 어떤 얼굴인지가 궁금해요. 몰입했을 때 나의 정확한 얼굴은 뭔지. 두번째로는 좋은 판소리를 다룬 좋은, 촌스럽지 않은 영화가 있었으면 좋겠어요. 판소리를 다룬 영화는 있어도 과거가 아닌 현재의 판소리를 다룬 영화는 없거든요. 어려우니까요.

진중권 문득 든 생각인데, 「시카고」 같은 느낌으로 연출할 수도 있겠네요. 뮤지컬과 영화의 결합이랄까요.

이자람   네, 제가 해보고 싶은 연기가 「어둠 속의 댄서」Dancer in the Dark의 비외르크Björk 같은 연기인데요, 영화를 그렇게 만드는 건 잘 모르겠어요. 그러니까 판소리에 대한 영화인데 판소리가 훌륭하다는 얘기가 아니라 판소리로 먹고사는 누군가의 이야기, 혹은 판소리 안의 여러 문제, 기쁨, 슬픔, 그런 것들을 보여줄 수 있는 영화가 나오면 좋겠어요.

진중권   쉽지는 않겠네요. 시나리오 쓰는 것부터 힘들 것 같아요.

이자람   그렇죠. 우리한텐 불가능한 얘기죠. 아무래도 낯선 장르니까요. 하지만 정말 재밌는 이야기들이 많아요. 제가 시나리오를 쓰진 못하겠지만 누군가 현재의 판소리를 다룬 영화를 만들어주면 얼마나 좋을까 싶어요.

판소리의 미래, 이자람의 미래

진중권   지금 많은 무형문화재가 젊은 계승자가 없어서 대가 끊기는 실정으로 알고 있는데 판소리는 어떻습니까? 예전에 영화 「서편제」 이후로 한창 판소리 붐이 일면서 많은 사람들이 판소리를 배우겠다고 했는데, 그후에는 어떻게 됐나요?

이자람 일단 각 대학에 판소리를 전공하는 과가 많아져서 진학의 발판은 마련됐지만 취업은 여전히 어려워요. 관官에서 일하는 게 가장 안정적이라 여기는데 자리가 한정되어 있으니 후배들이 많이 힘들어하죠. 하지만 창작의 힘, 맨땅에 헤딩이라도 해보는 힘은 다시 생기는 것 같아요. 어느 시대나 어느 장르나 다 어렵죠. 판소리 하는 후배뿐만 아니라 연극배우들도 보면 그 많은 사람들이 다들 삼각김밥 먹고 살아요. 그런 시대이고 그런 장르인 것 같아요. 대한민국에서 예술을 한다는 것 자체가 배곯는 것을 감내하는 거죠. 돈은 딴 데서 벌어서 하고 싶은 걸 하는 것, 그게 당연시되는 사회에서 당연하지 않게 버티는 것. 그럼에도 불구하고 많은 사람들이 견디고 있습니다.

진중권 후배들 중에서 이자람씨처럼 판소리 창작을 해보겠다고 얘기하는 친구들도 있나요? 아무래도 성공사례를 봤으니까 자극을 받겠죠.

이자람 그럼요. 제 가장 강력한 조언자가 엊그제 제 공연을 보고 이런 말을 해줬어요. "넌 정말 작창을 잘해. 아마 지금 대한민국에서 제일 잘할 거야. 하지만 이 정도 작창은 앞으로 우후죽순처럼 생길 거야. 네가 열심히 하면 명품 작창자 정도는 되겠지. 그렇기 때문에 너는 여기서 멈추면 안 돼."

진중권 무서운 말이네요.

이자람 무서운 조력자예요. (둘 다 웃음)

진중권 한편으로는 그런 상황이 반갑기도 해요. 「사천가」나 「억척가」나 「추물/살인」 같은 작품들이 우후죽순처럼 생긴다면 그거야말로 판소리의 르네상스 아닌가요.

이자람 그렇죠. 그러면 좋은 관객들도 생길 거고요. 좋은 작품들이 계속 더 나와야겠죠.

진중권 후배들 중에서 눈에 띄는 재능이 있는 후배들이 있겠죠?

이자람 있어요. 그런데 소리를 잘하는 친구를 대중이 알아주지 못하는 경우도 많아요. 듣는 귀가 없기 때문에 심지어 답답한 소리, 발음이 안 좋은 소리라는 얘길 들어요. 그리고 판소리 하는 사람들이 볼 때는 소리 많이 안 했다 싶은 친구인데 대중에게는 맑고 전달력이 높은 소리라는 평을 듣기도 하거든요. 대중의 귀가 과거와 많이 달라진 것 같기두 해요.

진중권 참 애매모호하네요. 그럼 반드시 누가 더 잘한다고 할 수 없는 거 잖아요.

이자람   그렇죠. 기본적으로 어느정도 기본기는 갖추어야겠지만, 그다음에 필요한 건 '다름'이에요. 그래서 후배들의 재능을 어떻게 보아야 할지가 중요한 것 같아요. 어떤 친구가 대중이 원하는 소리를 지녔지만 전통을 좀더 배우는 게 좋겠다는 생각이 들 때 저는 이렇게 조언하는 편이에요. "너는 정말 많은 사랑을 받을 수 있어. 하지만 그럴수록 스스로 전통에 대한 부족함 때문에 힘들어질 거야. 나 같으면 지금 그걸 채우겠어. 선생님 밑에 들어가서 전통을 한 3년 더 배워봐."

진중권   작창의 경우는 어떤가요? 작창을 하려는 후배들도 많을 텐데요.

이자람   작창에 대해서는 후배들에게 이런 말을 해주고 싶어요. 저는 특수한 경우라서 작창을 하면서 소리를 했어요. 하지만 소리꾼들이 모두 작창을 할 필요는 없습니다. 훌륭한 소리꾼으로 무대에 설 것인가, 작창과 소리를 모두 할 것인가, 작창만 할 것인가는 본인의 선택이죠.

진중권   그럼 창을 하지 않고 배운 적도 없는데 작창을 하는 사람도 나올까요?

이자람   그건 불가능할걸요. 왜냐하면 판소리는 악보가 없기 때문에 소리를 직접 구현하는 사람이 작창을 했을 때 훨씬 사유롭게 구현할 수

제가 생각하는 판소리의 본질은
서사자가 무대에서 자신의 철학으로
하나의 이야기를 관객과 나누는 거예요.

있거든요. 물론 가능할 수 있습니다. 지금도 창극의 작창을 하는 판소리 작곡가가 있어요. 하지만 소리꾼들에게는 그 작창이 어느 정도의 수준인지가 보이죠.

진중권 보통 작곡가들은 악기를 배워서 작곡을 할 때 그 악기로 낼 수 있는 음역대와 효과를 알고 있는데 판소리는 몸이 곧 악기니까요.

이자람 그리고 누가 소리를 하는지에 따라서 구현되는 게 천차만별이에요. 소리꾼 예술이기 때문에 그 소리꾼의 재능과 기량을 잘 아는 작가가 필요하죠.

진중권 그럼 예를 들어서 전문적인 소리꾼은 아니더라도 어느정도 소리를 배우고 감이 발달한 사람은 어떨까요? 직접 하는 재능은 없어도 비평적 시각이 발달한 사람이 작창을 하고, 작창에 재능이 없어도 아주 뛰어난 소리꾼이 소리를 하는 역할분담이 가능하지 않을까요? 어떻게 보면 그렇게 분업화, 전문화되어 발전하는 것이 장르의 미래에는 더 도움이 될 수도 있을 것 같습니다.

이자람 그러면 무척 좋겠죠. 저희 이번 공연 예술감독의 글이 이렇게 시작해요. "판소리를 소리꾼 예술로 정확히 봐주고 고민하는 작가와 작창자가 많아진다면 소리꾼들은 얼마나 행복할 것이며 판소리의 수명도 연장되지 않을까."

진중권 너무 일찍 행복한 고민을 하는지도 모르겠지만 (웃음) 판소리에 적합한 단편을 써주는 소설가가 등장할 수도 있겠네요.

이자람 그럼 너무 감사하죠. 얼마나 아름다운 일이에요. 저도 평소에 제 주변의 소설가들한테 판소리 좀 쓰라고 얘기도 해요.

진중권 소설가나 시인들이 예컨대 오페라 대본을 쓰듯이 판소리를 위한 대본을 써주면 진짜 재밌겠네요. 물론 창으로 번역을 해야 하겠지만.

이자람 그런 작가가 없지는 않지만 어려움이 있죠. 제가 판소리 작가를 찾을 때 연극평론 하시는 조만수 선생님이 그러셨어요. "야, 판소리는 외계어야. 네 안에 있는 가장 훌륭한 작가를 꺼내." 소리꾼들은 몇년간 불러온 한국적 언어, 사건이 흘러가는 한국적인 구도를 스스로 내장하고 있는데 그걸 따라올 작가는 많지 않거든요. 그래서 소리꾼이 작창하는 것이 더 쉬운 거고요. 하지만 어떤 작가가 그것까지 갖춰준다면 정말 행복할 거예요.

진중권 다른 한편으로는 형식적인 고민도 많으실 텐데요, 판소리와 다른 장르와의 융합에 대한 가능성은 어떻게 생각하십니까?

298

이자람   열려 있어요. 다만 하나만 잊지 않으면 된다고 생각해요. 판소리의 서사자, 소리꾼을 가장 자유롭게 만들어주는 판을 어떻게 만들 것인가. 이게 가장 중요하다는 걸 잊지 않아야겠죠.

진중권   말씀을 들으니 그것이 곧 판소리가 전통의 굴레에 갇히지 않고 현재적 의미를 획득하기 위한 방법이기도 한 것 같습니다. 이제 마지막 질문인데, 좀 무지막지한 질문입니다. 이자람에게 판소리란 무엇인가요? (둘 다 웃음)

이자람   판소리는요, 애인 같은 거예요. 아직 알 것이 너무 많고 다 알았다고 생각하는 순간 뒤통수를 맞거나 문제가 생기는… (진중권 웃음) 그래서 언제나 경외감과 두려움의 거리를 항상 유지하면서 끝까지 알아가고 싶은 대상이랄까요. (웃음)

판소리를 들으면 호메로스와 같은 고대 시인들의 공연도
이와 비슷하지 않았을까 하는 생각이 든다. 아리스토텔레스는『시학』에서
극시劇詩가 '미메시스'mimesis 모드만 사용한다면, 서사시는 '미메시스' 모드와
'디에게시스'diegesis 모드를 번갈아 사용한다고 말한 바 있다. 판소리도 마찬가지다.
소리꾼은 때로는 등장인물이 되어 그 입으로 말을 하다가(미메시스),
때로는 그 몰입에서 빠져나와 해설자가 되어 상황을 설명하기도 한다(디에게시스).
극시는 미메시스 모드만 사용해야 한다는 아리스토텔레스의 원칙을 깬 것이 바로
브레히트의 서사극이다. 브레히트는 이를 '반反 아리스토텔레스적 연극'이라 불렀다.
그가 고전극의 규약을 파괴하고 서사시의 전통을 부활시킨 것은,
현대의 복잡한 정치적·경제적 상황에 대한 인식을 매개하려면
미메시스 모드만으로 충분하지 않다고 생각했기 때문이다.
그런 의미에서 이자람이 현대적 판소리의 대본으로
브레히트의 텍스트를 고른 것은 기가 막힌 선택이 아닐 수 없다.
이를 통해 동양과 서양, 과거와 현재가 자연스레 연결되기 때문이다.
브레히트를 동양의 전통으로 재해석하는 시도는 한국만이 아니라
당연히 해외에서도 관심을 끌 수밖에 없다.
그의 공연을 본 프랑스의 어느 관객은 그의 공연이 "우리가 잊고 있었던
연극언어의 새로운 가능성에 대한 인식을 일깨워줬다"고 평했다.
그의 창작 판소리는 서사극을 넘어 문학의 다양한 장르로 확장되고 있다.
인터뷰를 통해 그의 입에서 나온 말 중에 가장 인상적인 것은
'더늠'이라는 말이었다. 찾아보니 "판소리 명창들에 의하여 노랫말과 소리가
새로이 만들어지거나 다듬어져 이루어진 판소리 대목"이란다.
판소리를 전통으로 박제될 위험에서 구해준 것이 '더늠'이었는지도 모른다.
이자람은 더늠을 넘어 아예 새로운 작품을 만들어낸다.
중요한 것은, 그의 창작에 힘입어 과거의 '전통'이었던 판소리가
'현재'의 문화로 되살아나 동시대의 청중들 속에서 계속 살아갈 힘을
얻었다는 점이리라.

O U T R O

2005	봉가봉가레코드 설립, '지속가능한 딴따라질'을 모토로
	수공업 소형음반 씨리즈 발매
2007	브로콜리너마저 EP 『앵콜 요청 금지』 제작
2009	장기하와얼굴들 1집 『별일 없이 산다』 제작
	『봉가봉가레코드의 지속가능한 딴따라질』 출간
2013	술탄오브더디스코 1집 『The Golden Age』 제작
2014	술탄오브더디스코, 영국 글래스턴베리 페스티벌에 공식 초청
2014	대한민국 대중문화예술상 문화체육부장관 표창
2016	KAIST 문화기술대학원 박사과정 졸업

지 속 가 능 한   딴 따 라 질

고
건
혁

INTRO

혁명 직후 내전에 기근마저 겹쳐 나라가 어려웠던 시절,
전위예술을 지원해달라는 문화교육장관 루나차르스끼Anatolii Lunacharskii의 요구를 거절하며
레닌은 이렇게 말했다. "아방가르드 예술가들은 그들의 열정을 먹고 살게 하라."
내전이나 기근보다 더 험한 자본주의 시장에서 지금도
열정을 먹고 사는 음악의 전위들이 있다. 이들을 대표하는 것이 붕가붕가레코드다.
'장기하와얼굴들' 덕에 유명해진 이 회사는, 그들이 떠난 지금도
'술탄오브더디스코' '눈뜨고코베인' '아마도이자람밴드' 등
인디 씬에서 내로라하는 밴드들을 거느리고 있다.
이 회사는 '지속가능한 딴따라질'을 표방하며 지난 10년 동안
좁디좁은 인디 시장의 장바닥에서 딴따라질의 지속가능성을 실험해왔다.
인터뷰를 기다리며 이 예쁜 회사를 만든 이가 어떤 인물인지 내내 궁금했는데,
과연 별명이 무색하지 않게 '곰'처럼 생긴 사내가 스튜디오 안으로 쑥 들어온다.

진중권 본격적인 대화에 들어가기 전에, 별명이 '곰사장'인데 그건 외모와 관련이 있는 건가요? (웃음)

고건혁 네. 한국사회에서 저 같은 배와 체중을 가진 사람을 부를 수 있는 별명이 '돼지' 아니면 '곰'인 것 같아요. (웃음) '돼지사장'이라고 부르는 건 좀 그러니까 '곰사장'이 낫겠다 싶어서 저 스스로 그렇게 불러달라고 한 게 별명으로 굳어졌습니다. 다들 쉽게 알아주시더라고요.

진중권 남들한테 불러달라고 하면 돼지라고 할 것 같으니까 선수 쳐서. (둘 다 웃음)

붕가붕가레코드 10년

진중권 붕가붕가레코드가 설립된 게 2005년이에요. 10주년이 지났습니다.

한국 인디음악의 한 축을 담당한 붕가붕가레코드 10년의 역사를 시작부터 짚어보도록 하죠. 그 시작이 서울대 노래패 '메아리'라고 할 수 있을까요?

고건혁 메아리 구성원들이 초기에 참여했던 건 맞는데, 사실 모태는 서울대에서 2001년에 창간했다가 지금은 없어진 『스누나우』라는 웹진입니다. 『스누나우』의 문화면 담당이 깜악귀라고 지금은 눈뜨고코베인이라는 밴드의 보컬인데, 그 깜악귀를 주축으로 해서 학내에서 창작음악을 하는 팀을 모아서 음반을 내자는 프로젝트를 기획한 것이 시작이라고 할 수 있어요. 거기에 메아리 멤버들도 들어오고 지금 활동하고 있는 장기하나 브로콜리너마저도의 윤덕원 같은 친구들이 속속 결합하면서 만들어진 게 붕가붕가레코드입니다.

진중권 제 기억 속의 메아리는 운동권 노래패이고 음악적으로는 정치성이 가미된 포크 위주였는데, 그런 변화가 어떻게 가능했는지 궁금합니다.

고건혁 2000년 무렵에 판도가 많이 바뀌기 시작했어요. 레퍼토리에 인디음악이 많이 들어오기 시작하고, 잘 알려진 노래의 가사를 바꿔서 정치적이고 사회적인 내용을 싣는 이른바 '노가바'(노래 가사 바꿔 부르기)가 대중음악까지 확대되면서 선배 세대와 상당한 논쟁이 있었던 걸로 알고 있습니다. 음악적으로 스스로의 현장을 만들고 싶은 욕망을 가진 구성원도 있었고요. 저는 메아리 구성원이 아니었기 때문에 잘 알지는 못하지만 들은 바에 의하면 그렇습니다. 민중가요라는 형식이 사실 진부하잖아요. 일본 군가의 영향을 많이 받았다고도 하고.

진중권 성가대풍도 좀 있습니다. (웃음) 그때는 이미 진부해질 때가 됐죠.

고건혁 네, 고루한 면도 있고 가사가 표현하는 것도 너무 제한적이다보니 그런 데 싫증을 느낀 메아리의 구성원들이 다른 방향을 찾은 거죠. 인디음악이 대중음악과 민중가요 사이의 중간적인 위치에 있었기 때문에 선택한 것이 아닐까 생각합니다.

진중권 붕가붕가레코드를 이야기할 때 꼭 짚고 넘어가야 할 것 중 하나가 그 이름인데요, 붕가붕가라고 하면 솔직히 이상한 게 떠오르거든요. (웃음)

고건혁 사실 붕가붕가는 통용되는 의미로는 애널섹스를 말하죠. 1980년대 유행하던 농담에서 온 말인데, 아프리카에 불시착한 백인들이 토착민들에게 둘러싸여 양자택일을 강요당해요. 죽을래, 아니면 붕가붕가 당할래. (진중권 웃음) 그래서 붕가붕가 당하겠다고 하니까 똥침을 놨다는 얘기예요. 이 얘기에서 똥침이 애널섹스가 되고 애널섹스에서 일반적인 섹스를 의미하는 것으로 발전했는데, 사실

제가 처음 이름을 지었을 때는 그런 내력은 전혀 몰랐습니다. 그때 고양이 키우는 게 유행이었는데, 고양이나 개가 사람 다리에 달라붙어서 자위를 하는 걸 붕가붕가라고 한다고 들었어요. 말이 되게 귀엽고 섹슈얼한 의미도 있는 것 같다고 생각해서 회사 이름을 붕가붕가라고 지었습니다. 재미있는 게, 붕가붕가가 일종의 자위인데 대상을 필요로 하는 거잖아요. 그래서 이게 저희가 하는 음악과 맞는다고 생각했습니다. 저희가 하고 싶은 걸 하지만 다른 사람에게 들려주고 싶은 모순적인 의미를 품은 행위라는 면에서요. 지금도 이름을 참 잘 지었다고 생각하고 있습니다.

진중권 회사 이름에 붙는 모토가 '지속가능한 딴따라질'이잖아요. 딴따라질까지 알겠는데 '지속가능한'은 왜 붙인 건가요?

고건혁 저희 회사가 학교에서 친구들끼리 취미로 시작한 거였는데, 졸업할 무렵이 되니까 이대로 흩어져버리는 건 별로 마음에 들지 않더라고요. 그렇지만 계속하고 싶어도 쉽지 않잖아요. 직장인 밴드는 성에 차지 않고. 그래서 프로도 아마추어도 아닌 위치에서 음악을 하는 데 가장 중요한 게 뭘까 생각해보니 오래 하는 것이겠더라고요. 커트 코베인Kurt Cobain은 서서히 사라지는 것보다 한순간에 타버리는 것이 낫다고 했지만 저희는 벽에 똥칠할 때까지 하겠다는 거죠. (웃음) 아무리 우리가 음악을 못한다고 해도 80년 정도 하면 잘할 수 있지 않을까 생각해서 지은 모토입니다.

진중권 붕가붕가레코드는 한국 인디음악의 2기라고 할 수 있습니다. 1기가 1990년대 중후반에 등장한 크라잉넛, 언니네이발관, 노브레인, 델리스파이스 등이죠. 이 사람들이 한국음악에서 굉장히 중요한 홍대 인디라는 씬을 만들었다고 할 수 있는데, 붕가붕가레코드가 이 1기로부터 받은 영향이라면 뭐가 있을까요?

고건혁 일단 저는 1기 선배들이 저를 낳았다고 생각합니다. 1996년인가 97년인가 제가 중학생 무렵에 제 고향인 제주도에서 막 데뷔한 크라잉넛과 노브레인이 공연을 했었어요. 에어컨도 잘 안 되는 조그만 클럽에 서른명 정도 되는 관객들이 모여서 바닥이 땀으로 흥건할 때까지 막 뒹굴면서 놀다보니까, 이거 정말 재밌다, 앞으로 어떻게든 이런 걸 하면서 살아야겠다, 마음을 먹게 됐죠. 그게 지금까지 이어진 겁니다. 음악 취향이 결정되는 10대 때 인디음악을 듣고 자라서 지금 30대 중반에 인디음악을 하는 저희 또래들은 그들의 직계후손 같은 존재들이죠.

진중권 그 1세대 밴드들과 접촉이나 직접적인 연관 같은 건 있었나요?

고건혁 크라잉넛 형들을 처음 만난 게 2008년이었습니다. 장기하와얼굴들이 인지도를 얻었을 때 공연을 같이 했는데, 그때 저희가 좋다고 얘기해주는 걸 듣고 우리가 잘하고 있구나, 안도를 하기도 했죠.

진중권 기분이 묘했겠습니다. 어렸을 때 영웅이잖아요.

고건혁 정말로 좋은 게, 그분들이 20년이 지나는 동안 달라진 게 거의 없는 것 같아요. 세속적인 마음도 생기고 그럴 수 있는데 여전히 돈 신경 안 쓰고 재미있는 일이 있으면 하려고 하고, 후배들이 음악 못하는 것에 대해서 쓴소리도 하지만 보듬어주기도 하고요. 이 선배들 음악을 듣고 음악을 시작한 게 정말 잘한 선택이었다는 생각을 합니다.

붕가붕가레코드의 뮤지션들

진중권 붕가붕가레코드의 뮤지션들 이야기를 좀 하죠. 붕가붕가레코드의 모토가 사람들의 이목을 끌긴 했지만 레이블을 유명하게 만든 건 역시 가수들, 밴드들이죠. 최초로 히트한 소속 밴드가 브로콜리너마저라고 할 수 있습니다. 밴드명은 '브루투스, 너마저!'의 패러디죠?

고건혁 뭐, 본인들은 아니라고 하는데 그럴 수밖에 없겠죠. (둘 다 웃음)

진중권 2007년에 발매된 「앵콜 요청 금지」가 그해 인디 씬 최고의 히트곡

어느 순간 브로콜리너마저라는 이름이 점점
입소문을 타면서 포털사이트에서 자동검색이 되더라고요.
그래서 이 친구들은 프로로 음악을 할 수도 있겠다는 생각이 들었습니다.

이었습니다. 근데 이분들을 내쳤다고 들었습니다. 왜 그러셨어요?

「앵콜 요청 금지」

브로콜리너마저 1집 「보편적인 노래」 수록.

고건혁 저희 생각에 붕가붕가레코드는 취미생활이었어요. 그런데 어느 순간 브로콜리너마저라는 이름이 점점 입소문을 타면서 포털사이트에서 자동검색이 되더라고요. 그래서 이 친구들은 프로로 음악을 할 수도 있겠다는 생각이 들었습니다. 사실 리더인 윤덕원이라는 친구가 먼저 제대로 해볼 생각이 없냐고 제안을 했는데, 저는 사실 그때 준비가 되어 있지 않았어요. 좀더 전문적인 곳에 가서 전문가들과 커리어를 만들어가는 게 좋을 것 같다, 나는 어쨌든 지금은 취미생활인 것 같다, 하고 얘기를 해서 나가게 됐죠.

진중권 좀 아깝네요. 물론 시작은 취미로 했겠지만 성과가 나온 거잖아요. 그렇다면 그들과 더불어 자기 자신도 발전할 수 있었을 텐데요.

고건혁 근본적으로 제가 그 친구들의 음악 스타일을 제 인생을 걸 만큼 좋아했던 것 같진 않아요. 물론 좋은 음악이라고 생각하고, 특히 「앵콜 요청 금지」는 희대의 명곡이라고 생각하는데, 제 깊은 곳까지 흔든 노래는 아니어서 미련 없이 정리를 할 수 있었던 것 같아요. 물론 지금이야 '내가 연매출 얼마를 날린 거야'라는 생각이 들기도 하고. (둘 다 웃음) 나중에 크라잉넛 선배들한테 그 이야기를 하니까 무슨 바보짓을 한 거냐고 꾸짖으시더라고요.

진중권 붕가붕가레코드 이야기를 하면서 빼놓을 수 없는 밴드가 장기하와 얼굴들인데요, 지금은 붕가붕가레코드 소속이 아니지만 초기부터 오랜 시간 함께하면서 전성기를 만든 밴드입니다. 이제 장기하씨 는 인디라고 하기 민망합니다만.

고건혁 엄청 컸죠. (웃음)

진중권 장기하씨가 2008년에 「싸구려 커피」를 들고 나왔을 때 이런 반응을 예상하셨어요?

「싸구려 커피」

장기하와얼굴들 1집 「별일 없이 산다」 수록.

고건혁 그때는 회사를 계속 운영하면서 꽤 많은 앨범 을 낸 시점이었는데, 그러면서 아무리 좋은 음 악이라도 반드시 잘 팔리는 건 아니라는 생각 을 하고 있었어요. 저는 사실 「싸구려 커피」의 데모를 처음 들었을 때 완전 뒤집어졌거든요. 그 친구가 고민하던 말하는 방식의 노래 가 완전히 음악적으로, 랩이라고 할 수 있을 정도의 노래로 완성되 었고, 리듬 등 모든 면에서 있어서 완벽한 노래라고 생각했습니다. 하지만 아무리 좋아도 안 팔리는 게 기본이니까 한 500장 팔리면 많이 팔리는 거라고 생각했는데, 생산 중단할 때까지 1년 동안 1만 2천장이 팔렸어요.

장기하 『싸구려 커피』(2008)

진중권 음악을 잘 모르는 저도 당시에 그 노래를 들어봤을 정도니까요. "비닐장판에 발바닥이 쩍 하고 달라붙었다가…" 이런 가사는 기가 막힌 리얼리즘이라고 감탄을 하면서 들었던 기억이 납니다. 갑자기 1만장이 넘게 팔리니 어땠어요?

고건혁 일단 무척 재미가 있었습니다. 그 앨범에 얽힌 에피소드가 여럿 있는데, 당장 내일 음반매장에 납품을 해야 하는데 재킷 디자인이 없는 거예요. (진중권 웃음) 그때 녹음하던 엔지니어가 본업이 디자이너라서 '그냥 네가 해라' 했죠. 그래서 30분 만에 장기하 얼굴을 따다가 커피색으로 덮어서 만들었는데 그 앨범이 나중에 유수의 아이돌을 제치고 1위에 올라가는 걸 보니까… (웃음) 우리가 뭔가 바꿀 수도 있겠다는 희망이 생기기도 하고, 한편으로는 이게 오래가

지 않을 수도 있겠다는 생각도 했고요. 장기하도 그 앨범 냈을 때 물론 쏠로로는 데뷔였지만 이미 밴드로는 5~6년 활동을 한 시점이 었습니다. 그전까지도 좋은 음악을 했는데 안 팔렸으니까, 지금 반짝 팔린다고 해서 오래갈 건 아니라는 생각에 고민을 많이 했죠. 인기에 취하지 않겠다고 다짐도 하고요. 그래서 장기하와얼굴들이 이듬해에 내놓은 정규 1집의 타이틀곡이 「별일 없이 산다」였습니다. 안될 때도 있었고 좋을 때도 있었지만 별일 없이 살겠다는 의지를 표현한 거였죠. 그런 태도를 유지하려고 무진 애를 썼습니다.

진중권 그후로는 앨범 판매량이 어땠나요?

고건혁 이듬해 2월에 나온 정규 1집 앨범이 그해 5만장 정도 나갔습니다.

진중권 그럼 뭐 엄청난 거네요.

고건혁 그때 매출을 계산해보니 한해에 3200퍼센트 성장했더라고요. (둘다 웃음)

진중권 매체들에서 관심을 굉장히 많이 갖고 접촉을 했을 텐데, 그런 요청에 대응하는 원칙이 따로 있었나요? 흔히 생각하기로 인디밴드는 방송에서 불러도 안 나간다, 하는 자존심이 있잖아요.

저는 사실 「싸구려 커피」의 데모를 처음 들었을 때 완전 뒤집어졌거든요.
모든 면에서 있어서 완벽한 노래라고 생각했습니다.

고건혁 자기 컨트롤의 문제라고 생각해요. 매체에 적극적으로 어필한다고 해서 인디가 아니라고 생각하지는 않고요. 장기하와얼굴들 때 접촉해온 매체 중에도 좋은 매체도 있었고 파편적으로 접근하는 매체도 있었는데, 그게 크게 중요하지는 않다고 생각합니다. 해석이야 각자 하기 나름이고 말할 기회가 주어졌을 때 말을 해두는 게 좋은 면도 있다고 생각했으니까요.

진중권 그런데 결국 장기하와얼굴들과도 이별을 하셨습니다. 어떻게 된 겁니까?

고건혁 너무 커졌죠. 붕가붕가레코드가 지향하는 지점, 정확히 말하면 감당할 수 있는 지점을 넘어선 거예요. 저희 소속 밴드가 열 팀이 있었는데 매출의 95퍼센트가 장기하와얼굴들에서 발생하고 그 매출의 적지 않은 부분이 다른 팀에 쓰였거든요. 장기하와얼굴들 입장에서는 부당하다고 생각할 수 있겠죠. 그래서 그때 장기하에게 2~3년만 시간을 달라, 후속타를 만들어서 장기하와 같이해도 부끄럽지 않은 레이블이 되겠다고 했는데 잘 되지 않더라고요. 애초에 시작할 때 나중에 서로 발목을 잡게 되면 미련 없이 놔주자는 얘기를 했었는데, 제가 발목을 잡고 있다는 판단이 들었습니다. 그래서 합의이혼을 했죠.

진중권 합의이혼. (웃음) 아쉬움도 많이 남았겠네요.

고건혁 어제도 만나서 같이 술 한잔했는데요, 약간 불편한 면도 있고 정도
있고… 그런데 오히려 결별하고 나니까 훨씬 편해지긴 했습니다.
옛날의 친구 사이로 돌아가게 되었고, 못해준 데 대해서 미안할 필
요도 없고요.

진중권 브로콜리너마저도 그렇고 장기하와얼굴들도 그렇고, 인디 레이블
에서 잘해서 뜨면 떠나보내야 된다는 게 좀 아쉽습니다. 인디 씬에
서 재능 있는 밴드들을 발굴하고 키워서 히트를 치면 회사도 더불
어서 몸집을 키워나가는 것이 쉽지 않은 일인가봅니다.

고건혁 해외의 음악 생태계를 보면 인디에서 인정을 받으면 메이저로 픽
업돼서 성공하는 게 일반적인 케이스거든요. 그러면 그 밴드가 과
거에 인디 레이블에서 냈던 음반들도 덩달아 판매량이 올라가니까
인디 레이블은 그 수입으로 먹고살고요. 저희 역시 장기하와얼굴
들 1집과 2집에 대한 판권을 가지고 있어서 그 앨범의 수익이 매출
의 큰 부분을 차지합니다. 인디 레이블이 메이저처럼 홍보와 마케
팅, 매니지먼트까지 하기는 어려운 일이죠. 저는 자연스러운 수순
이라고 생각해요. 해외에서는 잘되는 인디 레이블이 있으면 메이
저에서 인수하기도 합니다. 일종의 R&D 투자를 하는 거죠. 너희
가 발굴하면 우리가 띄워주겠다는 식으로요. 하지만 한국은 메이
저와 인디가 장르 취향이 너무 다르고 소비자층도 다르기 때문에

인디 레이블이 성장하기가 쉽지 않은 구조라고 생각합니다.

진중권 그렇군요. 대중적으로 많이 알려지진 않았지만 불나방스타쏘세지클럽도 많은 마니아층을 가지고 있는 그룹입니다. 이렇게 소속 밴드 중에서 대중적으로 알려지지 않아서 아쉬운 밴드나 앨범이 많을 것 같아요.

고건혁 다 아쉽긴 한데, 또 어떻게 보면 다 적당한 것 같기도 해요. 불나방스타쏘세지클럽도 음악은 일종의 부업이에요. 원래 화가로 어느정도 지위를 갖고 있는 사람이고 음악은 대충 하는 건데 어쩌다보니까 잘된 겁니다. 더 주목을 받으려면 더 열심히 해야겠죠. 그런데 그만큼 열심히 안 하고 있기 때문에 주목을 못 받는 거고, 스스로도 그게 당연하다고 생각하고요.

진중권 본인들의 삶의 전략인가봐요. 우린 그냥 즐기는 선에서 한다, 더 크고 더 유명해지고 싶은 욕망이 없다, 난 즐겁다, 그럼 됐지, 이런 주의인가봅니다.

고건혁 네. 그런데 서서히 생각이 바뀌고 있긴 해요. 왜냐면 본업이 잘 안 돼서… (둘 다 웃음) 매번 같은 곳에서 공연하는 게 지겹기도 하고요. 각별히 아쉬운 앨범이 있다면 아마도이자람밴드가 천상병 시인의 시어를 가지고 낸 『크레이지 배가본드』라는 음반인데요, 대중적인 반응까지 기대하진 않았지만 굉장히 훌륭한 음반인데 인디음악 듣는 사람들 사이에서도 널리 알려지지 않은 게 아쉽습니다. 그게 지금 우리 회사의 한계인가, 우리 회사가 이런 음악을 잘 홍보하지 못하고 있나, 하는 생각이 들기도 합니다.

「나의 가난은」

아마도이자람밴드 2집 「크레이지 배가본드」 수록. 시인 천상병의 동명의 시를 노래로 만들었다.

진중권 인디 레이블은 홍보를 어떻게 하나요? 공연 말고는 다른 길이 없잖아요.

고건혁 홍보의 90퍼센트가 페이스북이나 트위터 같은 SNS에서 이루어지죠. 일단 주요 수입원은 공연이에요. 페스티벌에 초청돼서 출연료를 받거나 자체 공연을 만들어서 SNS에서 홍보를 해서 수입을 거두기도 하고요. 음원 수익은 거의 나오지 않아요.

진중권 붕가붕가레코드의 팀들이 무척 다양하지만 공통된 특징도 있는 것 같습니다. 일단은 이름들이 재미있어요. 술탄오브더디스코, 눈뜨고코베인, 씨없는수박김대중… (웃음) 가사도 굉장히 재치있습니다. 아주 적나라한 삶을 드러내는, 모종의 리얼리즘이 엿보여요.

고건혁 회사에서 밴드 이름을 다 지어주는 거냐고 물어보는 사람이 많아요. 그런데 회사 차원에서 지은 이름은 술탄오브더디스코밖에 없고, 나머지는 다 유유상종이라고 그런 이상한 이름을 좋아하는 감각을 가진 사람들이 모이는 것 같아요. 다만 가사에는 분명히 공통된 취향이 있는 것 같긴 합니다. 추상적이기보다는 사랑 이야기를 해도 구체적으로 손에 잡힐 듯이 다가오는 가사를 좋아해요. 붕 뜬 얘기는 별로 하고 싶지 않은 거죠. 그리고 구어체로 말하듯이 노래해야 한다고 생각하고요. 아마 산울림과 송골매의 영향이 컸던 것 같아요. 저희가 이전의 인디음악과 다른 점이라면, 예전의 인디음악이 주로 영미권의 영향을 받았다면 저희는 음악을 시작할 때가 한국 대중음악의 재발굴이 이루어지던 시기여서 그 영향을 많이 받았다는 거죠. 저희 모든 아티스트들이 음악적인 면에서 산울림의 영향을 많이 받은 것 같아요. 특히 장기하 같은 경우는 송골매의 배철수 선배님 영향을 크게 받았고요.

진중권 산울림은 정말 독특하죠. 멜로디도 그렇고 가사도 그렇고, 또 무척 아마추어적이면서도 프로페셔널한 면이 있고요. 그런데 배철수의 영향은 어떤 면일까요?

고건혁 배철수 선배님은 전세계 어디서도 찾아볼 수 없는, 한국 사람만이 할 수 있는 방식으로 노래를 하거든요. 「세상만사」 같은 노래는 아예 시조창을 가져다 쓰기도 하고요. 그러니까 한국인이 한국어로 노래를 부를 때 어떻게 해야 자연스러운지를 잘 보여준다고

배철수 「세상만사」

송골매 1집 수록.

할 수 있습니다. 특히 장기하가 그런 연구를 많이 하거든요. 자기 발음의 특징이 어떤지, 어떤 건 장모음으로 발음하고 어떤 건 단모음으로 발음하는지. 그런 면에서 영감을 준 아티스트가 배철수 선배님이나 김창완 선생님이 아닌가 합니다.

진중권 현재 회사의 중심 밴드가 술탄오브더디스코죠? 세계 최대의 록 페스티벌인 글래스턴베리 페스티벌 무대에 설 정도로 명성을 얻은 걸로 아는데요. 꿈의 무대잖아요. 감개무량하셨을 것 같은데.

고건혁 글래스턴베리는 역사가 40년 정도 되었고 3일 동안 45만명의 인원이 모일 정도로 엄청난 페스티벌인데요, 술탄오브더디스코는 사실 록밴드가 아니고 쏘울, 디스코를 하는 밴드인데 정말 우연한 기회에 섭외가 들어왔어요.

진중권 어떤 계기가 있었나요?

고건혁 진짜 웃기는 일이었는데… 해마다 10월에 울산에서 '아시아 태평양 뮤직 미팅'이라는 걸 하거든요. 한국 뮤지션들을 해외 페스티벌 관계자에게 소개하는 행사인데, 술탄오브더디스코가 그 부대행사에 공연을 하러 갔었어요. 그런데 마침 화장실을 가던 글래스턴베리 프로그래머가 (진중권 웃음) 술탄오브더디스코를 보고는 쟤네 어느 나라 밴드냐, 한 거예요. 입고 있는 옷도 아랍 스타일이고, 이상

술탄오브더디스코의 글래스턴베리 페스티벌 공연

하잖아요. 그래서 한국 팀이라고 하니까, 저 팀을 데려가고 싶다, 그렇게 해서 우연찮게 가게 되었죠.

진중권 진짜 화장실 한번 잘못 갔다가⋯ (웃음)

고건혁 우연의 연속이죠. 이제 필연을 만들어봐야 하는데 계속 우연만으로 먹고살려니까 쉽지 않습니다. (웃음)

진중권 평소에 실력이 있으니까 우연이라는 게 기회로 다가온 거겠죠.

고건혁 감사합니다. (웃음)

인디음악과 대중음악

진중권 이번에는 인디음악을 중심으로 한국 대중음악의 판도에 대해서 얘기를 나눠볼까 합니다. 먼저 인디, 인디 하는데 인디의 정의가 뭔가요?

고건혁 전세계 음악시장의 85퍼센트 정도를 워너 뮤직 그룹, 소니 뮤직 엔터테인먼트, 유니버설 뮤직 레코드, 이 세 레이블이 장악하고 있어요. 그래서 사전적으로는 이 세 메이저 레이블을 제외한 나머지 레이블에서 나오는 모든 음악을 인디음악이라고 할 수 있습니다. 전세계적으로 15퍼센트 정도의 지분을 가지고 있는 거죠. 그럼 한국에는 어떤가 하면 흔히 메이저 레이블로 SM, YG, JYP 셋을 꼽는데, 사실 이 셋보다 시장에서 더 큰 영향력을 행사하는 것은 방송, 특히 지상파 방송이죠. 이를테면 「무한도전」과 같은 프로그램 말이에요. 실제로 한국에서는 방송을 중심으로 활동하는, 방송국에 매니저를 상주시키고 방송 출연을 중심으로 활동하는 아티스트를 메이저라고 하고 공연을 통해서 직접 대중들과 만나는 아티스트를 인디라고 봐야 한다고 주장하는 분도 계시더라고요. 물론 이것도 완벽한 정의는 아닙니다. 서태지가 인디냐, 유희열이 인디냐 하는 건 좀 어려운 문제죠. 저는 인디라고 할 때 가장 중요한 것은 자기 작업에 대한 통제력이라고 생각합니다. 설령 시장의 수요에 반하더라도 자기가 하고 싶은 대로 작업하는 것이 인디적 성향이라는 거죠. 그러니까 인디냐 메이저냐를 딱 나눌 수 있는 게 아니라 다양한 스펙트럼이 있어서 인디적 성향을 지닌 아티스트들이 있고 메이저 성향을 가진 아티스트들이 있고 중간적인 아티스트들이 있다고 생각합니다.

진중권 그러니까 인디는 시장 내지는 상업성에 대한 고려보다 자기 작업에 대한 자부심이라든지 자기 작업의 미학을 우선시하는 거라는 말씀이시군요. 결과적으로 시장에서 호응을 얻을 수는 있지만 그렇다고 해서 인디가 아니라는 건 아니고요.

고건혁 네. 예를 들면 2011년 아델Adele이라는 가수가 전세계적으로 굉장히 히트를 쳤는데, 그 아티스트가 지금도 인디 레이블과 일을 하고 있거든요. 그러니까 인디 아티스트가 안 팔린다는 건 맞지 않고요. 다만 확률적으로 인디음악이 시장에 포용되지 않는 경우가 많기 때문에 인디 아티스트는 비대중적인 경우가 많죠.

진중권 인디 아티스트들도 스스로 인디로서의 자의식을 가지고 상업적 성공보다는 내 음악세계를 펼치겠다고 생각하는 분들과 인디 씬에서 성공해서 이른바 메이저로 진출하겠다는 분들이 갈리잖아요.

고건혁 그래서 한때는 언더그라운드와 인디를 구분해서 생각하기도 했었죠. 언더그라운드는 오버그라운드로 나가기 전의 단계이고 인디는 메이저랑 독립된 독자적인 영역이라고 구분했던 건데, 실제 사례들을 생각해보면 그렇게 딱 잘라서 말하기는 애매한 것 같아요. 예를 들면 장기하와얼굴들은 분명히 인디적인 성향을 가지고 있고, 특히 자기 작업을 아주 강력하게 통제합니다. 하지만 그렇다고 메이저에서 요청이 들어왔을 때 안 하느냐, 그건 아니거든요.

진중권 장기하와얼굴들은 상업적으로 큰 성공을 거뒀잖아요. 그후로 작업 방향이 상업성을 고려하는 쪽으로 변화했다고 보시나요?

고건혁 장기하라는 개인을 보면, 저와 일할 때는 웬만하면 예능 프로그램에는 나가지 않겠다고 했는데 요즘은 상당히 많이 나가고 있더라고요. 라디오 진행도 하고요. 반면에 음악 자체는 예전보다 훨씬 더 펀더멘털fundamental하달까, 록의 본질적인 면을 파고들어가고 있는 것 같습니다. 물론 몇몇 곡은 대중적인 성향을 드러내긴 하지만, 앨범 전체 성향은 오히려 더 보수적인 음악을 추구하고 있다고 봅니다.

진중권 보수적이라는 건 어떤 의미죠?

고건혁 록음악의 본질을 보수적으로 추구한다는 의미에서요. 예전의 「싸구려 커피」 같은 곡에서는 아주 다양한 시도를 했는데 최근의 음반에서는 음악 자체의 완성도에, 음악성에 더 몰두한다는 느낌을 받아요.

진중권 방송 출연 등의 활동이 경제적으로는 큰 도움이 되지 않습니까. 오히려 그 덕에 상업성과 관계없는 음악 본연의 결을 추구하는 것도 가능하겠네요.

고건혁 그게 모든 뮤지션들의 꿈이죠. (진중권 웃음) 그런데 그렇게 하려면 하고 싶은 음악이 대중들과 일정 부분 접점이 있어야 할 테고요.

진중권 인디음악을 단순히 아마추어 음악이라고 보는 견해도 있지 않습니까? 그런데 전업으로 음악을 하는 인디 뮤지션들도 많잖아요.

고건혁 아마추어와 프로를 부업이냐 전업이냐로 구분한다면 메이저 뮤지션들보다는 인디에 아마추어들이 더 많긴 하죠. 대개는 음악으로 돈을 벌기 힘드니까 다른 직업을 가지는 사람이 많거든요. 그렇지만 상당수 뮤지션들이 매일 출근해서 합주를 해요. 그건 프로죠. 그래서 인디를 아마추어라고 보는 건 제 입장에서는 아주 싫은 편견입니다. 예를 들면 이번에 저희가 술탄오브더디스코의 노래를 그래미상을 수상한 세계적인 프로듀서와 같이 작업했는데, 어떤 사람이 퀄리티가 너무 후지다고, 이런 고루한 방식으로 어떻게 인디가 살아남겠느냐고 댓글을 달았더라고요. 본인이 음악적 퀄리티를 평가할 만한 능력이 없을뿐더러, 인디라고 하니까 자기 귀에 낯설게 들리는 게 모두 아마추어적이고 후지기 때문에 그렇다고 생각하는 거죠. 그런 편견이 뮤지션들에게는 굉장히 힘들어요. 그래서 우리가 인디가 아니었으면 좋겠다는 얘기도 하고요. 인디라는 딱지가 일종의 애증의 대상인 거죠.

진중권 한편으로는 인디가 장난스럽고 진지함이 부족한 게 아니냐는 비난도 있습니다.

고건혁 진지함이 부족한 게 비난을 받을 만한 요인인지 모르겠어요. 굳이 저희 예를 들지 않아도, 노라조 같은 팀은 굉장히 웃기지만 음악 자체도 좋거든요. 저는 웃기는 것과 음악성이 좋은 것이 모순이라는 생각을 안 합니다. 그런데 사람들은 웃기는 건 진지하지 않고 진지하지 않은 건 퀄리티가 떨어진다고 생각하는 경우가 많은 것 같아요. 잭 블랙Jack Black 같은 아티스트를 보면 코미디언이긴 하지만 음악 자체는 아주 훌륭하거든요. 왜 그런 케이스를 못 보는지 아쉽습니다.

진중권 일반적으로 홍대 인디 씬의 시작을 1990년대 중반으로 봅니다. 언니네이발관의 이석원씨는 커트 코베인의 죽음이 인디 씬의 폭발에 큰 역할을 했다고 말씀하셨는데, 어떤 의미에서 그럴까요?

고건혁 말씀하신 것처럼 한국 인디의 기점을 1995년 홍대에서 열린 커트 코베인 1주기 추모공연으로 잡는 분들이 많아요. 이전의 뮤지션들이 해외 곡 커버를 주로 했다면 이후의 뮤지션들은 커버가 아닌 창작곡을 하겠다는 의식을 가졌습니다. 그렇게 질적으로 변화가 이루어진 시점이 커트 코베인 1주기 공연이었고 커트 코베인이라는 뮤지션 자체가 거기에 영향을 준 면이 있죠. 음악 자체가 펑크적이고 DIY적인 태도를 가졌으니까요. 펑크 음악의 본질이 쓰리코드주의라고 하잖아요. 1도, 4도, 5도, 세가지 코드만 알면 누구나 음악을 만들 수 있다는 거죠. 그런 음악이 전세계를 뒤흔들 정도의 힘을 가졌고, 그래서 커트 코베인의 음악이 듣는 사람으로 하여금 나도 밴드를 해야지, 내 노래를 해야지, 하는 마음이 들게 했던 것 같아요.

진중권 니체의 명언이 떠오르네요. '본래의 너 자신이 되어라.' 커트 코베인의 메시지도 그런 맥락인 것 같네요. 90년대 이전의 음악 씬은 어땠습니까.

고건혁 그때는 제가 초등학생 때라 잘 모르겠지만, 선배들의 말을 통해서 짐작해보면 해외의 음악을 제대로 재현하는 게 좋은 뮤지션의 가치라고 생각했던 것 같아요.

진중권 그전에도 자기 음악을 하는 밴드가 있지 않았습니까?

고건혁 있었죠, 송골매도 있고. 그런데 그때는 인디라기보다는 칼리지 록 college rock이라고 봐야 할 것 같아요. 대학에서 음악을 창작하던 사람들이 대학가요제 등을 통해서 데뷔를 했으니까요. 이를테면 동아기획 같은 레이블을 인디라고 할 수 있을까요? 심지어 015B나 서태지와 아이들도 메이저였다고 얘기하긴 힘든 것 같아요. 그때는 메이저라는 개념이 없었거든요.

진중권 팬 중에서도 앞으로 인디음악을 하고 싶어하는 중고등학생들이 있잖아요. 이런 새싹들도 볼 기회가 있나요?

고건혁 그것이 제가 넘어서야 하는 장벽이라고 생각합니다. 지금 제가 작업하는 뮤지션들이 거의 5~6년, 길게는 8년까지 같이해온 사람들이에요. 음악 소비자들은 늘 20대 초중반이잖아요. 이제 그 나이 또래에서 새로 떠오를 수 있는 아티스트를 뽑아야 하는데 이미 제 감수성은 너무 진부해진 겁니다. 혁오 같은 친구들이 지금 스물한두 살이거든요. 솔직히 저는 혁오 같은 팀을 보면 좋다는 생각은 들지만 제 눈으로는 판단이 잘 안 서는 거예요. 사람들이 좋아하는 새로운 세대를 발굴할 수 있는 사람을 영입해야 하는 상황이라고 생각하고 있습니다. 그렇게 되면 이제 비즈니스가 되는 거죠.

진중권 벌써 늙었다는 이야기잖아요. (웃음)

고건혁 이런 트렌드 비즈니스가 정말 무서운 것 같아요. 순식간에 퇴물이
되더라고요.

진중권 저는 언제 그런 걸 느꼈냐면, 제가 요즘 개그맨들의 개그가 하나도
안 웃겨서 역시 개그는 심형래씨가 영구로 나오고 김형곤씨가 "회
장님, 회장님" 할 때가 최고라고 생각했는데 어느날 버스에서 젊은
애들이 이렇게 얘기하더라고요. "그거 후져서 못 봐. 심형래 개그
야." (둘 다 웃음)

고건혁 심형래 개그가 얼마나 웃기는데요.

진중권 내가 황금기라고 생각한 개그를 아주 무시하더라고요. 그 순간
에 내가 늙었구나 실감했죠. 음악에서는 그게 굉장히 빨리 바뀌는
군요.

고건혁 그래서 저는 두가지 고민을 하고 있어요. 하나는 저희랑 같이 나이
를 먹어가는 팬들을 어떻게 붙잡아둘 수 있느냐 하는 것. 특히 음
악 소비자들은 여성들이 많아서 그들이 출산과 육아로 점점 공연
에서 멀어져갈 때 그들과 어떻게 끈을 유지하느냐가 첫번째 화두

고요. 또 하나는 트렌드에 휘둘리지 않는 것. 저희는 지금까지 한 번도 트렌드를 의식해본 적은 없거든요. 장기하의 음악도 그렇고 술탄오브더디스코의 음악도 그렇고, 1970년대의 음악을 레퍼런스 삼으면 삼았지 유행이라서 따라간 적은 없습니다. 앞으로 이런 태도를 잘 유지하면 지금 7080 음악이 뜨는 것처럼 어쩌면 10년 후에 저희한테도 기회가 오지 않을까 기대하기도 하고요.

수공업 소형음반 제작

진중권   붕가붕가레코드 시작할 때 자본금이 거의 없었죠?

고건혁   백만원 있었습니다. (웃음)

진중권   그래서 선택한 방법이 '수공업 소형음반 제작'인데, 이게 상당히 화제가 됐습니다. 어떤 방식인지 설명해주시죠. DIY의 음반 버전이라고 할 수 있을까요?

고건혁   그렇죠. 그 자체로 독창적인 건 아니었어요. 직접 공CD를 구워서 포장을 해서 판매한다는 개념이었는데, 이미 데모 CD라는 개념으로 대부분의 뮤지션들이 하고 있던 것이니까요. 저희가 달랐던 것은 이걸 상품화해서 매장에 넣자, 그리고 이걸 마케팅적인 관점으로 홍보에 써먹자고 생각했던 것입니다. 인디밴드가 앨범을 내면 많이 팔려도 1천장 넘기가 쉽지 않고, 50장도 안 팔리는 경우가 허다하거든요. 그런데 CD를 공장에서 찍으려면 최소 1천장을 찍어야 합니다. 그런데 우리는 그만한 돈이 없으니까 팔리는 만큼만 찍어서 재고부담 없이 생산하는 방법을 택한 거죠. 10장을 납품하고 팔리면 또 20장을 찍고, 그렇게 해서 돈이 장당 백원 정도 남으면 그 돈으로 다음 작업을 하고… (진중권 웃음) 그런데 돈이 안 남더라고요. 실제 해보니까 단가가 엄청나요. 밥을 먹이니까. 밥을 또 워낙 많이 먹습니다. 밥값이 더 들어요.

진중권 록의 장르 중에서 개라지 록garage rock은 집에 딸린 창고에서 만든 록이라는 뜻에서 온 이름이잖아요. 미국이나 영국에서는 그런 수공업 제작의 형태가 역사적으로 존재한 것 같습니다. 그런데 한국에서는 그렇게 음반을 제작해서 판매, 유통하는 데 많은 제약이 있었을 것 같아요. 어떤 과정을 겪었는지 듣고 싶네요.

고건혁 저희가 수공업 제작을 시작할 수 있었던 건 홈리코딩이 가능한 시대였기 때문이기도 해요. 컴퓨터 한대랑 마이크 한대만 있으면 녹음이 가능하니까요. 첫 앨범과 두번째 앨범이 모두 엔지니어 친구가 방에서 기타에 마이크 대고 녹음을 했어요. 심지어 장기하와얼굴들 1집도 스튜디오 녹음은 일부였고 대부분이 엔지니어 친구 방에서 녹음을 했습니다. 그런 정도의 기술적 기반이 있었기 때문에 저희 시도가 가능했고, 유통 측면에서 획기적이었던 건 디지털 음원시장이죠. 물리적으로 일정한 수량이 있어야 들어갈 수 있었던 음반시장과 달리 디지털은 음원을 올리는 데 비용이 들지 않으니까요. 그렇게 디지털 음원을 올려두고 몇개 매장에는 직접 CD를 납품했습니다. 그 매장들도 온라인 판매를 주로 했으니까 창고에 박아놓고 주문 오면 보내는 식으로 할 수 있었죠. 그렇게 기술의 발전이 있었기 때문에 저희도 음악을 할 수 있었던 것 같아요.

진중권 인터넷 문화와 인프라가 인디밴드를 유지시키고 발전시키는 데 큰 역할을 했네요.

고건혁 그 덕에 다양성이 폭증한 것 같아요. 2000년대 이후 인터넷이 음악산업을 끝냈다고 하는데, 음악산업은 몰라도 음악이 망한 건 아닌 것 같아요. 오히려 음악 자체는 그 이후에 훨씬 풍성해졌습니다. 백만장씩 팔리는 음반이 나오지 않는다고 아쉬워하는 사람이 있지만 지금은 천만개의 음반이 한장씩 팔리는 시대라고 생각해요. 전자가 나은가 후자가 나은가 하면 전 당연히 후자가 낫다고 생각합니다. 그만큼 다양한 음악이 생겨났고 누구나 인터넷으로 음악을 들을 수 있으니까 더 좋은 상황이죠.

진중권 인디라고 해도 회사인 만큼 수익을 내지 않을 수 없는데요, 현재 음악시장에서 수익을 내는 건 참 어려운 일 같아요. 음악평론가 강헌씨도 아이돌 스타들이 행사 뛰고 광고 찍어서 벌지 음원으로 돈을 버는 건 아니라고 하더라고요. 붕가붕가레코드는 수입원 구성이 어떻습니까?

고건혁 예전에는 그래도 음반 판매 비중이 컸는데 그게 줄어들면서 저희도 많이 힘들어졌어요. 대신 공연 수입이 꾸준히 늘어나고 있긴 해요. 기획공연을 많이 만들고 있고 또 페스티벌 시장이 늘어나고 기업 행사에 인디밴드를 불러주는 일이 늘어나면서 공연 수입이 늘고 있습니다. 그런데 사실 해외에서도 인디밴드들은 다른 직업을 가지고 먹고사는 게 기본이에요. 한국 상황이 유별나게 특징적인 건 음원이 너무 헐값이라는 거죠.

진중권 해외에서도 인디밴드들이 음반으로 돈을 벌진 못하죠?

고건혁 거기는 공연 때 티셔츠 같은 부가상품들을 많이 팔고, 또 공연 때 음반이 팔리는 양이 한국에 비할 바가 아니긴 해요. 그렇다고 해도 인디밴드들이 음악으로만 먹고사는 건 해외에서도 쉬운 일이 아닙니다.

진중권 19세기에 초기 아방가르드 예술가들이 그랬잖아요. 진짜 예술가가 되려면 먹고사는 걸 포기해야 한다, 예술가가 되는 길은 두가지 길밖에 없다, 따로 직업을 갖거나 유산을 상속받거나. (웃음)

백만장석 팔리는 음반이 나오지 않는다고 아쉬워하는 사람이 있지만
지금은 천만개의 음반이 한장씩 팔리는 시대라고 생각해요.
전자가 나은가 후자가 나은가 하면 전 당연히 후자가 낫다고 생각합니다.

고건혁 네, 정확합니다.

진중권 회사도 회사지만 가수들 사정도 굉장히 어려울 텐데요.

고건혁 여러가지 경우가 있습니다. 본래 집이 먹고살 만한 사람이 있고요. (웃음) 저희 회사가 대외적으로 많이 알려졌다시피 서울대 출신들이 만든 회사니까 대기업 과장도 있고 고소득자도 있습니다. 편의점 알바나 음악 레슨으로 먹고사는 사람도 있고요. 어쨌든 지금 저희 회사에서는 음악만으로 먹고사는 사람은 한명도 없습니다. 그렇게 하려다 실패한 케이스는 몇 있고요.

진중권 곰사장님 본인은요?

고건혁 저는 2년 전에 결혼을 했는데, 아내가 제 사회적 안전망 역할을 하고 있습니다.

진중권 정말 훌륭하네요. (웃음)

고건혁 앞으로 3년은 더 해주겠지만 그뒤로는 알아서 하라고 그러더라고요. (웃음)

진중권 처음 시작할 때는 어떤 각오였나요? 삶을 바쳐서 할 일이라고 결심한 건지, 아니면 한번 놀 수 있는 데까지 놀아보자는 생각이었는지.

고건혁 시작할 때는 분명히 놀이였어요. 그때는 빡센 취미생활이라는 얘기를 많이 했는데, 그 노선이 바뀐 게 2008년이었어요. 장기하와얼굴들이 예상치 못한 성공을 거두면서 뭔가 될 수도 있겠다는 생각이 든 것 같아요. 지금은 안 되는구나 싶은 생각이 커지긴 했는데 빼도 박도 못 하게 된 면이 있죠. 그래도 여전히 놀이적 측면이 크긴 커요. 그래서 영업 같은 게 익숙하지 않기도 하고요. 놀이와 직업 사이에서 균형을 잡아가는 단계라고 생각합니다. 더이상 놀이가 아닌 순간이 온다면 차라리 다른 회사 가서 월급 받으면서 일하는 게 낫다는 생각도 하고요.

진중권 장기하와얼굴들이 히트를 한 이후에 '잔치는 끝났다'라는 말을 하셨습니다. 회사를 유지하는 게 쉽지 않다는 얘긴가요?

고건혁 사실 배부른 소리였습니다. 한창 잘될 때 약간 겸손 떨듯이 한 말인데… 지금은 진짜 끝났죠. (둘 다 웃음)

진중권 지금은 회사 사정이 어떻습니까?

고건혁 수익이 계속 나긴 나요. 장기하와얼굴들 1, 2집 수익이 기본적으로 있고, 또 저희는 녹음이나 디자인을 거의 7~8년 동안 같이 해온 멤버들이 있어서, 그 사람들의 재능기부를 통해서 제작비를 절감합니다. (웃음)

진중권 열정노동이네. (웃음)

고건혁 그렇죠. (웃음) 열정노동으로 손해는 안 볼 정도로 유지는 하고 있고요. 그렇게 하면 한두명 정도 상근직원을 굴릴 만한 인건비는 나오거든요. 딱 최저임금만큼 주고 있는데… 최저임금이 인상되면 타격이 큽니다. 하지만 제가 노동당원이라 반대할 수도 없고. (둘 다 웃음) 참 모순적입니다.

스트리밍 시장은 오히려 기회

진중권 대중음악이 음원 중심으로 넘어간 지 오래됐습니다. 다운로드도 아니고 스트리밍 써비스가 이제는 시장의 큰 흐름이라고 하더라고요.

고건혁 저도 사실 CD로 음반을 산 지 꽤 오래됐습니다. 제가 CD 만드는 일을 하고는 있지만 2005년부터 산 CD가 열장도 안 될 거예요. 대신 정액제를 쓰지 않고 600원씩 제값을 주고 다운로드를 받았는데,

올해 초부터 스트리밍 써비스를 써봤더니 정말 편하더라고요. 하드드라이브 용량의 문제보다도 언제든 내가 원하는 음악을 찾아서 들을 수 있다는 게 정말 매력적인 것 같아요. 거스를 수 없는 시대의 흐름인 것 같습니다.

진중권 소장이라는 개념 자체가 없어지는 거잖아요. 제러미 리프킨Jeremy Rifkin이 말한 대로 소유의 종말이죠. 편하긴 한데 저는 아직 거부감이 있습니다. 저는 구세대라 그런지 음악을 좋아하면 하다못해 소장이라도 해야 한다고 생각하는데, 원할 때 듣고 만다는 게…

고건혁 음악을 즐겨 듣고 자주 듣는 분들은 소장 욕구가 있지만, 반면에 음악이 인생에 그렇게 중요하지 않은 사람들도 많거든요. 스트리밍 써비스가 장기적으로 음악에 관심이 적은 사람들까지 음악을 듣게 만들 거라는 논리도 있습니다. 한국에서 가장 큰 음원 써비스 업체가 보유하고 있는 사용자가 400만인데 이게 앞으로 1천만까지도 늘어날 수 있을 거라는 게 최근에 나온 전망이고요. 그럼 그렇게 넓어진 파이에서 어떻게 음악에 관심이 있는 상위 20퍼센트가 돈을 쓰게 만드느냐가 가장 큰 고민거리가 되는 겁니다.

진중권 대형 음원 유통사인 멜론, 벅스 등에서 메인에 노출되는 음악은 대형 기획사 위주이지 않습니까. 인디 쪽에서는 이런 현실에 부당함을 느끼지 않는지 궁금합니다. 메인에 노출하는 비용이 인디 기획사에겐 버겁지 않습니까?

고건혁 이벤트 상품을 주면 많이 걸어주긴 해요. 음원을 다운받으면 싸인 CD를 주는 식으로요. 사실 저는 디지털이 인디 뮤지션에게 오히려 더 많은 기회를 준다고 생각합니다. 하루에 나오는 음원 중에서 주목할 만한 메이저는 그리 많지 않거든요. 매일 30~40개의 음원이 나온다고 하면 10개 미만이 대형 타이틀이고 나머지는 인디로 채워집니다. 그러면 비용이 거의 들지 않으니까 소비자들이 가볍게 들어볼 수 있는 거죠. CD가 안 팔리면서 수익이 줄어들긴 했지만 스트리밍 통계를 보면 저희 웬만한 타이틀은 한달에 10만번 정도의 청취수가 나와요.

진중권 엄청나네요.

고건혁 상당한 거죠. 저는 스트리밍이 일단 청취자 수는 늘렸다고 생각해요. 어차피 CD 시절에는 안 팔렸을 테고 심지어 1990년대에는 시장에 들어오지도 못했을 수도 있습니다. 그러나 이제는 누구나 시장에 들어올 수 있죠.

진중권 암울해하실 줄 알았는데 오히려 좋은 기회라고 말씀하셔서 할 말이 없어지네요. (웃음) 그렇지만 스트리밍은 아티스트에게 돌아가는 수익이 다운로드에 비해서도 더 적은 것 아닌가요? 애초에 수익이 너무 적은데 단순히 판 자체가 넓어진다고 시장이 좋아질까요?

고건혁 그 점은 저도 암울하긴 한데요, 언젠가 해외의 한 인디 레이블 대표의 인터뷰를 보고 발상의 전환을 하게 됐습니다. 30년 넘게 음악시장을 보아온 분인데, 스트리밍으로의 변화가 자신에게는 기회라고 생각한다고 하더라고요. 그래서 저도 곰곰이 따져보니까 그렇다는 생각이 들었어요. 과거에 비해서 우리 상황이 더 안 좋아졌느냐 하면 그건 아니거든요. 지금 제가 인상적으로 지켜보고 있는 흐름이 흔히 LP라고 하는 바이닐, 레코드판 시장의 성장인데요, 영국이나 미국은 최근 3년간 바이닐 시장이 연 50퍼센트씩 성장하고 있습니다.

진중권 복고 취향이네요.

고건혁 그렇죠. 지금 바이닐이 세계 전체 음원시장 매출의 2퍼센트를 차지하고 있습니다. 광고를 끼워서 써비스하는 무료 스트리밍 써비스의 시장 규모와 거의 비슷해요. 바이닐을 사면 스트리밍 쿠폰이 들어 있거든요. 그럼 바이닐은 소장하고 음악은 스트리밍으로 듣는 거죠. 저도 장기적으로 음악시장의 미래는 스트리밍으로 음악을 접한 소비자들이 그걸 통해서 공연을 보러 가거나 바이닐이나 티셔츠 같은 상품을 구매하는 것이 아닐까 합니다.

진중권 쉽게 말하면 비물질화된 걸 재물질화하는 거군요. 모든 게 비물질화되면 사람들은 오히려 뭔가 손에 잡히는 실체를 갖고 싶어합니다. 그 욕망을 어떻게 채워내느냐가 문제인 것 같군요.

고건혁 소장용이라면 작은 CD보다는 큰 바이닐이 더 예쁘고 커버아트도 훨씬 멋있잖아요. 일종의 패션 아이템이 되는 겁니다. 턴테이블 시장도 커져서 저가형 턴테이블도 많이 나오고 있고요.

진중권 재밌네요. 기술의 발전이라는 건 되돌릴 수 없는 거잖아요. 우리가 러다이트 운동을 하는 것도 아니고. (웃음) 말씀하신 것처럼 음악산업에 계시는 분이 스트리밍 써비스를 편하게 이용하고 있다는데 일반 대중들은 오죽하겠어요. 차라리 현실을 인정하고 그 안에 감춰진 잠재성을 끌어내는 것이 중요하다는 말씀이신 것 같습니다. 우리나라에서는 아직 그런 흐름이 없나요?

고건혁 있긴 있어요. 몇년 전부터 한정판이나 중고 바이닐을 판매하는 서울레코드페어라는 축제도 아주 성황리에 열리고 있고요. 물론 이 흐름이 대중적으로 확산될 수 있을지는 모르겠어요. 한국은 바이닐 공장이 없기 때문에 제작비용이 너무 높거든요. 미국에서 제작해서 받아와야 하니까 배송비가 제작비만큼 들어요. 그러니까 가격이 두배가 되고, 그만큼 사람들이 안 사게 되죠.

진중권 누가 공장을 하나 차려야겠네요.

고건혁 그러잖아도 그런 시도가 있었는데 실패했어요. 바이닐은 아날로그 식으로 깎아서 만드니까 기계를 잘 다룰 줄 아는 숙련된 장인이 있어야 하는데, 그런 사람은 한국에선 이미 다 은퇴했으니까 해외에 의존할 수밖에 없거든요. 전통의 단절이 얼마나 큰 손실을 안겼는지 알 수 있는 사례죠.

진중권 그분들은 지금은 다 할아버지가 되었을 텐데.

고건혁 당시만 해도 천대를 받으셨겠죠. 장인이 아니라 기사 나부랭이로.

붕가붕가레코드의 미래

진중권 10년간 붕가붕가레코드를 운영하면서 많은 일이 있었을 것 같습니다. 잘나가던 때도 있었지만 위기도 있었을 것 같고요. 가장 큰 위기는 언제였나요?

고건혁 일단 첫번째 위기는 2008년 초였는데요, 그냥 하기가 싫어졌습니다. 음악이 너무 재미가 없고 이걸 해서 뭐하나 싶었고요.

진중권 그건 진짜 큰일이네요. 왜요?

고건혁 막 박사과정에 들어간 때였는데요, 뮤지션들과 교류도 없는 상황에서 작업도 잘 안 되고 해서 때려치워야겠다고 생각했어요. 그때 마지막 작업이라고 생각했던 게 장기하의 「싸구려 커피」였습니다. (진중권 웃음) 그런데 그게 터지는 바람에 자연스럽게 위기를 넘겼죠. 그다음 위기는 올해(2015년) 초고요. 내년이 법인대출 만기거든요. 재정적 부담이 커져서… 근데 아주 큰돈은 아니니까 어떻게 되긴 할 것 같더라고요. 나이가 들면서 써야 할 돈은 많아지고 저축도 해야 하는데 어떻게 지탱할 수 있을까 고민이 되기는 해요. 저보다 어린 뮤지션들이 제 나이가 되어서도 인디 뮤지션이라는 직업으로 살아갈 수 있을지 생각해보면 아득해지기도 하고요. 어떻게 극복해야 하는지는 모르겠습니다. 그냥 공연 보고 작업 진행하고 그러다보니 자연스럽게 지나가는 것 같기도 하고요. 이러다 언제 넘어질지 모르겠지만.

진중권 붕가붕가레코드의 미래는 어떻게 전망하십니까?

고건혁 모르겠어요. 5년 전쯤에는 붕가붕가레코드가 지속가능하다고 생각하느냐는 질문에 한 10년쯤 해봐야 알 수 있지 않겠냐고 좀 우쭐대면서 얘기했거든요. 잘되고 있던 때니까요. 그런데 막상 10주년

인디음악의 미래가 어둡다는 얘기를 많이 하는데,
물론 어려운 게 사실이에요.
하지만 10년 전에 비하면 넓어졌다고 생각해요.
반론하는 사람도 있겠지만 저는 명백히 넓어졌다고 생각합니다.

이 되니까 전혀 모르겠더라고요. 지금은 그냥 밴드들에게 주어진 기회들을 하나씩 하나씩 구체화시켜 나가다보면 그런 시간이 쌓여서 저희의 미래가 될 거라는 생각만 하고 있습니다. 다만 전략적으로 공연을 중심으로 하겠다는 다짐은 해요. 인디음악이 대중들과 만나는 수단은 공연이니까요. 그것도 계속 우리 팬들만 우려먹는 게 아니라 다양한 장르, 예를 들어 힙합이나 일렉트릭 음악을 하는 아티스트들과 컬래버레이션을 해나가면서 세력을 구축해야 한다고 생각하고요. 또 일본 시장을 개척해보고 싶은 마음도 있습니다. 술탄오브더디스코가 해외에서 계속 공연 요청이 들어오는데, 일본 공연을 해보니 수익 이전에 음악에 대한 이해의 깊이가 다르더라고요. 설령 돈을 많이 벌지는 못하더라도 훨씬 재미있게 음악을 할 수 있을 것 같다는 생각입니다.

진중권 일본만 해도 인구가 우리 세배니까요.

고건혁 게다가 경제규모는 세계 3위니까요. 거기는 인디 레이블이 빌딩을 가지고 있고 중견 레이블은 팀마다 각 도별로 매니저들이 따로 있더라고요. 그 정도로 규모가 있는 곳인데, 거기서도 진짜 인디들이 또 있거든요. 정말 스펙트럼이 넓은 곳이라는 생각이 들었어요. 미국이나 영국은 너무 멀어서 가기 힘들지만 일본은 지리적으로도 가까우니 활동을 확장해봐야겠다는 생각을 하고 있습니다.

진중권 대부분의 예술에서 소수 장르가 살아남으려면 인구가 최소한 1억 이상은 되어야 한다고 얘길 하거든요. 출판시장에서도 나올 만한 책이 다 나오려면 그 언어 사용자가 최소한 8천만에서 1억은 되어야 한다고 하고요. 그런데 그런 조건을 갖춘 나라가 많지 않죠. 독일, 프랑스, 러시아, 중국, 미국, 일본 정도가 그 기준을 넘습니다. 우리는 통일만 되어도 좀 나을 텐데요, 이런 인구의 한계에 대해서는 어떻게 보십니까?

고건혁 어쨌든 인구는 더 늘어나기 힘들 것 같고요, 저는 절대적인 인구수보다 더 큰 문제는 밀집도라고 생각합니다. 수도권에 2천만이 집중되어 있잖아요. 같은 공간을 공유하고 살다보면 같은 가치를 공유할 수밖에 없고 그럼 가치가 획일화되고 그 가치를 얻기 위한 경쟁이 심화되잖아요. 그게 곧 부동산 가격이고, 그 비용을 충당하기 위해서 다른 걸 포기하면서 지내야 하는 거죠. 그래서 인구의 분산이 필요하다는 생각을 합니다. 미국이나 영국, 특히 일본이 부러운 게 로컬 씬이라는 개념이 발달한 거예요. 오오사까랑 쿄오또의 음악이 달라요. 오오사까는 막가는 인디, 쿄오또는 포크 성향, 코오베는 세련된 음악이 특징입니다. 기차로 한시간 거리에 있는 세 도시가 다 성향이 달라요. 음악이 더 다양해질 수 있다는 얘기거든요. 우리도 포항의 음악이 다르고 부산의 음악이 다르고 제주의 음악이 다르고 통영의 음악이 다르다면 음악시장의 발전 가능성이 높아질 텐데, 그러려면 거기에 사람이 살아야죠. 그렇게 해서 수도권의 집

값 부담이 줄어들면 그 돈을 노는 데 쓰게 될 테니까, (진중권 웃음) 그럼 딴따라에게도 기회가 생기지 않을까요?

진중권 로컬 씬의 발전에 대해서는 좀 비관적인데, KTX가 깔리고 교통망이 발전하면 서울 사람들이 내려가는 게 아니라 지방 사람들이 서울로 올라오잖아요.

고건혁 그래서 대전이나 충청 같은 곳의 지역 씬이 오히려 더 망가졌죠. 반면에 거리가 먼 부산 같은 곳은 재미있는 뮤지션이 많거든요. 그렇게 수도권과 먼 곳에서 의미있는 흐름이 생기지 않을까 합니다.

진중권 저도 더 다양한 음악 씬의 발전을 보고 싶습니다. 앞으로의 인디 시장은 어떻게 예상하시나요?

고건혁 인디음악의 미래가 어둡다는 얘기를 많이 하는데, 물론 어려운 게 사실이에요. 하지만 10년 전에 비하면 넓어졌다고 생각해요. 반론하는 사람도 있겠지만 저는 명백히 넓어졌다고 생각합니다. 이전에는 저희 회사 밴드 같은 무명의 밴드가 페스티벌에 나간다는 건 상상도 못 했거든요. 지금은 인디 밴드들이 나오는 페스티벌에 수만 명의 팬들이 모입니다. 확실히 시장이 커진 걸 체감합니다. 앞으로도 더 넓어질 수 있을 거라고 생각하고요.

진중권 마지막으로 질문 드리겠습니다. 곰사장에게 붕가붕가레코드란 어떤 의미인가요?

고건혁 실험인 것 같습니다. 평생 할 실험. 지금도 재미있겠다 싶은 일들을 하나씩 계속 실험해보고 있어요. 집중해서 투자하는 게 아니라 실패해도 데미지를 안 받을 만큼의 규모로 하나씩 던져보는 거죠. 지금과 같이 작은 인디음악 시장에서는 그것이 지속가능한 유일한 방법이 아닐까 생각합니다. 그렇게 시행착오를 겪으면서 조금씩 나아가는 게 붕가붕가레코드의 앞길이라고 생각합니다.

얼마 전 홍대 앞 상상마당에서 술탄오브더디스코와 장기하와얼굴들의
합동공연이 열렸다. 흥미로운 것은 이 공연의 적절한 티켓 값을 정하는 방식이다.
일단 44,000원과 77,000원 사이에서 구매자가 티켓 값을 임의로 제시해서 입찰하고,
그중에서 입찰가가 높은 300명을 고르되, 그들 중에서 가장 낮은 액수를 제시한
이의 것을 티켓 값으로 정한다는 것이다.
판매자는 높은 가격을 받으려 하고 구매자는 낮은 가격으로 사려 하는
시장경제의 원리를 뒤엎고, 구매자와 판매자 사이에 '공정가'를 실현하려는
작은 실험이다. 이로써 티켓의 가격을 정하는 사업적 결정마저
팬들과 기획사가 함께 벌이는 재미있는, 그러면서도 정의로운 게임이 된다.
그 반대편에서 이와는 정반대의 일이 벌어지고 있다. 어느 대형 기획사에서
멤버가 정해져 있지 않은 '개방형 그룹'을 만들었다고 한다.
멤버를 마음대로 넣었다 뺐다 함으로써 아이돌 스타가
유명해진 다음에나 누릴 수 있었던 그 알량한 권력마저 가로챈 것이다.
20세기 초 노동과정을 장악한 포드 시스템, 테일러 시스템은 21세기 초에
문화의 영역까지 장악해버렸다. 이 문화적 생산의 '공장화' '자동화' '효율화'
'세계화' 속에서 인간은 창의성을 부정당한 채 부품으로 전락하고,
음악은 유희성을 부정당한 채 '노동'으로 전락한다.
붕가붕가레코드와 영어 이니셜로 표기되는 몇몇 대형 기획사들은
한국 대중음악의 스펙트럼에서 양극단을 대표한다.
한쪽 끝에는 음악을 자기목적으로 삼아 자유로운 '놀이'로 즐기며
이 놀이의 지속 가능성을 고민하는 이들이 있고, 다른 쪽 끝에는
음악을 이윤창출의 수단으로 삼아 철저한 계산에 따른 '사업'으로 운영하면서
이 사업의 확장 가능성을 고민하는 이들이 있다.
이들이 아이돌 스타의 알량한 권리마저 부담스럽게 여겨
'인명 없는' 그룹을 만들 때, 붕가붕가레코드는
2015년 공채 1차 합격자 공고에 이렇게 적어놓았다.
'합격하지 못하신 분들은, 여러분이 부족해서가 아니라
저희 회사가 부족함을 알아주시길 바랍니다.'

O U T R O

진중권이 사랑한
호모 무지쿠스

초판 1쇄 발행/2016년 5월 20일

지은이/진중권
펴낸이/강일우
책임편집/최지수 이상술
조판/황숙화
펴낸곳/(주)창비
등록/1986년 8월 5일 제85호
주소/10881 경기도 파주시 회동길 184
전화/031-955-3333
팩시밀리/영업 031-955-3399 편집 031-955-3400
홈페이지/www.changbi.com
전자우편/nonfic@changbi.com

ⓒ 진중권 2016
ISBN 978-89-364-7289-4 03810